JEREMY FINK EN DE SLEUTEL TOT HET BESTAAN

D1393859

The creature has a purpose, and his eyes are bright with it.
– John Keats
(Het schepsel heeft een doel, en het straalt zijn ogen uit.)

Wendy Mass

Jeremy Fink en de sleutel tot het bestaan

vertaald door Annelies Verhulst

Lemniscaat 🙰 Rotterdam

© Nederlandse vertaling Annelies Verhulst 2009
Het stukje uit *Winnie-de-Poeh* in hoofdstuk 9 is ontleend aan de vertaling van Mies Bouhuys (uitg.: Van Goor, Houten)
Omslagontwerp: Gail Doobinin
Omslagfoto: Gary S. Chapman / Getty Images
Nederlandse rechten Lemniscaat b.v. Rotterdam 2009
ISBN 978 90 477 0225 2
Copyright © 2006 by Wendy Mass
Oorspronkelijke titel: *Jeremy Fink and the Meaning of Life*
All rights reserved. First published 2006 by Little, Brown and Company (Hachette Book Group USA), 237 Park Avenue, New York, N.Y. 10017, U.S.A.

Druk en bindwerk: Hooiberg | Haasbeek, Meppel

Dit boek is gedrukt op milieuvriendelijk, chloorvrij gebleekt en verouderingsbestendig papier en geproduceerd in de Benelux waardoor onnodig milieuverontreinigend transport is vermeden.

Voor Griffin en Chloe, die we in ons hart hebben gesloten vanaf het moment dat ze schreeuwend en wel ter wereld kwamen.

En voor mijn familie en vrienden, die zo royaal hun inzichten over de zin van het leven met me hebben gedeeld en mij hebben geholpen betekenis te geven aan dat van mijzelf.

Een speciaal woord van dank voor Stu Levine, Hayley Haugen en Karen Parker, die het manuscript zo snel hebben gelezen dat ik hen schrijvend nauwelijks kon bijhouden. Dankzij hen is het nog beter geworden. Dank ook aan mijn redacteur Amy Hsu, omdat ze er vanaf het begin in heeft geloofd.

Mijn zweet ruikt naar pindakaas.

Omdat ik zo'n lastige eter ben, geeft mijn moeder me bij elke maaltijd boterhammen met pindakaas; dat geldt ook voor het ontbijt en mijn nachtelijke tussendoortje. Ik eet vaak 's nachts, omdat ik graag wakker ben als de rest van de wereld slaapt (behalve dan de mensen in een andere tijdzone, die misschien ook nog wakker zijn, maar daar merk ik niets van). Dus als ik zweet, ruik ik naar pindakaas in plaats van naar lichaamsgeur, wat volgens mij niet zo erg is. Ik ruik liever naar een kantine dan naar een gymzaal.

Op dit moment zit mijn beste vriendin Lizzy naast me. Ze houdt haar neus dicht. Niet vanwege de lucht van pindakaas, die deert haar niet meer. De aanstootgevende geur is een speciale combinatie van drassige grond en rotte vis die kenmerkend is voor Mosley Lake, in het noordwesten van New Jersey.

Het is halverwege een lange, hete zomer en ik, Jeremy Fink, een geboren en getogen stadskind, zit op een grote rots midden in het meer. Het mag er dan stinken, verder is het een buitengewoon rustgevende plek. De lucht is helderblauw en er waait een briesje uit het westen. Het lichtgroene water klotst tegen de zijkant van de gammele oude roeiboot die ons hiernaartoe heeft gebracht.

Op mijn schoot heb ik een fraai glad kistje van blank hout, zo groot als een broodrooster. Op de bovenkant staan de met zorg gegraveerde woorden DE ZIN VAN HET LEVEN. Daaronder staat in kleinere letters: VOOR JEREMY FINK. TE OPENEN OP ZIJN 13DE VERJAARDAG.

Vandaag is het mijn dertiende verjaardag. Toen ik het kistje een maand geleden kreeg, kon ik onmogelijk vermoeden dat die instructie zo moeilijk uitvoerbaar zou zijn.

Lizzy zit me de hele tijd ongeduldig te porren dat ik op moet schieten en doen waarvoor we hier gekomen zijn. Inderdaad, mijn beste vriend is een meisje, en ik ben *niet* stiekem verliefd op haar. Lizzy en haar vader zijn in het appartement naast ons komen wonen toen zij en ik één jaar oud waren. Haar moeder had het gezin in de steek gelaten en was naar North of South Dakota vertrokken met een vent die op een koeienranch werkte (wat verklaart waarom Lizzy vegetariër is geworden zodra ze oud genoeg was om te beseffen wat een koeienranch was). Overdag, als haar vader naar zijn werk ging op het postkantoor, was Lizzy bij ons. Mijn moeder verschoonde ons altijd naast elkaar. Met zo'n voorgeschiedenis is elke romantiek uitgesloten.

Bovendien is Lizzy berucht vanwege haar talent om in de problemen te raken. Ze heeft overal een mening over, meestal negatief. Zo vindt ze mijn verzameling snoepmutanten (snoep in afwijkende vormen en kleuren) ranzig. Ik denk dat ze gewoon jaloers is, omdat zij het zelf niet heeft bedacht. Tot mijn pronkstukken behoren een blauw colaflesje, Siamese bananensnoepjes, en mijn favoriet: een pinda-M&M zo groot als mijn pink. Wedden dat die op eBay een fortuin zou opleveren?

Onze reis naar deze rots is lang geleden begonnen, nog voor mijn geboorte zelfs. Als mijn vader op *zijn* dertiende verjaardag gewoon met zijn vriendjes had mogen voetballen in plaats van door zijn ouders te worden meegesleept naar Atlantic City, zou ik hier nu niet zitten en zou het kistje niet bestaan. Wie had ooit kunnen denken dat er een verband bestond tussen die twee gebeurtenissen?

Jaren geleden was mijn oma daar een winkel ingegaan om de bekende plaatselijke toffees te kopen, en mijn vader was verder gewandeld over de boulevard en bij een oude handlezeres beland.

Zij pakte zijn klamme hand vast en bracht hem vlak bij haar gezicht. Daarna liet ze zijn arm op de met fluweel bedekte tafel vallen en zei: 'Jai zal sterben wanneer jai viertig jaar oud bent.' Toen mijn oma kwam aanlopen, hoorde ze nog net de voorspelling van de waarzegster, en ze sleurde mijn vader mee en weigerde te betalen. Als mijn vader het verhaal aan ons vertelde, lachte hij altijd, dus dan lachten wij ook maar.

De voorspelling van de waarzegster bleek niet te kloppen. Mijn vader ging niet dood toen hij veertig was. Hij was pas 39. Ik was net acht geworden. Mijn vader heeft de voorspelling blijkbaar serieuzer genomen dan hij liet merken, want hij heeft zich voorbereid op zijn dood. Dit kistje is daar het bewijs van.

'Nou, waar wacht je op?' schreeuwt Lizzy in mijn oor.

Lizzy heeft haar eigen manier van praten. Meestal schreeuwt ze. Dit komt deels doordat haar vader doof is aan één oor, omdat hij in zijn jonge jaren te veel popconcerten heeft bezocht, en deels doordat ze aan de kleine kant is en dat met haar stem compenseert.

Ik geef geen antwoord en ze zucht. Zelfs zuchten doet ze hard. De hoeken van het kistje prikken in mijn blote benen, dus ik zet het op de handdoek die Lizzy tussen ons in heeft uitgespreid. Dit kistje is het symbool geworden van mijn hoop en mijn mislukkingen. Maar voor ik verderga, denk ik terug aan alles wat er deze zomer is gebeurd: het Grote Misverstand, de oude man, het boek, de lamp, de telescoop, en dit kistje, waarmee alles begonnen is.

1 HET KISTJE

'Is het jou wel eens opgevallen dat de kleuren feller lijken op de eerste dag van de zomervakantie?' vraag ik aan Lizzy. 'Dat de vogels harder fluiten? En dat de lucht zindert van de mogelijkheden?'

'Huh?' mompelt Lizzy, terwijl ze haar vinger laat glijden langs de stripboeken in oom Arthurs winkel, Fink Stripboeken en Magie. 'Ja, tuurlijk. Feller, harder, zinderen.'

Sommige mensen zouden er misschien van balen als hun beste vriendin maar half naar ze zou luisteren, maar ik was allang blij dat ik Lizzy had om mee te praten. Het is altijd nog beter dan tegen mezelf praten. Nu word ik tenminste niet nagekeken op straat.

De komende twee maanden wil ik een paar nieuwe goocheltrucs leren, naar de bieb om de boeken voor het volgende schooljaar te halen, zodat ik alvast vooruit kan werken (maar dat zeg ik niet tegen Lizzy, anders lacht ze me uit), en ga ik zo laat naar bed als ik wil. Dit wordt een ontspannende zomer, met precies in het midden de jaarmarkt en mijn langverwachte dertiende verjaardag. Andere jaren ga ik altijd graag naar de jaarmarkt, maar dit jaar moet ik aan een van de wedstrijden meedoen, en daar zie ik als een berg tegenop. Gelukkig valt mijn verjaardag in diezelfde week. Ik ben het spuugzat om als een 'kind' te worden behandeld en kan niet wachten tot ik officieel een tiener ben. Eindelijk zal ik worden ingewijd in de geheime gedragscode van het Tienerdom.

Ik hoop dat er ook een handdruk bij hoort. Ik heb altijd al lid willen zijn van een club met een geheime handdruk.

'Rennen!' sist Lizzy in mijn oor. Als Lizzy *rennen* in mijn oor fluistert, kan dat maar één ding betekenen: ze heeft iets gestolen. Ze heeft mazzel dat mijn oom en mijn neef Mitch in de achterkamer zijn en haar niet gezien hebben. Die zijn niet bepaald dol op winkeldieven.

Als ik mijn stripboek op de plank heb teruggezet, is zij al bijna bij de deur. In de haast heeft ze mijn rugzak omgegooid, die ik rechtop tussen ons in op de grond had gezet. Al mijn spullen vliegen eruit, want de rits is open, en iedereen kan zien wat ik bij me heb. Ik grijp de tas en gooi snel alles er weer in: mijn beduimelde boek *Tijdreizen voor Dummies*, een half opgegeten boterham met pindakaas, een rol fruittella, twee mintchocolaatjes, attributen voor de goocheltrucs die ik in de loop van de jaren heb verzameld, het flesje water dat ik altijd bij me heb (want je kunt nooit te veel vocht binnenkrijgen), de astronautenpen waarmee ik in alle omstandigheden kan schrijven (ook onder water en als ik op mijn rug lig), en als laatste mijn portemonnee, waar altijd minimaal acht dollar in zit, want mijn vader heeft me ooit verteld dat je met acht dollar op zak altijd thuis kunt komen. Daarna pak ik één mintchocolaatje weer uit de tas, haal snel het papiertje eraf en stop het in mijn mond. Mijn voorkeur voor zoetigheid heb ik van mijn vader. Zijn motto was: *Het leven is kort, dus begin met je toetje.* Daar valt toch niets tegen in te brengen?

Ik zwaai de rugzak over mijn schouder, glip de deur uit en loop de straat op om te kijken waar Lizzy uithangt. Dankzij haar rode haar heb ik haar zo gevonden. Ze leunt tegen de etalagepui van Larry's Sloten en Klokken, en bewondert haar nieuwste aanwinst: een oranje folder waarin een nieuw, dubbeldik nummer van *Betty & Veronica* wordt aangekondigd. Die zat zonet nog met plakband vast op de muur van de winkel.

Terwijl ik het laatste restje van mijn mintchocolaatje doorslik, vraag ik: 'Kun jij je talenten niet inzetten voor goede dingen in plaats van slechte?'

Ze geeft geen antwoord, maar vouwt de folder slordig op en stopt hem in haar achterzak.

'Waarom, Lizzy?' vraag ik als we richting huis lopen. 'Waarom doe je dat nou?'

'Wat?' vraagt ze, terwijl ze een stuk kauwgom met druivensmaak in haar mond stopt. Ze biedt mij er ook een aan, maar ik schud van nee. Druif en mint gaan niet samen.

'Waarom zou je iets stelen wat geen financiële waarde heeft?'

'Had je liever gehad dat ik iets had gestolen wat *wel* waarde heeft?'

'Natuurlijk niet.'

'Nou, zeur dan niet,' zegt ze. 'Je weet toch dat ik niet kan uitleggen waarom ik soms dingen jat? Ik kies ze niet uit, ze kiezen *mij*.'

'En al die klanten dan, die nu door jou niet weten dat er een nieuwe *Betty & Veronica* uitkomt?'

Ze haalt haar schouders op. 'Er is toch geen hond die die Archiestrips nog leest.'

Het is inderdaad zo dat de Archie-strips aan het eind van de maand altijd als laatste overblijven. Archie was mijn vaders favoriete strip toen hij nog jong was, dus hij zorgde altijd dat hij er genoeg op voorraad had. Maar oom Arthur heeft zo weinig verstand van stripboeken dat hij niet eens het verschil ziet tussen *Mutant X-Men from Outer Space en Richie Rich*, dus blijft hij ze maar allemaal inkopen.

'Daar gaat het niet om,' probeer ik haar duidelijk te maken.

'Wat kan het jou nou schelen of je oom een paar boeken minder verkoopt? Je kunt hem niet uitstaan, weet je nog?'

'Het is niet dat ik hem niet kan uitstaan,' houd ik vol, terwijl ik mijn armen over elkaar sla. 'Probeer jij je maar eens voor te stellen hoe het is om een oom te hebben die je negeert en die de eeneiige tweelingbroer van je overleden vader is. Dan weet je hoe leuk dat is.'

Lizzy zegt niets meer en richt nu haar volledige aandacht op het korstje op haar elleboog. Dat van mijn vader had ik niet moeten zeggen. Toen hij overleed, was Lizzy net zo erg van streek als ik. Hij was voor haar een soort tweede vader. Maar hoe verdrietig ze ook was, toch bleef ze drie weken lang naast mijn bed op de grond slapen, in haar slaapzak, tot ik weer hele nachten kon doorslapen. We bereiken onze flat in Murray Hill zonder elkaar nog verder de put in te hebben gepraat en zonder dat Lizzy verder nog iets heeft gestolen. Meneer Zoder, een van onze buren, loopt langzaam de trap op. Het is vrijdag, dus hij is in het geel vandaag. Mijn ouders zeiden altijd dat het in New York City wemelt van de rare types, en dat ze daarom nooit ergens anders zouden willen wonen. Net als we achter hem aan naar binnen willen gaan, komt onze postbode Nick eraan met zijn enorme blauwe kar.

'Hé Nick,' groet Lizzy, en ze salueert.

'Kijk eens aan, als we daar Lizzy Muldoun en Jeremy Fink niet hebben,' antwoordt hij, en hij geeft een tikje tegen zijn pet. Alle postbodes in deze buurt kennen ons, omdat Lizzy's vader op het postkantoor werkt.

'Eens even zien wat ik vandaag voor jullie heb.' Nick reikt in zijn kar en tilt er een grote kartonnen doos uit. Tot mijn verrassing is hij gericht aan Elaine Fink, met ons adres erop! Ik heb echt geen idee wat erin zou kunnen zitten, want mijn moeder koopt nooit iets via de post. We kopen trouwens geen nieuwe dingen, behalve eten natuurlijk, en mijn kleding, want ik wil per se nieuwe kleren aan nadat een jongen uit mijn klas een keer tegen me zei dat ik een sweater droeg die zijn moeder de week daarvoor had weggegooid. Verder hebben we eigenlijk amper spullen in huis die níet van een rommelmarkt afkomstig zijn, of op straat gevonden bij het grofvuil. Niet dat we geen nieuwe spullen kunnen betalen. Mijn moeder heeft een goede baan in de bibliotheek. Maar zij vindt dat winkels voor sukkels zijn en dat het recyclen van andermans spullen goed is voor het milieu.

DUS WAT ZIT ER IN DIE DOOS?

Nick wil hem eerst aan mij geven, maar aarzelt dan en legt hem terug in zijn kar. In plaats daarvan geeft hij me de gebruikelijke stapel rekeningen en reclamefolders.

'Wacht,' zeg ik als hij Lizzy haar post overhandigt. 'Hoe zit het nou met die doos? Die is toch voor mijn moeder?'

'Jazeker,' antwoordt Nick. 'Maar het is een aangetekend pakket. Dat betekent dat een volwassene ervoor moet tekenen.'

'Maar mijn moeder zit de hele dag op haar werk! Ik weet zeker dat ze het prima vindt als je mij laat tekenen.'

'Jeremy is net zo lang als sommige volwassenen,' voegt Lizzy eraan toe. 'Dat zegt toch wel iets?'

Nick schudt zijn hoofd. 'Je moeder kan hem morgen op weg naar haar werk bij het postkantoor ophalen.'

Lizzy geeft het niet zo gemakkelijk op: 'Die doos ziet er zwaar uit. Lijkt me niet echt fijn om daar de rest van je route mee rond te sjouwen.'

Nick lacht. 'Zo zwaar is-ie nou ook weer niet. Ik red me wel.' Hij begint zijn kar naar het volgende portiek te duwen, en wij lopen met hem mee.

'Maar Nick,' smeek ik, 'morgen is het zaterdag, en dan is ons postkantoor gesloten. Dat betekent dat mijn moeder de doos pas maandag kan ophalen. Als het een speciale zending is, dan is het misschien wel heel belangrijk…'

'Ja, *medicijnen* bijvoorbeeld!' voegt Lizzy eraan toe.

'Precies,' zeg ik opgewonden. 'Iets wat niet een heel weekend kan wachten.'

'Volgens mij heb ik mevrouw Fink vanmorgen horen hoesten,' zegt Lizzy. 'Misschien heeft ze wel die vogelgriep, of rodehond of…'

Nick steekt zijn hand omhoog. 'Ho maar, zo kan-ie wel weer. Straks moet ze nog in quarantaine omdat ze de pest heeft.' Hij pakt de doos en Lizzy en ik wisselen een snelle grijns.

Ik schrijf mijn naam zo netjes mogelijk op de bon en geef hem aan hem terug.

'Maar ze moet hem wel zelf openmaken, hoor,' zegt hij nog als hij de doos in mijn uitgestrekte armen legt.

'Ja, ja,' zegt Lizzy. 'Het openen van andermans post is streng verboden, we kennen de regels.'

'Dag Nick,' zeg ik, want ik kan niet wachten om het pakket mee naar boven te nemen. Zwaar is het niet, maar wel een beetje onhandig dragen.

'Gebruik je verstand,' zegt hij nog als hij wegloopt.

'Wie, wij?' roept Lizzy hem achterna. We gaan het trapje naar onze verdieping op. Mijn moeder vertelde vorige week dat er binnenkort een nieuw gezin komt wonen in het leegstaande appartement aan het einde van de gang. Ik ben heel benieuwd wat dat voor mensen zullen zijn. Circusartiesten? Een honkbalspeler uit een lagere divisie? De meeste kinderen zouden waarschijnlijk hopen op kinderen van hun eigen leeftijd, maar mij kan dat niet zoveel schelen. Meer dan één goede vriend of vriendin heb je toch niet nodig?

Omdat ik mijn handen vol heb, gebruikt Lizzy haar sleutel van ons huis en doet de deur open. Ik loop meteen door naar de keuken en zet de doos op onze driepotige keukentafel, een hele verbetering na de tweepotige versie die mijn ouders aan de muur hadden moeten vastlijmen om te zorgen dat hij niet omviel.

'En?' vraagt Lizzy, met die bekende laten-we-iets-doen-wat-niet-mag-blik in haar ogen. 'Gaan we hem openmaken?' We buigen ons allebei tegelijk over de doos om te lezen wie de afzender is. Het etiket is verfomfaaid en moeilijk te lezen. 'Folgard and Levine, Esquires,' leest ze. 'Wat betekent "esquires"?'

'"Esquires" zijn advocaten,' leg ik uit. Ik ben er trots op dat ik zoveel moeilijke dingen weet. Dat komt door al die nachtelijke uren lezen.

'Waarom zouden die advocaten nou iets naar je moeder willen sturen?'

'Geen idee.'

'Misschien heeft ze een bank beroofd,' oppert Lizzy, 'en zit het bewijsmateriaal in deze doos.'

'Kom op,' zeg ik. 'Aan ons huis is toch duidelijk te zien dat mijn moeder niet geïnteresseerd is in dure spullen.'

Ik zie Lizzy's ogen langs de kralengordijnen gaan, langs de kleurige lap stof die een lange scheur in de muur verbergt, de verzameling oude zwart-witkaarten met allerlei honden in tutu's erop, en de driepotige tafel. 'Oké,' zegt ze, 'ze heeft dus geen bank beroofd. Maar misschien heeft ze wel iets gewonnen! Doet ze nog steeds mee aan al die idiote wedstrijden?'

'Weet ik eerlijk gezegd niet,' antwoord ik aarzelend. Mijn moeder en ik zien elkaar niet meer zo vaak. Zij werkt overdag in de bibliotheek en volgt drie avonden per week een kunstcursus op de school waar mijn tante Judi, haar tweelingzus, lesgeeft. Mijn moeder is ook de helft van een eeneiige tweeling, maar in tegenstelling tot mijn vader en oom Arthur kunnen zij en tante Judi het heel goed met elkaar vinden.

Lizzy vraagt: 'Weet je nog dat je moeder in tien woorden een appeltaart moest beschrijven en toen een jaar lang elke maand een andere taart won?'

Natuurlijk weet ik dat nog. Ik denk met liefde terug aan het Jaar van de Taarten. Taarten zijn niet zo lekker als snoep, maar nog altijd beter dan alle andere dingen die mijn moeder me de afgelopen jaren heeft willen laten eten. Met de laatste – een zoete koolraaptaart als ik het me goed herinner – hebben we weken gedaan: we namen steeds maar één hapje.

Maar deze doos ziet er niet uit alsof er een taart in zou kunnen zitten. Of stofzuigerzakken, sinaasappelen uit Florida, pakjes gelatinepudding of een van die andere dingen die mijn moeder in de loop van de jaren heeft gewonnen met het verzinnen van slagzinnen, of door het verzamelen van strips van verpakkingen of etiketten van blikjes. Ik onderzoek de doos zelf. Dik karton, met in het midden één laag kleurloos plakband rondom.

'Weet je wat dit betekent?' vraagt Lizzy, terwijl ze naar het plakband wijst.

'Dat we het plakband los kunnen maken zonder de doos kapot te maken, en het daarna weer kunnen vastplakken zonder dat mijn moeder het merkt?'

'Jep!'

'Geen sprake van,' zeg ik, en ik plof neer op de enige keukenstoel die mijn moeder nog niet in een kunstproject heeft weten om te toveren. De andere stoelen zijn óf bekleed met een kriebelig nepluipaardvel, óf versierd met flessendoppen langs de poten en de rugleuning.

'Als je het niet durft omdat het verboden is,' zegt Lizzy, 'dat geldt alleen voor post van vreemden. Denk ik.'

'We wachten tot mijn moeder thuiskomt,' zeg ik vastbesloten. Ik verwacht dat ze met nieuwe argumenten zal komen, maar ze blijft alleen maar naast de doos staan en ziet er verdacht onschuldig uit. Ernstig vraag ik: 'Lizzy, wat heb je gedaan?'

Haastig flapt ze eruit: 'Ik kon er niks aan doen! Het plakband zat een beetje los aan de onderkant!'

Ik spring op uit mijn stoel en zie dat ze het plakband aan haar kant van de doos een paar centimeter heeft losgetrokken. Ik moet toegeven dat het *inderdaad* heel netjes is gedaan, zonder dat er stukjes karton zijn meegekomen. 'Oké dan,' zeg ik snel. 'Voordat ik van gedachten verander…'

Lizzy klapt in haar handen en we beginnen het plakband voorzichtig vanaf beide kanten los te maken. We ontmoeten elkaar in het midden en trekken het plakband er in één stuk af. Lizzy drapeert het over de rugleuning van een stoel. Ik maak de vier flappen open en we kijken in de doos.

In eerste instantie zien we alleen een boel proppen oude kranten. Heel even denk ik dat er niets anders in zit. Ik durf niets aan te raken, maar Lizzy heeft daar geen last van. Ze begint meteen met twee handen in de doos te graven en de krantenproppen naar buiten te gooien.

'Wacht,' zeg ik, en ik leg de proppen netjes op een stapel. 'We moeten dit straks weer op precies dezelfde manier inpakken.' Ik wil net een prop op de stapel leggen als een krantenkop mijn aandacht trekt. Ik strijk de verkreukelde pagina glad op de tafel. Mijn hart gaat sneller kloppen en ik houd de pagina aan Lizzy voor. 'Moet je dit artikel zien.'

Ze schudt haar hoofd. 'Je weet toch dat ik geen kranten lees. Te deprimerend. Dus waarom zou ik dat nu ineens wel moeten doen?'

'Lees dit nou maar,' dring ik aan. 'Het komt uit de wetenschapsbijlage.'

Ze rolt met haar ogen en graait de krant uit mijn handen. '"Wetenschappers zien zwarte gaten als sleutel voor tijdreizen." Ja, en?' vraagt ze. 'Stop maar in je tijdreismap. Je moeder zal het heus niet merken als er een prop meer of minder in zit.'

'Ik hoef dit niet in mijn map te stoppen,' zeg ik, en ik pak het artikel terug en maak er weer een prop van. 'Ik heb het al.'

'Huh?'

'Deze krant is vijf jaar oud!'

Ze graait nog meer proppen uit de doos, totdat ze er eentje vindt waar een datum op staat. 'Je hebt gelijk!' zegt ze opgewonden. 'Deze pagina is van een week na… na...' Lizzy's woorden sterven weg en ze begint nog meer proppen uit de doos te halen. Ik weet wat ze wilde gaan zeggen. De krant is van de week nadat mijn vader is overleden.

Stil halen we de rest van de kranten uit de doos, tot er nog maar twee dingen in zitten: een brief, getypt op papier met een briefhoofd, en een rechthoekig voorwerp zo groot als een schoenendoos, verpakt in vloeipapier. We kijken elkaar met grote ogen aan. Lizzy wil de brief pakken, maar trekt haar hand weer terug. 'Misschien moet jij het doen.'

'Maar als er nou iets in staat wat we niet mogen weten van mijn moeder?'

'We zijn nou zó ver gekomen!' zegt ze, maar ze voegt er dan snel aan toe: 'Maar jij moet natuurlijk beslissen.'

Ik veeg mijn zwetende handen af aan mijn broek. Ik wil het niet toegeven, maar ik ben helemaal in de ban van het mysterieuze pakket, ik kan het echt niet helpen. Ik trek mijn schouders naar achteren en haal de brief er voorzichtig uit, zodat hij niet kreukt. Het adres in het briefhoofd is hetzelfde als dat van de afzender op de doos. De brief is trouwens niet vijf jaar oud, want de datum van gisteren staat erboven. Ik lees hem hardop voor en probeer mijn stem niet te laten trillen.

```
Beste Laney,
Ik hoop dat je dit pakket goed hebt ontvan-
gen. Ik weet dat ik het eigenlijk pas later
deze zomer had moeten sturen, maar we hebben
onze vestiging in Manhattan gesloten, en ik
wilde niet riskeren dat het zoek zou raken
tijdens de verhuizing naar ons kantoor op
Long Island. Daarnaast is er nog een andere
reden om het eerder te sturen, en daar zul je
niet zo blij mee zijn, want ik vrees dat ik
de sleutels ben kwijtgeraakt. Ik weet vrijwel
zeker dat je ze tegelijk met het kistje naar
mijn kantoor hebt gestuurd, en ik kan me vaag
herinneren dat ik ze op een hele slimme plek
```

had verstopt. Te slim, helaas, tot mijn grote spijt.

Ik ben naar een slotenmaker geweest en die heeft uitgelegd dat het mechanisme van het kistje een zeer complex systeem van staafjes en veren is. Voor elk sleutelgat heb je een andere sleutel nodig en door een inwendige vergrendeling is het onmogelijk om het kistje met geweld open te wrikken. Echt iets voor Daniel, om geen gewoon kistje te gebruiken met maar één slot, zoals andere mensen zouden doen. Maar ik weet zeker dat jij en Jeremy wel een oplossing zullen bedenken voordat de tijd daar is.

Ik bewaar alleen maar mooie herinneringen aan Daniel en onze studententijd samen, en het was me een eer om het kistje al die jaren voor hem in bewaring te mogen houden. Ik wens je het allerbeste.

Met vriendelijke groet,
Harold

Lizzy pakt de brief uit mijn hand en leest hem zelf nog een keer. 'Wat heeft dit te betekenen?' zegt ze zachtjes. Lizzy praat zelden zacht, dus ik weet dat ze net zo verrast is als ik. Ik vertrouw mijn eigen stem niet, dus ik schud alleen mijn hoofd. Ik kan me niet herinneren dat mijn vader het ooit heeft gehad over een studievriend die Harold heette, maar ik moet daar wel bij zeggen dat ik altijd afhaakte zodra mijn ouders herinneringen begonnen op te halen aan hun goeie ouwe studententijd. Maar deze Harold moet hen vrij goed hebben gekend, want hij noemde mijn moeder *Laney* en dat doen alleen haar beste vrienden. Dus mijn moeder heeft hem dit pakket gestuurd met het verzoek het vijf jaar later weer terug te sturen? Waarom zou ze dat doen? En wat bedoelt hij met 'voor mijn vader in bewaring houden'?

Zonder erover na te denken, graai ik in de doos en til het verpakte voorwerp eruit. Het vloeipapier glijdt eraf en valt op de grond. In mijn handen heb ik een glad houten kistje met aan vier kanten sleutelgaten. Door de heldere vernis lijkt het hout bijna te leven. Mijn eerste gedachte is dat het een beeldschoon kistje is. Ik had nooit gedacht dat een houten kistje beeldschoon kon zijn. Sterker nog, ik geloof dat ik het woord 'beeldschoon' nooit eerder in de mond heb genomen, en mocht Lizzy er ooit naar vragen, dan zou ik ontkennen dat ik het nu wel heb gebruikt.

Lizzy bukt om het vloeipapier op te rapen dat aan mijn voeten ligt. Ze staat langzaam op en zegt: 'Uh, Jeremy?'

'Hmmm?' Ik kan mijn ogen niet van het kistje afhouden. Ik schud het voorzichtig heen en weer en hoor het gedempte geluid van schuivende voorwerpen die tegen elkaar aan stoten. Veel zwaarder dan een kilo kan het niet zijn.

'Uh, misschien moet je het even omdraaien,' zegt Lizzy. Als gehyp-notiseerd blijf ik het kistje heen en weer schudden. Dan pakt ze het uit mijn handen, draait het om en geeft het weer terug. Gegra-veerde woorden staren me aan: DE ZIN VAN HET LEVEN: VOOR JEREMY FINK, TE OPENEN OP ZIJN 13DE VERJAARDAG.

Ik zou mijn vaders handwerk uit duizenden hebben herkend.

2 DE VERKLARING

'Zo te zien was het pakket dus helemaal niet voor je moeder,' zegt Lizzy na een poosje.

Ik geef geen antwoord. Mijn handen trillen en ik zet het houten kistje op de keukentafel. We doen een paar stappen achteruit en bekijken het van een afstandje.

'Dus dit is een verjaardagscadeau van je vader?' vraagt Lizzy.

Ik knik. Mijn hart gaat zo ontzettend tekcer dat ik het in mijn oren hoor bonzen.

We blijven naar het kistje staren en de woorden dansen voor mijn ogen. *De zin van het leven. Voor Jeremy Fink.* 13*de verjaardag.* Mijn moeder heeft hier dus al die tijd van geweten, minstens vijf jaar lang. Waarom heeft ze mij er nooit iets over verteld? Ik heb voor niemand geheimen. Nou ja, ik geloof niet dat ik iemand ooit heb verteld dat ik Rachel Schwartz heb gezoend tijdens haar bat mitswa-feest, afgelopen april, maar dat komt vooral doordat het niet zozeer een zoen was, als wel dat onze lippen zich toevallig op dezelfde plek bevonden toen we allebei de laatste kinderchampagne van het dienblad van de serveerster wilden pakken.

'Wat denk je dat erin zit?' vraagt Lizzy.

Ik kan eindelijk weer iets uitbrengen. 'Geen idee.'

'Kan de zin van het leven in een kistje zitten?'

'Ik zou denken van niet,' zeg ik.

'En je hebt dit kistje nooit eerder gezien?'

Ik schud mijn hoofd.

'En je moeder heeft het er nooit over gehad?'

Ik schud nogmaals van nee en probeer me voor de geest te halen wat ik ook alweer moet doen als ik een paniekaanval voel opkomen. Ik heb er één keer eerder een gehad, vorig jaar, toen mijn moeder en ik naar Florida vlogen om naar mijn opa en oma te gaan. Ze kunnen me nog zo vaak vertellen dat vliegen veilig is, maar ik ben van mening dat het luchtruim alleen is weggelegd voor vogels en superhelden. Diep inademen, vier tellen inhouden, diep uitademen. Ik heb nog nooit nagedacht over de zin van het leven. Waarom eigenlijk niet? Wat is er mis met mij? Ben ik de enige die hier nog nooit over heeft nagedacht? Misschien heb ik me te veel verdiept in tijdreizen, omdat ik alsnog wilde voorkomen dat mijn vader op die fatale dag in de auto zou stappen. Maar mijn tijdreisonderzoek is belangrijk, zo niet *cruciaal* voor de hele mensheid. Had ik dat dan opzij moeten zetten om over de zin van het leven te gaan piekeren?

'Gaat het?' vraagt Lizzy, en ze kijkt me bezorgd aan. 'Je ziet een beetje groen.'

Ik ben een beetje licht in mijn hoofd door mijn ademhalingsoefeningen. 'Misschien moet ik even gaan zitten.' We lopen de woonkamer in en ik laat me op de bruine ribfluwelen bank zakken. Ik leun achterover en doe mijn ogen dicht. Toen ik drie was, heb ik deze bank Meuk gedoopt. De bank was een van de eerste meubels waar mijn ouders tegenaan liepen in de hoogtijdagen van hun vroegere verzamelwoede, voordat ik werd geboren. Mijn vader vertelde me dat afgedankte spullen die mensen op straat bij het grofvuil zetten, *ouwe meuk* werden genoemd. Ik vermoed dat we op de bank zaten toen hij me dat vertelde, want ik begreep uit zijn verhaal dat de *bank* Meuk heette. Toen ze hem vonden was hij al oud, en nu is-ie nog ouder. In de loop van de jaren heeft mijn moeder de slijtplekken met steeds weer andere stofjes opgelapt. Tegenwoordig bestaat de bank bijna ALLEEN MAAR uit andere lapjes stof, maar ze zal hem nooit wegdoen, omdat ik hem een naam heb gegeven. Ze is nogal sentimenteel in die dingen. Maar niet sentimenteel genoeg om mij over het kistje te vertellen!

'Je begint er weer seminormaal uit te zien,' constateert Lizzy. 'Niet meer zo groen. Hooguit een beetje zweterig misschien.'

Ik heb nog nooit iets meegemaakt wat ook maar in de buurt komt van een kistje dat zomaar in je leven opduikt. En ik ken niemand die iets soortgelijks is overkomen. En ik heb er ook nooit over gelezen. Ik moet dit even op een rijtje zetten, een plan maken. Ik doe mijn ogen open en zeg: 'Even samenvatten.'

'Ja!' zegt Lizzy, en ze gaat enthousiast rechtop zitten. Lizzy is dol op een gedegen samenvatting. We hebben een keer een rechercheur op tv gezien die dat ook deed, en sindsdien maken we zo af en toe een samenvatting van de gebeurtenissen van de dag.

Ik ga staan en begin rondjes om de salontafel te lopen. 'Goed,' zeg ik. 'We wilden net naar binnen gaan, toen Nick eraan kwam. We hebben hem zover gekregen dat hij het grote pakket met mijn moeders naam erop aan ons heeft meegegeven. We hebben hem beloofd dat we het niet zouden openmaken, maar op de een of andere manier hebben we dat toch gedaan, zonder dat we er erg in hadden.'

'Ja, zo zou je het kunnen formuleren,' zegt Lizzy enthousiast. 'Ga verder.'

'In de doos vonden we een brief van een advocaat, een vroegere vriend van mijn vader. Hij schreef dat hij de sleutels was kwijtgeraakt van een houten kistje dat mijn vader voor hem had achtergelaten om aan mij te geven wanneer ik dertien zou worden.' Ik pauzeer even en haal diep adem. 'Ik word over een maand dertien en weet niet hoe ik het kistje open zou moeten krijgen.'

'Misschien heeft je moeder nog een set reservesleutels,' oppert Lizzy.

'Dat betwijfel ik. Harold leek er behoorlijk over in te zitten dat hij ze niet meer had, dus hij zal wel vrij zeker hebben geweten dat het de enige sleutels waren.'

'Maar stel nou dat je vader het kistje zelf heeft gemaakt? Dan liggen de sleutels misschien tussen zijn gereedschap. Of nee, je moeder heeft die spullen allemaal weggegeven, hè?'

Ik knik. Ik weet nog goed hoe moeilijk ze het vond om zijn spullen weg te doen. 'Maar dat maakt niet uit. Mijn vader kon goed dingen repareren, maar ik geloof niet dat hij zoiets ingewikkelds als dit kon maken, met al die sloten. De letters op het deksel heeft hij wel zelf gegraveerd, dat weet ik zeker. Hij was dol op dat graveerapparaat.'

'Ja,' zucht Lizzy weemoedig, en ze denkt ongetwijfeld terug aan het weekend waarin mijn vader zijn initialen graveerde op alles wat los en vast zat, tot mijn moeder het ding van hem afpakte (maar niet voordat hij voor Lizzy een naambordje had gemaakt voor op haar slaapkamerdeur). 'Jammer dat jij zijn klusgenen niet hebt geërfd.'

'Inderdaad, maar als ik ze wel had geërfd, zouden we nu geen gat in de muur hebben tussen jouw en mijn kamer, op de plek waar ik die planken had willen ophangen.' Lizzy en ik hebben de afgelopen jaren dankbaar gebruikgemaakt van dat gat, om briefjes heen en weer te schuiven. Gelukkig grenzen ons slaapkamers aan elkaar, want anders had het gat misschien midden in de keuken van de Muldouns gezeten.

'We zullen een manier vinden om het kistje open te krijgen,' zegt Lizzy vastberaden. 'Dat beloof ik je.'

'Ik wil niet rot doen, maar jij komt je beloften meestal niet na, of je ze stelt ze tussentijds bij.'

'Deze keer wel,' zegt ze, en ze springt op van Meuk. 'Kom op, laten we alles weer inpakken. Je moeder kan elk moment thuiskomen.'

Ik volg haar naar de keuken en kijk toe hoe ze alles in omgekeerde volgorde in het kistje terugstopt. Ik ben ervan onder de indruk hoe netjes ze dat doet, want Lizzy is de meest chaotische persoon die ik ken. Als ze de laatste krantenprop heeft teruggestopt, besef ik dat ik tegenover mijn moeder onmogelijk kan doen alsof ik niet weet wat erin zit.

Als Lizzy de lange reep plakband wil pakken zeg ik: 'Laat dat plakband maar zitten, hoor. Ik ga haar denk ik gewoon vertellen dat ik het heb opengemaakt. Ik kan niet zo goed liegen als jij.'

Lizzy zet haar handen in haar zij en knijpt haar ogen tot spleetjes. 'Je zit me toch niet te beledigen, hè?'

'Ik bedoel alleen maar dit: als *ik* als spion zou worden betrapt op vijandelijk grondgebied, dan zou ik graag willen dat *jij* zou uitleggen wat ik daar uitspookte. We hebben allemaal onze sterke kanten, en mensen ergens van overtuigen, daar ben jij toevallig erg goed in.'

'O, en wat is *jouw* sterke kant dan?' vraagt ze.

Goeie vraag. Wat is *mijn* sterke kant? *Heb* ik eigenlijk wel een sterke kant? Misschien heb ik wel *te veel* sterke kanten en kan ik er daarom even niet opkomen.

'Oké, laat maar,' zegt ze, en ze loopt naar de deur. 'Ik wil je hersenen niet al te veel op de proef stellen en ik moet trouwens naar huis om de tafel te dekken.'

We spreken af dat ik haar via het gat in de muur een briefje zal sturen zodra ik mijn straf heb gekregen en naar mijn kamer ben gestuurd, want ik ben ervan overtuigd dat het zo zal gaan. Onze staande klok – gevonden op de hoek van 83rd Street en 2nd Avenue – slaat vijf keer. Dat betekent dat ik voordat mijn moeder thuiskomt nog twintig minuten heb om in huis wat nuttige dingen te doen die haar misschien gunstig zullen stemmen als ze ziet dat ik haar pakket heb opengemaakt.

Ik pak het visvoer van de plank in de keuken en ga snel naar het aquarium dat in de gang op een langwerpige marmeren tafel staat – gevonden op de hoek van 67th Street en Central Park West. De vissen zwemmen naar het wateroppervlak om me te begroeten, behalve Kat, de eenling. Ik heb al mijn vissen dierennamen gegeven, want ik mag van mijn moeder geen echte huisdieren, omdat zij nog steeds rouwt om de dood van het konijn dat ze had toen ze klein was. Kat is een gestreepte tijgervis die een beetje op zichzelf is. Hond is bruin met witte vlekken en niet al te slim. Hij stoot tig keer per dag zijn neus tegen de wand van de bak. Hamster is een hyperactieve oranje goudvis, die de hele dag heen en weer zwemt alsof hij meedoet aan de Olympische estafette. Mijn nieuwste vis heet Fret; hij is lang en zilverkleurig, en soms moeilijk te zien tegen de grijze stenen op de bodem van de bak. Ik strooi wat voer in het water en ze zwemmen snel omhoog om het naar binnen te schrokken.

Mijn vissen en ik hebben veel met elkaar gemeen. Ze zwemmen rond tussen steeds diezelfde vier muren, veilig en besloten in hun vertrouwde omgeving. Zo ben ik ook. Ik heb echt geen enkele reden om naar een andere buurt te gaan. Alles wat ik ooit nodig zou kunnen hebben, is in een paar straten rondom ons huis te vinden: mijn vaders winkel (ik zie het nog steeds als zijn winkel), de bioscoop, de school, de dokter, de supermarkt, de tandarts, kleding, schoenen, het park, de bieb, het postkantoor, alles. Ik houd niet van veranderingen.

Ik pak de plumeau uit het gootsteenkastje en begin alles af te stoffen waar maar stof op zou kunnen liggen. Ik zwiep langs de spiegels, de vele beeldhouwwerken van tante Judi, de tafeltjes, de boekenplanken en de ruggen van de boeken (óf afdankertjes van de bibliotheek, óf op een rommelmarkt gekocht). Ik stof de televisie af en de kralengordijnen die mijn moeder heeft gemaakt in de zomer dat ze zwanger was van mij, en veel in bed lag. Ik had haast mezelf nog afgestoft!

Ik ren naar mijn slaapkamer en gooi snel mijn deken over het bed, zonder eerst de lakens recht te trekken. De pluchen krokodil die mijn vader op de jaarmarkt voor me heeft gewonnen met het omgooien van oude melkbussen, zit gevangen onder de dekens. Door de bobbels lijkt het net of ik iets te verbergen heb. Juist als ik er iets aan wil gaan doen, hoor ik de dubbele klop op de muur, ten teken dat er een nieuw bericht op me ligt te wachten. Ik duw de poster van het zonnestelsel die voor het gat hangt opzij en pak het uiteinde van een opgerold stuk schrijfpapier. Onze muren staan ongeveer 15 centimeter uit elkaar, en in het begin gebruikten we kleine papiertjes voor onze berichtjes, maar die vielen altijd in de holle ruimte ertussen. Misschien dat iemand ze ooit, over een heleboel jaren, zal vinden en zich zal afvragen wie wij waren. Nu gebruiken we alleen grote vellen papier, in de lengte gevouwen, zodat ze probleemloos de andere kamer bereiken.

Er zitten twee jellybeans in. Watermeloen, mijn favoriete smaak. Ik stop ze in mijn mond en lees het briefje:

Succes! Als je straf krijgt, heb ik er nog meer voor je.

Zo zorgen Lizzy en ik een beetje voor elkaar.

Ik krabbel met grote letters DANK JE WEL onder aan het briefje en stop het terug in het gat, tot het haar kant van de muur heeft bereikt. En dan klop ik twee keer. Snel daarna verdwijnt het aan de andere kant.

Ik leg net de boeken en papieren op mijn bureau recht als ik de voordeur hoor opengaan. Het was mijn bedoeling geweest om in de keuken naast het kistje te zitten als mijn moeder thuiskwam, maar nu het zover is, kan ik me niet bewegen. Ik zit op de rand van mijn bed en wacht. Ik hoor haar sleutelbos rinkelen als ze hem ophangt aan het haakje naast de deur. *Bonk* doet haar zware aktetas op de grond. Nu loopt ze de keuken in om een glas ijsthee te pakken. Ik ken haar vaste gewoonten door en door. Nog drie stappen en dan ziet ze het kistje. Nog twee stappen. Eén. Nu bekijkt ze het pakket en vraagt zich af waarom het open is. Nu steekt ze haar hand erin en haalt de brief en het houten kistje onder de kranten vandaan. En nu gaat ze mij roepen. Oké... nu!

Nu?

Waarom hoor ik niets? Ik verwachtte een luid 'Jeremy Fink! Kom onmiddellijk hier!' In plaats daarvan... stilte. Wat heeft dit te betekenen? Er gaat nog een minuut voorbij, en ik hoor nog steeds niets. Wil ze me nog even laten zweten door de onvermijdelijke woede-uitbarsting uit te stellen? Of is ze misschien uitgegleden en ligt ze nu bewusteloos op de grond?

Als ik de keuken inkom, zie ik mijn moeder gelukkig niet buiten westen op de keukenvloer liggen. Nee, ze staat bij de tafel en staart naar mijn vaders kistje. Het is een bekende houding, want ik heb daarnet immers ook een tijd zo gestaan. Ze heeft de brief in haar hand, die slap langs haar lichaam hangt. Haar gezicht is bleek. Ik zie een paar grijze haren in haar zwarte bos haar en om de een of andere reden word ik daar treurig van. Eigenlijk zou ik nu haar hand willen pakken. Maar ik vraag alleen: 'Uh, mam? Gaat het?'

Ze knikt niet erg overtuigend en gaat in de met flessendoppen versierde stoel zitten. 'Deze is eigenlijk voor jou,' zegt ze, en ze geeft de brief aan mij. Ze laat haar vingers glijden over de woorden die mijn vader op de bovenkant van het kistje heeft gegraveerd. 'Amper een week na het ongeluk heb ik dit kistje naar Harold gestuurd en het bij hem in bewaring gegeven,' zegt ze, zonder haar ogen ervan af te houden. 'Toen leek jouw dertiende verjaardag nog miljoenen jaren ver weg.'

Ze ziet er zo verdrietig uit dat ik nog liever had gehad dat ze boos op me was geworden. Niet dat ze zo gauw kwaad wordt of zo, maar grenzen zijn erg belangrijk voor haar. Ik weet zeker dat als *mijn* naam op het pakket had gestaan, zij het nooit open zou hebben gemaakt.

'Je vader hield altijd vol dat hij het kistje zelf aan jou zou kunnen geven, maar ik wist dat hij daar diep in zijn hart niet in geloofde. Hij had in zijn testament gezet dat ik het kistje naar Harold moest sturen.'

Met dichtgeknepen keel, alsof er een wurgslang omheen zit, vraag ik: 'Hij heeft die handlezeres op de boulevard altijd geloofd, hè?' Ze slaakt een diepe zucht. 'Ik weet het niet. Maar ik denk dat sommige mensen zich meer bewust zijn van hun sterfelijkheid dan anderen. Hij wist gewoon hoeveel jaren hij toebedeeld had gekregen.'

We zijn allebei een tijdje stil. Dan fluister ik: 'Sorry dat ik het heb opengemaakt.' Als ik iets jonger was geweest, had ik Lizzy de schuld gegeven.

Tot mijn verbazing lacht ze. 'Je vader zou precies hetzelfde hebben gedaan. Hij was zo nieuwsgierig. Daarom hield hij ook zo veel van rommelmarkten en van verzamelen. Het fascineerde hem welke spullen de mensen bewaarden en welke ze weggooiden. Herinner jij je nog dat hij bij alles wat hij vond een verhaal verzon?'

Ik ga tegenover haar zitten en knik. Ik weet het nog, maar mijn herinneringen zijn erg verward. Nadat mijn vader was overleden was het net of alle meubels tegen me praatten (met mijn vaders stem), en ik moest mezelf dwingen te beseffen dat de tafel in de gang gewoon een tafel was en niet de tafel waarop de Onafhankelijkheidsverklaring was getekend. Want dat was natuurlijk niet zo.

Ze laat haar hand over de diepe krassen in de keukentafel glijden. 'Weet je nog wat hij zei over deze kapotte tafel, toen we die hadden gevonden?'

Ik schud mijn hoofd.

'Toen we er op een tweedehandsmarkt tegenaan liepen, zei je vader dat hij van een hele dikke oude vrouw was geweest. Ze zat aan deze tafel en las in de krant dat ze de loterij had gewonnen. Ze viel flauw van opwinding, boven op de tafel, waarna een van de poten afbrak onder haar gewicht.' Mijn moeder wijst naar het kistje en zegt: 'Hij was in alle staten toen hij dit kistje vond. Zoiets bijzonders had hij nog nooit gezien, met al die sleutelgaten. Jij was toen zes jaar, en nog diezelfde avond is hij er voor jou dingen in gaan stoppen. Hij heeft het een paar maanden later pas gegraveerd.'

De tranen branden in mijn ogen, maar ik knipper ze weg. 'Dus jij weet wat erin zit?'

Ze schudt haar hoofd. 'Hij deed daar erg geheimzinnig over. Het kistje bewaarde hij in de kelder van de stripboekenwinkel.'

Vandaar dat ik het nooit hier in huis ben tegengekomen! 'Heb jij een set reservesleutels?' Ik houd mijn adem in tot ze antwoord geeft.

Ze schudt haar hoofd. 'Er was maar één set. Je hebt vier verschillende sleutels nodig om het kistje open te kunnen maken, en die heb ik naar Harold gestuurd. Geen idee wat hij ermee heeft gedaan.'

'Misschien heeft pappa een extra set laten maken en ergens in de winkel bewaard. Ik kan aan oom Arthur vragen of...'

Ze schudt haar hoofd. 'Het spijt me, Jeremy. Ik heb al pappa's spullen uit de winkel opgeruimd. Er zijn geen reservesleutels.'

Ik trek hard aan het deksel, zonder serieus te verwachten dat dat iets zal uithalen. Het zit muurvast. 'Hoe moet ik het dan open krijgen?' vraag ik.

'Ik zou het echt niet weten.' Ze staat op en haalt de kan met ijsthee uit de koelkast. Ze pakt twee glazen, en zegt: 'Lizzy's vader heeft wat gereedschap. We kunnen vragen of hij het kistje door wil zagen als je vóór je verjaardag geen andere manier hebt gevonden om het open te krijgen.'

Ik spring op en gooi bijna mijn stoel omver. Ik grijp het kistje van de tafel en houd het tegen mijn borst geklemd.

'Ik neem aan dat dit nee betekent?' zegt ze, met een geamuseerde klank in haar stem.

'Ja, dat betekent nee,' bevestig ik, en ik klem het nog steviger vast. Nu ik weet hoe dol mijn vader op dit kistje was, kan ik het toch niet in tweeën laten zagen? Na vijf jaar heeft hij me een bericht gestuurd met maar één instructie: dit kistje openmaken op mijn dertiende verjaardag. En dat is precies wat ik ga doen, hoe onmogelijk het misschien ook lijkt.

3 DE SLEUTELS

Ik stuur een briefje naar Lizzy om te zeggen dat mijn moeder de sleutels niet heeft en dat ik wonder boven wonder geen straf heb gekregen. Uren later, als de staande klok elf slaat, krijg ik eindelijk antwoord.

Ik heb een plan. Kom morgenochtend om 10 uur naar me toe. Neem de brief en het kistje mee. Sorry dat ik zo laat reageer, maar het was weer Vrijdagavond Familiefilmavond. Alweer Field of Dreams. ALWEER!! Zorg dat je op tijd bent!
Lizzy

Ik word altijd een beetje zenuwachtig van Lizzy's plannen, maar in dit geval heb ik niets te verliezen. Tussen het avondeten en nu heb ik alles al geprobeerd wat ik zelf kon bedenken om het kistje open te krijgen. Om te testen of de sloten misschien open zouden gaan bij extreme temperaturen, heb ik het kistje een uur lang in de vriezer gezet. Geen verandering. Daarna heb ik het in de magnetron gezet. Maar voordat ik op de startknop drukte, heb ik het er weer uitgehaald, want stel nou dat de zin van het leven een klein buitenaards baby'tje blijkt te zijn, door mijn vader van een wisse dood gered? Ik wilde niet op mijn geweten hebben dat het leven van dat kleine wezentje zou eindigen in onze magnetron.
Als laatste poging heb ik een mes onder het deksel gestoken om

het open te wrikken, maar ik botste tegen een volgende houtlaag aan waardoor het mes niet verder naar binnen gleed.

Ik houd niet van verrassingen. Ik kijk nooit naar enge films. Ik neem alleen de telefoon op als ik op het display kan zien wie er belt. Ik vind het zelfs al vervelend als iemand zegt: 'Drie keer raden' en dan wacht tot je begint te raden. Van verrassingen word ik zenuwachtig. Als je één keer echt goed verrast bent in je leven, en dan heb ik het over een verpletterende verrassing die je leven volledig op zijn kop zet, dan moet je daarna bij elke kleine verrassing aan die ene grote denken.

Voor dit kistje geldt dat eigenlijk ook.

Het staat nu midden op mijn bureau en kijkt me spottend aan. Hoewel het niet groter is dan een schoenendoos, overschaduwt het alles in mijn kamer, zelfs de levensgrote kartonnen uitsnede van de hobbits uit *The Lord of the Rings*. En hobbits laten zich echt niet zomaar overschaduwen.

Ik schrijf Lizzy terug en vraag om meer details over haar plan, maar ze pakt het briefje niet uit de muur. Na een paar minuten trek ik het er weer uit en houd mijn oor tegen het gat. De poster die het gat aan haar kant bedekt, laat geen licht door, maar ik hoor wel haar kat Zilla, die hard zit te spinnen. Nou ja, het is eigenlijk meer brullen dan spinnen. Zilla (voluit Godzilla, omdat hij alles molt wat hij op zijn pad vindt) verdedigt Lizzy altijd alsof ze zijn kind is, en haalt uit naar iedereen die in de buurt van haar kamer komt. Ik heb in geen twee jaar meer dan een voet in haar slaapkamer gezet. Volgens mij denkt Zilla dat hij een pitbull is. Ik klop een paar keer op de muur, maar niet te hard.

Dan klopt mijn moeder op de deur en geeft me een boterham met pindakaas op een servetje. Ze laat haar blik een hele tijd op het kistje rusten en wil dan de deur weer achter zich dichtdoen. Dan blijft ze staan en zegt: 'O ja, wacht, ik heb nog iets voor je.' Ze is in een paar tellen weer terug.

'In alle opwinding ben ik helemaal vergeten om dit aan je te geven.'
Ze heeft iets in haar hand wat lijkt op een doodgewoon geel fruit-tellasnoepje. Maar bij nadere inspectie zie ik dat de onderste helft oranje is. Het is een gemuteerde fruittella!

'Dank je wel, mam!' Ik spring op van het bed en leg de fruittella bij mijn snoepverzameling, in de luchtdichte tupperwaredoos. Het is maanden geleden dat ik er voor het laatst iets nieuws in heb gedaan. Luchtdicht of niet, de pinda-M&M begint er hier en daar wel wat groen uit te zien. Oorspronkelijk was hij geel.

'Je hebt nogal een dag achter de rug,' zegt mijn moeder. 'Zorg dat je niet te laat gaat slapen.' Ze maakt een beweging alsof ze me een kus op mijn voorhoofd wil geven, zoals ze vroeger altijd deed. Maar ze strijkt alleen even door mijn haren, werpt nog één blik op het kistje en doet dan echt de deur dicht. Het uur tussen elf uur en middernacht heb ik het Uur van Jeremy genoemd (afgekort UvJ). De stad ligt er dan zo stil en vredig bij, op de sirenes van de politieauto's en ambulances na, en het getoeter van auto's en het geruis van water in de leidingen. Maar als je in een stad opgroeit, zijn dat gewoon achtergrondgeluiden die je na een tijdje niet meer hoort. Ik heb het gevoel dat ik de enige levende mens op aarde ben.

Door al mijn UvJ-leesmomenten weet ik van veel dingen een beetje. Ik win dan ook altijd als ik triviant speel. En ik zou het heel goed doen in een tv-quiz. De afgelopen nacht heb ik geleerd dat alle mensen die nu op aarde leven, ieder dertig geesten achter zich hebben staan. Niet letterlijk achter zich natuurlijk, maar ik bedoel dat er dus zoveel dode mensen zijn in verhouding tot het aantal levende mensen. In totaal hebben er iets van 200 miljard mensen op onze planeet rondgelopen, net zoveel als het aantal sterren in ons melkwegstelsel. Interessant, toch? Natuurwetenschap is mijn lievelingsvak op school. Ik heb een gezonde belangstelling voor de Melkweg, en niet alleen omdat ze de *milky way* ernaar vernoemd hebben.

Meestal lees ik in mijn UvJ-tijd in de boeken die ik op mijn plank heb staan, en ik besteed altijd minstens een kwartier aan tijdreizen. Maar vanavond is het UvJ volledig gereserveerd voor sleutelonderzoek. Dit heb ik op internet gevonden:

1 De eerste sleutels werden vierduizend jaar geleden door de oude Egyptenaren gebruikt om hun grotten te beschermen.
2 De sloten werden oorspronkelijk gemaakt van houten pinnen die in elkaar grepen, met een houten sleutel, die een aantal van die pinnen uit hun gaten omhoog duwde, zodat het slot werd ontgrendeld.
3 De Romeinen begonnen later sleutels en sloten van metaal te maken, meestal brons of ijzer, en gebruikten veren in hun sloten. De sleutels werden *schildwachten* genoemd en de meeste waren ovaal aan de bovenkant en hadden een lang, recht middenstuk, met een of twee vierkante uitsteeksels aan het einde.
4 Daarna had je de stiftcilindersloten uit Engeland en Amerika, gevolgd door tijdsloten. Die hebben een interne klok die een wieltje laat draaien met een palletje erin. Zodra dat palletje op één lijn ligt met het sleutelgat, springt het slot open. (Toen ik dat las, heb ik het kistje meteen aan mijn oor gehouden. Geen getik. Dat was natuurlijk ook te mooi om waar te zijn.)
5 Tegenwoordig maken ze buigzame sleutels, zodat het slot niet met een gewoon hard metalen voorwerp, zoals een hoedenspeld, kan worden geforceerd.
6 Ik weet niet wat een hoedenspeld is.

Het Uur van Jeremy zit er bijna op. Ik heb nog tijd voor één snelle zoekactie. Ik typ de woorden "de zin van het leven" in de zoekbalk en houd mijn adem in.
Twee tellen later krijg ik 2.560.000 hits. TWEE MILJOEN VIJF HONDERD ZESTIG DUIZEND HITS. Ik klik op de definitie van het woord

leven, want dat lijkt mij het meest voor de hand liggende punt om te beginnen.

leven: zelfstandig naamwoord 1. een toestand anders dan de dood
Zo simpel is het. De definitie van leven is niet dood.

Ik sluit mijn computer af, stap in bed en kruip onder de dekens.

Ik wou dat ik kon zeggen dat de dingen er bij het licht van een nieuwe dag veel helderder uitzien, maar voor mij betekent een nieuwe dag alleen maar dat ik een dag minder heb om erachter te komen hoe ik het kistje moet openmaken. Lizzy doet met één hand de deur open terwijl ze met de andere een bosbessenvitamuffin naar binnen werkt. Haar vader staat erop dat ze al die gezonde dingen eet, en ze doet het nog ook! Mijn theorie is dat hij niet wil dat Lizzy net zo'n pens krijgt als hij. Hij is niet bepaald dun.

Ik volg haar de keuken in en ze geeft me mijn dagelijkse chocoladevitamuffin, de enige smaak die ik lust. Ik zet het kistje met de brief op de bar en probeer het enorme gehalte aan vitaminen en mineralen te negeren en me te concentreren op de stukjes chocola. Geen beter ontbijt dan een chocoladeontbijt (zelfs als het gaat om gezonde en vetvrije chocola, die goed voor je is).

'Nou, kom maar op met dat plan,' zeg ik, terwijl ik de melk uit de koelkast pak. 'En kunnen we ervoor gearresteerd worden?'

'Zijn we soms *ooit* gearresteerd?' antwoordt Lizzy. Ze kijkt met een vies gezicht toe hoe ik uit het pak drink.

'Het heeft een paar keer bar weinig gescheeld,' herinner ik haar. 'Die keer dat jij me had overgehaald om stiekem het zwembad van het bejaardencentrum in te gaan, waarna de bewaker ons stratenlang achterna heeft gezeten. Of die keer dat ik voor jou op de uitkijk moest staan terwijl jij een menukaart jatte uit dat openluchtrestaurant, en de ober water over ons heen gooide. Dat scheelde echt maar een haar.'

'Even voor de goede orde,' zei Lizzy, 'het was bijna veertig graden toen we dat zwembad in piepten. Het was absoluut de moeite waard.' En binnensmonds voegt ze daaraan toe: 'En het was ijsthee die hij over ons heen gooide, geen water.'

Lizzy loopt de keuken uit om haar schema te pakken. Want bij elk plan hoort een schema. Soms zelfs met kleurcodes. Ik zet het kistje op tafel, ga zitten en wacht. Zo te zien heeft Lizzy haar speelkaartenverzameling zitten bekijken voordat ik kwam, want ze liggen nog op tafel uitgespreid. Ik heb mijn verzameling snoepmutanten, en Lizzy heeft haar speelkaarten. Het verschil is alleen dat ik gemuteerd snoep dankbaar aanneem van wie dan ook, terwijl zij alleen speelkaarten in haar verzameling opneemt die ze zelf heeft gevonden, in een openbare ruimte. Ze wil geen dubbele kaarten hebben en zal ook niet op voor de hand liggende plaatsen gaan zoeken, zoals op de stoep bij de bridgeclub. Het liefst vindt ze haar kaarten in de metro, op een bank in het park of tussen een putdeksel. Ze mist er nu nog maar drie: schoppentwee, hartenacht en ruitenboer.

Ik weet nog goed hoe trots mijn vader was toen Lizzy met haar verzameling begon. Hij vond het heel creatief. Ik bedoel, natuurlijk is het *anders dan anders* om een volledig pak speelkaarten één voor één bij elkaar te vinden, maar háár verzameling kun je niet opeten en de mijne wel. Er zitten zelfs kaarten tussen die zo smerig zijn dat je het nummer en de kleur amper kunt herkennen. Hoezeer hij ons ook altijd stimuleerde om een verzameling te beginnen, zelf hield mijn vader het nooit lang vol. Hij heeft een tijdje honkbalkaarten verzameld, maar dan alleen van spelers die maar een jaar bij een club speelden. Daarna was hij een tijdje bezeten van buitenlandse postzegels uit landen die niet meer bestonden. Eén postzegel werd zijn heilige graal, en waar hij ook kwam, hij was er altijd naar op zoek. Die zegel is in 1851 gedrukt op Hawaï, meer dan honderd jaar voordat Hawaï een Amerikaanse staat werd. De postzegel is uitgebracht in een versie van twee cent, vijf cent en dertien cent. Mijn vader had hem nagetekend, zodat mijn moeder en ik hem zouden herkennen als we zonder hem op pad waren. Ik kijk nog altijd of ik die postzegel ergens zie, maar soms vraag ik me af of hij het niet gewoon heeft verzonnen. Vlak voor zijn dood was hij overgestapt op cadeautjes die je bij fastfoodrestaurants krijgt. Dat was vooral leuk voor mij, want hij moest altijd een kind bij zich hebben om de speeltjes te krijgen. Nu kan ik geen fastfoodtent meer binnengaan zonder verdrietig te worden.

Lizzy komt terug met een stuk tekenpapier opgerold onder haar arm, en met een grommende Zilla in haar kielzog. Met veel gevoel voor dramatiek rolt Lizzy met een soepele polsbeweging het papier uit en legt het voor ons op tafel, boven op de speelkaarten. Het eerste dat me opvalt zijn de twee potloodtekeningen van het kistje. De sleutelgaten staan niet helemaal op de juiste plek, maar verder is het helemaal niet slecht gedaan.

'Sorry voor de grove schets,' zegt ze bescheiden. 'Zoals je ziet, heb ik alle opties genummerd. De lijst gaat van makkelijk naar moeilijk. Plan A…'

'Kun je wel schrappen,' val ik haar in de rede (ik heb vooruit zitten lezen). 'Dat heb ik al geprobeerd.'

'Heb je het kistje in de vriezer gezet?' vraagt ze verbaasd.

Ik knik. 'En in de magnetron.'

Ze kijkt me lang aan en streept dan plan A en B door.

'En nu je toch bezig bent, plan C kun je ook doorstrepen. Ik heb ook al geprobeerd om een mes onder het deksel te steken, maar er is geen beweging in te krijgen.'

Met een diepe zucht streept ze ook de volgende optie door.

'Kan ik verdergaan?' vraagt ze.

'Ga je gang.'

'Plan D: we gaan met het kistje naar Larry's Sloten en Klokken en vragen of hij een oplossing weet.'

Ik knik instemmend. 'Dat is een goed idee.'

Ze vervolgt: 'En als dat niet werkt, gaan we over op plan E, en nemen vanmiddag de metro naar de vlooienmarkt op 26th Street. Misschien hebben we daar geluk. Daar moeten handelaren zitten die oude sleutels verkopen.'

Ik begin zachtjes te protesteren. 'Ik heb daar nog nooit sleutels gezien.'

'Omdat je nog nooit een reden hebt gehad om ernaar te zoeken.'

'Misschien. Maar toch… het is helemaal aan de andere kant van de stad.'

'Je wilt gewoon niet met de metro als er geen volwassene bij is,' zegt ze beschuldigend.

Mijn moeder zegt altijd dat iedereen in zijn eigen tempo volwassen moet worden. Ik kruis mijn armen voor mijn borst en zeg opstandig: 'Je *weet* dat ik niet alleen met de metro ga.'

'Je *gaat* ook niet alleen.' Lizzy krijgt altijd rode blosjes op haar wangen als ze geïrriteerd is. Ik zie dat de kleur zich over haar wangen verspreidt. 'Kom op,' zegt ze, 'we zijn bijna dertien! Het wordt tijd dat we alleen de stad in gaan. Misschien was er tot nu toe nooit een aanleiding voor, maar weet jij een betere reden dan het openen van dit kistje?'

Daar heeft ze een punt. Elk verzet is zinloos. 'Oké dan,' zeg ik toonloos. 'Als de slotenmaker ons niet kan helpen, en we naar de vlooienmarkt moeten, dan ga ik mee.'

'Mooi!' zegt ze.

'Maar alleen als mijn moeder het goedvindt,' voeg ik daaraan toe. 'Ik moet haar wel te vriend houden na gisteren.'

Lizzy rolt met haar ogen. 'Tuurlijk, joh. *Whatever.* Kunnen we dan nu gaan?' Ze draait het vel papier om zodat ik het laatste actiepunt op haar lijstje niet kan lezen, en pakt het kistje.

'Wacht!' roep ik als ze naar de voordeur loopt. 'Mag ik niet weten wat plan F is, stel dat de slotenmaker en de vlooienmarkt niets opleveren?'

Ze blijft heel even staan en schudt dan haar hoofd. 'Laten we hopen dat je daar nooit achter zult komen.'

Dat klinkt zorgwekkend. We gaan nog even bij mij thuis langs om mijn rugzak te pakken. Terwijl ik het kistje in mijn rugzak stop, graait Lizzy een handvol metromunten uit het schaaltje op de bar. 'Misschien kun je beter nu vast je moeder bellen, voor als Larry ons niet kan helpen.'

Ik sputter tegen, maar doe het toch. Mijn moeder vindt het goed als we met de metro gaan, als we maar voorzichtig zijn. Is het heel slecht van me dat ik stiekem had gehoopt dat ze nee zou zeggen? In de bijna dertien jaar dat ik bij Larry's Sloten en Klokken om de hoek woon, ben ik nog maar één keer bij hem binnen geweest. Toen mijn vader onze staande klok had gevonden, moest en zou hij hem aan de praat krijgen. Hij heeft hem vanaf zijn oorspronkelijke thuis, de grofvuilberg van de een of andere vreemdeling, regelrecht naar deze winkel gesleept. Toen mijn vader nog leefde, dreigde mijn moeder altijd dat ze de klok weer kapot zou maken omdat ze gek werd van de gong. Maar sinds zijn dood heeft ze er nooit meer over geklaagd.

Op het bordje in de etalage staat dat de winkel op zaterdag alleen 's ochtends geopend is, dus we zijn net op tijd. Als Lizzy de deur openduwt, rinkelt er een klein belletje boven ons hoofd. Er is niemand in de winkel. Om ons heen hangen planken vol klokken in verschillende stadia van reparatie. Ik had niet gedacht dat er naast mijn vader nog andere mensen waren die hun klok lieten repareren, in plaats van een nieuwe te kopen. Maar als ik iets beter kijk, zie ik dat er over de meeste klokken een dikke laag stof ligt, alsof ze tien jaar geleden door iemand zijn afgegeven en daarna nooit meer zijn opgehaald. Mijn neus kriebelt, dus ik loop snel bij de plank vandaan, voordat ik alles onder nies. Want als ik nies, dan nies ik hard. Zit in de familie. Mijn vader heeft een keer zo hard geniest op iemand die voor ons zat in de bioscoop, dat die vent zich omdraaide en zijn popcorn op mijn vaders schoot smeet.

Lizzy en ik lopen naar de smalle toonbank achter in de winkel. Achter de toonbank hangen sleutels in allerlei soorten en maten. Vanuit de achterkamer komt een dunne man in een overall aan-slenteren, die intussen zijn handen afveegt aan een doekje.

'Waar kan ik jullie mee helpen?' vraagt hij, terwijl hij een verfrom-melde McDonald's-verpakking van de toonbank veegt. Die landt precies in de vuilnisbak links van hem.

'Ben jij Larry?" vraagt Lizzy.

De man schudt zijn hoofd. 'Larry junior.'

Lizzy kijkt me aan en ik haal mijn schouders op. Het maakt mij niet uit door welke Larry we geholpen worden. Ze draait me om, maakt mijn rugzak open en haalt het kistje eruit.

'Dat kan ik zelf ook wel, hoor,' fluister ik.

Ze zet het kistje met een plof op de toonbank. 'Kunt u dit open krijgen?'

'Wat een beeldschoon kistje!' zegt de man, en hij bekijkt het van alle kanten.

Aha! Zie je nou wel. Hij vindt het ook beeldschoon.

'Dus in dit kistje zit de zin van het leven, als ik het goed begrijp?' Zijn mondhoeken krullen omhoog.

Ik doe net alsof ik hem niet heb gehoord. Als mijn vader zegt dat de zin van het leven in dit kistje zit, dan is dat verdomme ook zo. 'Ik ben de sleutels kwijt,' leg ik zo geduldig mogelijk uit. 'Hebt u misschien sleutels die zouden kunnen passen?'

Hij onderzoekt het kistje nauwkeurig en fronst zijn wenkbrauwen. 'Hmm. Eens even zien. Er staan geen merkjes op het kistje waar-uit je zou kunnen afleiden waar het vandaan komt, of wie het gemaakt heeft. Dat zou wel handig zijn geweest. Deze sleutelgaten zijn uniek, speciaal voor dit kistje gemaakt. Misschien is er een andere manier om erin te komen.' Hij schuift het kistje onder een lamp en doet het licht aan.

'De zin van het leven in een kistje,' mompelt hij, terwijl hij zich vooroverbuigt om het nog beter te kunnen bekijken. 'Wie had dat ooit gedacht?'

Uit de achterkamer komt een oudere man met precies dezelfde overall aan. 'Wat hoor ik daar over de zin van het leven in een kistje?' vraagt hij.

Larry junior wijst naar ons. 'Deze kinderen hebben dit kistje meegebracht. Sleutels kwijt.' 'Aha, geen sleutels,' zegt hij, en hij kijkt ons nieuwsgierig aan. 'Ik neem het wel even over,' zegt hij, en hij komt achter de toonbank staan.

'Hoeft niet hoor, pa,' zegt Larry junior. 'Ik red me wel.'

De oude man, Larry zelf neem ik aan, schudt zijn hoofd. 'Ik kreeg net een telefoontje dat mevrouw Chang zichzelf weer heeft buitengesloten. Jij moet haar even gaan helpen.'

Larry junior haalt zijn schouders op en pakt een gereedschapskist van de plank. 'Succes,' zegt hij als hij de deur uitloopt. De belletjes rinkelen achter hem.

We draaien ons weer om naar Larry senior. Zijn handen rusten op het kistje, en hij heeft zijn ogen dicht. Lizzy en ik kijken elkaar vragend aan.

'Uh,' zeg ik voorzichtig, 'denkt u dat u het open kunt krijgen?'

Larry doet zijn ogen weer open. 'Dacht het niet.'

De moed zinkt me in de schoenen.

'Dit is geen gewoon kistje,' vervolgt hij. 'Er zit een ingewikkeld sluitmechanisme aan de binnenkant, met staafjes en veren en…'

'Ja, dat weten we,' valt Lizzy hem in de rede, en ze citeert uit Harolds brief: 'en voor elk sleutelgat heb je een andere sleutel nodig. Door een inwendige vergrendeling is het onmogelijk om het kistje met geweld open te wrikken.'

44

'Ja, maar dat is niet het *enige*,' zegt Larry, 'onder het hout zit ook nog een laag metaal. Dat betekent dat je er niet doorheen komt zonder de inhoud te vernielen. Met een zaag of een bijl zou je het hele ding verbrijzelen. Als je goed kijkt, zie je een metalen rand zitten.'

We leunen over de toonbank en turen bij het licht van de lamp. Hij heeft gelijk. De smalle metalen strip die zichtbaar is bij de opening, had ik nog niet eerder gezien. Had mijn vader nou geen gewoon kistje kunnen kopen, zoals ieder ander zou hebben gedaan? Gewoon, met *één* sleutelgat?

Hij doet de lamp weer uit en schuift het kistje onze kant uit. 'Het spijt me jongens, maar er is maar één manier om in dit kistje te komen, en dat is met de sleutels.'

Lizzy wijst naar de rijen sleutels achter hem. 'En die dan? Zou een van die sleutels kunnen passen?'

Larry hoeft niet eens achterom te kijken. 'Dacht het niet. Dat zijn blinde sleutels. Die gebruiken we om een kopie te maken van een bestaande sleutel. Maar ik heb nog wel een doos met oude sleutels die ik in de loop der jaren heb bewaard. Probeer die maar eens.'

Hij rommelt een tijdje onder de toonbank. Lizzy en ik staan op onze tenen en gluren ongeduldig over de rand. Eindelijk komt hij weer omhoog en geeft me een sigarenkistje. Het zit niet eens vol. Ik probeer mijn teleurstelling te verbergen. Ik had me een enorme kist met honderden sleutels voorgesteld.

'Bedankt,' zegt Lizzy tam. 'Als deze sleutels nou niet passen, hoe groot is dan de kans dat we sleutels vinden die wel passen, denkt u? Ergens anders in de stad?'

'Miniem tot nul, zou ik denken, maar je weet nooit hoe een koe een haas vangt, zal ik maar zeggen.'

We staren hem niet-begrijpend aan. Hij grinnikt. 'Ik bedoel, het zal niet gemakkelijk zijn, maar je weet maar nooit. Het is per slot van rekening niet zomaar wat om op zoek te zijn naar de zin van het leven.'

'Bedankt,' zeg ik enthousiaster dan ik me voel. 'We brengen ze zo terug.'

'Geen haast, hoor,' zegt hij met een vage armbeweging. 'Hoe lang heb je eigenlijk nog voor je dertien wordt? Ik neem tenminste aan dat jij de Jeremy Fink bent die op het kistje staat?'

'Iets minder dan een maand,' antwoord ik terwijl we naar de deur lopen. Ik wil niet laten merken hoe teleurgesteld ik ben.

'Er kan een hoop gebeuren in een maand,' roept hij ons na. 'Maar je moet er wel in geloven.'

'Nou en of,' zegt Lizzy. 'Amen.' Als we weer buiten staan, zeg ik: 'Volgens mij is het niet de bedoeling dat je "Amen" zegt, als iemand zegt dat je ergens in moet geloven.'

Ze haalt haar schouders op. 'Hoe kan ik dat nou weten? Het enige wat ik van godsdienst weet is dat *god* op *snot* rijmt. Zullen we naar het park gaan om de sleutels te proberen?'

We gaan naar het gedeelte van het park waar we altijd speelden toen we nog klein waren. Nu we een missie hebben, voelt het toch anders. Zouden de mannen die op dat bankje de krant zitten te lezen, of de vrouwen die toekijken hoe hun kinderen in de zandbak spelen, in de gaten hebben dat we met iets belangrijks bezig zijn? We gaan bij de speeltuin onder een boom zitten, waar het gras platgetrapt is. Ik gooi de sleutels op een bergje op de grond. Een grote berg is het niet. Dertig sleutels, hooguit. We spreken af dat we elke sleutel in elk sleutelgat proberen te steken, en als hij nergens past, leggen we hem terug in het sigarenkistje. Zo raken we niet in de war en voorkomen we dat een sleutel twee keer aan de beurt komt.

Lizzy pakt de eerste sleutel, maar voordat ze hem in een sleutelgat steekt, bedekt ze hem met beide handen en fluistert er iets tegen. 'Wat doe je?' vraag ik.

'Even een schietgebedje, dat brengt geluk. Ik weet misschien niets van godsdienst af, maar dat betekent nog niet dat we niet kunnen bidden. We kunnen altijd de krachten van het heelal aanroepen of zoiets. Kom op, doe nou mee.'

'Wat moet ik dan zeggen?'

Ze denkt even na en zegt: 'Wat dacht je hiervan: O Meester Van Alles Wat Op Slot zit, zorgt u er alstublieft voor dat deze sleutel op Jeremy Finks kistje past.' Het is even stil en dan zegt ze: 'Amen.'

Ik gluur om me heen om te kijken of iemand het misschien gehoord heeft. 'Waarom zeg jij het niet *alleen*? Van twee stemmen raakt de Meester Van Alles Wat Op Slot zit misschien in de war.'

'Dan niet,' zegt ze, en ze begint, net iets te hard naar mijn zin, tegen de sleutel te prevelen. Dan probeert ze de sleutel in alle vier de sleutelgaten, zonder succes. Zo gaan we alle sleutels langs. Ze passen geen van alle. De meeste kun je niet eens in het gat steken. Er zijn er een paar die je er een klein stukje in kunt steken, maar verder gaan ze niet. Tegen de tijd dat we bij de laatste sleutel zijn, is Lizzy's gebed gereduceerd tot wat gemompel: *Meestersleutelkist Amen*. Nu zeg ik ook zachtjes *Amen*, maar het helpt niet. Larry's kistje is weer vol, en ik moet dus met de metro. Bah.

4 DE VLOOIENMARKT

Lizzy gaat de winkel in om de sleutels terug te brengen, terwijl ik buiten moed probeer te verzamelen. Ik ben er niet trots op dat ik nog nooit zonder volwassene met het openbaar vervoer heb gereisd, maar alles wat ik nodig heb, ligt meestal op loopafstand. De winkelbel rinkelt als Lizzy weer naar buiten komt en in een flink tempo in de richting van het metrostation begint te lopen. Het dichtstbijzijnde station is een paar straten verderop, en ik doe geen moeite om haar bij te houden. Ik heb nogal veel aan mijn hoofd, en dan kun je moeilijk verwachten dat ik ook nog zo snel loop. Bij de volgende kruising wacht ze me op, vol ongeduld.

'Ik heb een idee,' zeg ik zo enthousiast mogelijk. 'Als we nou eens naar een paar garageverkopen gaan, hier in de buurt.'

'Je weet net zo goed als ik dat de vlooienmarkt de beste optie is,' zegt ze vastberaden, en ze begint weer te lopen. 'We hebben daar veel meer kans op succes dan bij zo'n kleine garageverkoop.'

Ik weet dat ze gelijk heeft. De markt op 26th Street in Chelsea is de grootste van de stad. Mijn ouders en ik hebben daar heel wat weekenden doorgebracht. Nadat mijn vader was overleden, gingen mijn moeder en ik er samen naartoe, maar het was niet meer zoals vroeger. De afgelopen twee jaar zijn we er niet meer geweest.

'Hoe weet je nou welke metro we moeten hebben?' vraag ik, als we afdalen in de benauwde duisternis van het metrostation.

'Er hangt hier een plattegrond aan de muur.' Er staan twee oudere jongens voor, die ruzie maken over welke kant ze op moeten.

Een van de jongens wedt dat de ander niet binnen vijf minuten vijftien hotdogs kan eten, als ze straks op Coney Island zijn.

Ik fluister tegen Lizzy: 'Ik heb een keer zevenentwintig candy corns tegelijk in mijn mond gestopt en ze allemaal opgegeten. En daar had ik helemaal geen weddenschap voor nodig.'

'Dat is ranzig,' zegt ze, terwijl ze ongeduldig met haar voet op de grond tikt. De jongens negeren haar. Maar dan gaan ze eindelijk weg, en we gaan vlak voor de plattegrond staan.

Met haar vinger volgt ze een van de metrolijnen. 'Zo te zien komen we met deze op Sixth Avenue, en dan hoeven we daarvandaan nog maar een paar straten te lopen. Het zijn maar vijf haltes, dus stel je niet zo aan.'

'Als het maar vijf haltes zijn, kunnen we misschien net zo goed lopen. Dat scheelt weer geld.'

'We hebben helemaal geen geld nodig,' zegt ze, en ze graaft in haar broekzak. 'We hebben de munten van je moeder, weet je nog wel?'

'Munten zijn ook geld,' zeg ik binnensmonds als ze er eentje in mijn hand drukt.

We komen bij het poortje en houden onze munten klaar. Maar we zien nergens een gleuf om ze in te stoppen. Het is alweer een paar maanden geleden sinds ik voor het laatst met mijn moeder met de metro ben geweest, en ik vrees dat ik niet goed heb opgelet, want ik weet niet meer hoe het toen ook alweer werkte. Ik word op mijn schouder getikt. Een man met een pet en T-shirt van de Yankees, wijst naar een bordje waarop staat: GEEN MUNTEN MEER. ALLEEN METROKAARTEN. Lizzy probeert intussen fanatiek haar muntje te steken in alles wat ook maar een klein beetje op een opening lijkt. Ik tik haar op de schouder. Ze draait zich met een ruk om en ik wijs naar het bordje. Schaapachtig stappen we uit de rij en kijken toe hoe de Yankeesfan zijn kaart door een gleuf haalt. Hij duwt het poortje open en terwijl hij erdoorheen loopt, kijkt hij achterom. 'Kom maar,' zegt hij, en hij steekt zijn kaart uit. 'Ik kan wel wat goed karma gebruiken. De Yanks spelen vandaag tegen de Red Sox.'

'Bedankt!' zeg ik, en ik pak de kaart uit zijn uitgestoken hand. Ik haal hem door de gleuf, loop door en geef hem daarna aan Lizzy. Als zij ook door het poortje is, geeft ze de kaart aan de man terug en mompelt een verlegen dankjewel. Lizzy geeft niet graag toe dat ze iets niet kan. Ik heb daar geen last van. Ik wéét dat ik de meeste dingen niet kan.

Terwijl we al slalommend de kauwgomklonten en onbestemde plasjes proberen te ontwijken, zeg ik tegen Lizzy: 'Waarom zou mijn moeder die munten in de keuken bewaard hebben als je ze toch niet meer kunt gebruiken?'

'Jullie halve huis ligt vol met spullen die nergens voor dienen,' zegt ze.

Ik denk zelfs wel meer dan de helft.

Op veilige afstand van de gele lijn wachten we op de metro, terwijl we luisteren naar een kleine, brede man met stekelhaar, die gitaar speelt en zingt over een verloren liefde. Hij ziet eruit alsof hij eigenlijk op het rugbyveld thuishoort, in plaats van te staan zingen in een metrostation. Ik blijf naar hem kijken tot het snerpende gepiep van de binnenkomende metrotrein zijn gezang overstemt. Lizzy grijpt mijn arm vast en we wurmen onszelf naar binnen.

Ik houd me vast aan een stang, een tikje krampachtig, en zoek afleiding bij de dichtstbijzijnde advertentie. WEG MET ACNE BIJ VOLWASSENEN. Hebben volwassenen dan ook acne? Ik kijk naar Lizzy en vraag me af of ze nu aan hetzelfde denkt als ik: Lizzy's eerste jeugdpuistje, afgelopen kerst, beter bekend als De Vulkaan. Ze kijkt naar mij, ze kijkt naar de poster en trekt dan een chagrijnige grijns. Maar als ze denkt dat ik niet kijk, zie ik dat ze aan haar wang voelt. Bij het juiste licht is daar nog steeds een lichtrood vlekje te zien, op de plek waar ze de puist destijds te lijf is gegaan met een neushaarpincet. Mijn moeder heeft Lizzy daarna laten beloven dat ze voortaan altijd eerst bij haar aanklopt met schoonheidsproblemen. Aan Lizzy's vader heb je helemaal niets als het over meisjesdingen gaat. *Hij* had haar die pincet gegeven!

'Zijn we er al?' vraag ik als de metro langzamer gaat rijden.

'Dit is pas de tweede halte,' zegt ze.

'Het voelt als de vierde.'

'Nou, dat is niet zo.'

'Weet je…'

'Ja! Ik weet het heel zeker! Doe nou eens niet zo kinderachtig!'

'Ik ben niet kinderachtig,' mompel ik.

Lizzy zoekt in haar zak. 'Hier,' zegt ze, en ze stopt een smartie in mijn hand. 'Daar knap je vast van op.' De half gesmolten smartie is bedekt met een laagje stof uit haar broekzak. Toch stop ik hem in mijn mond. Ik voel me inderdaad iets beter door de zoete chocola.

Vlak naast ons staat een lange man van middelbare leeftijd. Hij begint te lachen en ik draai me naar hem om. Hij knikt naar Lizzy en zegt: 'Als ik jou en je zus zo zie, moet ik denken aan hoe mijn eigen zus en ik vroeger waren. De ruzies die we hadden! Maar we gingen wel voor elkaar door het vuur.'

'Ze is mijn zus niet,' zeg ik snel. Mijn ogen schieten Lizzy's kant op, maar het gesprek lijkt volledig langs haar heen te gaan. Ze staart met een gekwelde blik naar de acneposter.

De man trekt verrast een wenkbrauw op, geeft me een por met zijn elleboog en zegt veelbetekenend: 'Aah, ze is je vriendinnetje!'

'Nee, ook niet!' roep ik uit, en ik trek daarmee niet alleen Lizzy's aandacht, maar ook die van alle andere mensen die om ons heen staan. Ik voel dat ik een rooie kop krijg. Niet dat ik dit voor het eerst hoor. Op school krijgen we ook altijd opmerkingen van de anderen. Maar toch! Een vreemde! In de metro!

'Nu zijn we er *wel*,' zegt Lizzy, en ze pakt mijn arm vast en duwt me naar buiten. Ik gluur naar de man achter me en hij knipoogt naar me.

ARGH!

'Dat viel toch best mee?' vraagt Lizzy als we de lange trap oplopen, terug naar het felle zonlicht.

'Jij zegt het,' mompel ik. Ik hang mijn rugzak op mijn buik zodat niemand hem ongezien open kan maken. Voor hetzelfde geld stond die man me af te leiden terwijl zijn handlanger in mijn tas zat te wroeten. Ik controleer alle vakken, maar alles zit er nog in (inclusief het pakje fruitkauwgommetjes dat ik nog blijk te hebben, altijd een leuke verrassing).

De vlooienmarkt bestaat eigenlijk uit twee grote parkeerterreinen die elk weekend in bezit worden genomen door handelaren in van alles en nog wat. Het is er heel erg druk en het ruikt er naar hotdogs met zweet. En dan bedoel ik niet pindakaaszweet, de lekkere variant. Hoewel dit vroeger mijn tweede thuis was, blijf ik dicht bij Lizzy lopen.

Het duurt even voordat we de kunstenaars voorbij zijn die hier hun kunstwerken proberen te verkopen, om bij de tweedehands spullen terecht te komen. Het is zo vreemd om hier te zijn zonder een van mijn ouders of tante Judi. Mijn moeder en mijn tante vonden alle kramen altijd even interessant. Mijn vader niet. Hij ging altijd direct naar de tweedehands spullen, ook wel rommel genoemd. Bij de oude rommel voel ik me het meest op mijn gemak, want een groot deel van mijn thuisbasis heeft hier immers ooit op straat gestaan. Een van mijn vaders favoriete uitspraken was: 'Voor de één is het zooi, en de ander vindt het mooi.' Als hij dat zei, fluisterde Lizzy altijd: 'Lelijk of mooi, zooi blijft zooi.' Altijd als mijn vader iets vond wat in zijn ogen goud waard was, maakte hij een rondedansje, midden op de stoep. De mensen moesten er altijd om lachen, maar ik vond het gênant. Vandaag zie ik niemand dansen.

We lopen langs handelaren in gebruikte kleding, kinderspeelgoed, oude tijdschriften zoals *Life* en *National Geographic*, en zeldzame stripboeken in hoesjes. Bij de stripboeken ga ik als vanzelf langzamer lopen, maar Lizzy duwt me vooruit. Ik zie niemand met postzegels, maar er is wel een tafel met oude ansichtkaarten die mijn moeder prachtig zou vinden. Er zijn geen kaarten met honden in tutu's, dus we kiezen er een van een dame die in het museum naar een schilderij zit te staren, alleen is het geen schilderij maar een spiegel. Hij is wel apart, dus mijn moeder zal hem vast mooi vinden en me mijn gedrag van gisteren hopelijk vergeven. En hij kost maar tien cent.

Als de vrouw de kaart in een zakje doet, vraag ik aan Lizzy: 'Wist jij dat? Als je in de spiegel kijkt, dan zie je een iets jongere versie van jezelf.'

'Is dat zo?' mompelt ze, terwijl haar ogen over de volgende tafel dwalen, waarop een enorme berg goedkope en zo te zien half gebruikte make-up ligt.

'Ja. Het heeft te maken met hoe lang het licht erover doet om van de spiegel terug te kaatsen naar de persoon die ervoor staat.'

'Hmmm,' zegt ze.

Ik doe geen moeite om door te gaan met mijn uitleg over de snelheid van het licht, en vraag of ze bij de make-uptafel wil kijken. Ze kijkt me aan alsof ik haar een oneerbaar voorstel doe en maakt een kokhalzend geluid. Lizzy hecht erg aan haar reputatie van halve jongen.

We lopen alle rijen langs, speurend naar sleutels. Halverwege de derde rij komen we bij een vrouw die haar spullen op dekens op de grond heeft uitgestald. Ze heeft ook een tafel met een bak vol sieraden die niet bij elkaar passen, en een schaal met koperen deurknoppen. Ik heb het gevoel dat we warm zijn. Het is druk bij de tafel, en voordat we de rest kunnen bekijken, moeten we wachten tot een nogal grote vrouw voor ons klaar is met afdingen. De afdingende vrouw probeert de ongeveer even grote vrouw aan de andere kant van de tafel zo ver te krijgen dat ze de hele bak die voor haar staat, voor één dollar aan haar meegeeft. Ze houdt de bak omhoog en we horen de inhoud rinkelen, maar ik kan niet uitmaken wat erin zit. Het zal me toch niet gebeuren dat we net te laat zijn, en dat deze vrouw straks met *mijn* sleutels naar huis gaat? Lizzy staat op haar tenen en probeert over de schouder van de dame heen te gluren, maar valt dan bijna boven op haar. Geduld is nooit haar sterkste kant geweest, dus Lizzy heeft er nu genoeg van en wurmt zich ertussen.

'O,' hoor ik haar zeggen. 'Het zijn alleen een boel kapotte knopen. Wat moet iemand nou met een bak vol kapotte knopen?'

De vrouw die ze wil kopen draait zich om naar Lizzy, stopt een dollar in de hand van de verkoopster en dendert weg.

'Sjonge,' zegt Lizzy als we dichter bij de tafel gaan staan. 'Wat zijn sommige mensen toch gevoelig.'

'Trek het je niet aan,' zegt de verkoopster, en ze stopt het dollarbiljet in een klein canvas tasje om haar middel. 'Ze komt hier elke week en wil nooit meer betalen dan een dollar, maakt niet uit waarvoor.'

'Ja, ik ken dat soort mensen,' zegt Lizzy, en ze wijst met haar duim naar mij.

'Wat nou?' zeg ik beledigd. 'Er is een verschil tussen zuinig en gierig.'

Lizzy is de andere bakken al aan het doorzoeken. 'Ik bedoel het niet onaardig,' zegt ze tegen de vrouw, 'maar *waarom* zou iemand nou knopen of oude deurknoppen of andere oude spullen willen kopen?'

De vrouw haalt haar schouders op. 'Om allerlei redenen. Soms willen mensen iets repareren wat ze al hebben, en zoeken ze naar een specifiek onderdeel. En je hebt mensen die iets zoeken voor hun verzameling. Je wilt echt niet weten wat mensen allemaal sparen.'

'Zoals snoepmutanten?' vraagt Lizzy onschuldig.

'Ik geloof niet dat ik daar ooit van gehoord heb,' zegt de vrouw verbaasd.

Ik geef Lizzy een por met mijn elleboog en zeg: 'We zijn op zoek naar een paar oude sleutels. Verkoopt u die ook?'

'Zeker,' zegt ze, en ze knipt met haar vingers. 'Ik moet ze hier ergens hebben.' Ze begint te zoeken tussen de spullen op de grond, en Lizzy en ik geven elkaar een high five. De vrouw haalt een verschoten metalen prullenbak achter een stapel enkele schoenen vandaan, en gebaart dat we dichterbij moeten komen. We lopen snel om de tafel heen en gaan op onze knieën op de versleten deken zitten. Gretig graaien we met onze handen in de bak, in de verwachting er handenvol sleutels uit te halen. We kijken elkaar teleurgesteld aan.

De dame geeft wisselgeld aan een jongeman die net voor anderhalve dollar een paar oude tapdansschoenen heeft gekocht, dus we moeten wachten tot ze haar handen weer vrij heeft. Ik houd de bak schuin zodat ze erin kan kijken en zeg: 'Uh, dit is niet helemaal wat we bedoelen.'

'Huh? Waarom niet?' vraagt ze.

'Nou, om te beginnen,' zegt Lizzy, 'zijn het geen sleutels. Het zijn sloten.'

'O, is dat zo?' vraagt de vrouw, en ze kijkt in de bak. 'Ach, sorry hoor. Sleutels, sloten, het hoort allemaal bij elkaar, toch?' Ze lacht even en wendt zich dan tot een jonge moeder om haar te verzekeren dat de zingende en snurkende Ernie-pop het nog prima doet als ze er nieuwe batterijen in doet en het oor er weer aannaait. Met een zucht doen we alle sloten weer terug in de prullenbak.

Na een korte omweg voor een stuk pizza komen we bij een man met een baard, die een kleine schaal met allerlei sleutels heeft staan, tussen een verzameling knikkers en plastic kammen. Zelfs mijn moeder zou nooit gebruikte kammen kopen. Ik vraag me stiekem af of de man zijn warrige baard ermee heeft gekamd. Lizzy wil meteen de sleutels pakken, maar de man houdt haar tegen.

'Stuk maken is kopen,' zegt hij nors.

'Hoe kun je een sleutel nou kapot maken?' vraagt Lizzy, en ze zet haar handen in haar zij.

'Bij kinderen gaat altijd alles kapot,' antwoordt hij. 'Vraag me niet hoe ze het voor elkaar krijgen.'

'Wij zijn eigenlijk geen kinderen meer,' kan ik niet nalaten te zeggen. 'We zijn al bijna tieners.'

'Nog erger,' bromt hij.

'Luister,' zegt Lizzy, 'we willen alleen maar even kijken of we met uw sleutels het kistje kunnen openmaken dat we bij ons hebben.'

'O ja? Wat is dat dan voor kistje?'

'Laat 'ns zien, Jeremy,' zegt Lizzy.

Als ik mijn rugzak opendoe, bedenk ik dat ik niet wil dat deze vent met zijn grote vuile handen aan mijn vaders kistje zit. Ik schud mijn hoofd. Lizzy wil meteen in discussie gaan, maar ze houdt haar mond als ze mijn gezicht ziet.

'Als jullie de sleutels willen,' zegt de man, 'dan zul je ze moeten kopen, net als iedereen.'

'Goed,' zeg ik, en ik zoek in mijn zak naar geld. Regel één op een vlooienmarkt is dat je niet meer dan een paar dollarbiljetten en wat kleingeld in je zak doet, zodat de verkoper denkt dat je niet meer bij je hebt. Als ze meer geld zien, noemen ze een hogere prijs. Ik haal vijftig cent uit mijn zak. 'Is dit genoeg?'

De man schudt zijn hoofd. 'Twee dollar,' zegt hij.

'Twee dollar!' roept Lizzy. 'Het zijn maar iets van acht sleutels!'

Zo komen we niet verder. Lizzy kijkt boos en de man verveeld. Maar dan steekt Lizzy plotseling haar hand uit en grijpt de schaal met alle sleutels. Voordat de man beseft wat er gebeurt, rent ze weg, het laantje uit. Mijn mond valt open. De man wil haar achterna rennen, maar bedenkt dan dat hij zijn kraam niet in de steek kan laten. Hij gaat pal voor me staan en houdt zijn hand op. Met trillende vingers leg ik er snel twee dollar in.

'Geef me die extra vijftig cent ook maar meteen,' zegt hij. 'Voor de schaal.' Ik heb geen keus en geef hem het geld.

'Die vriendin van jou is een pittig ding,' zegt hij, en er klinkt een zweempje bewondering door in zijn stem.

'Ze is mijn vriendin niet!' maak ik hem duidelijk, en ik probeer intussen zo snel mogelijk uit zijn buurt te komen. Ik baan me een weg door de menigte, zo goed en zo kwaad als dat gaat met een rugzak op je rug, en tref Lizzy aan op een bankje aan het begin van de markt. Ze zit een slush puppie te eten en heeft hem al half op. Ik ga naast haar zitten en kijk toe hoe het blauwe schaafijs langs haar kin druppelt. 'Je stelt me teleur, Lizzy, ik ben echt sprakeloos,' zeg ik, en ik haal de fruitkauwgommetjes uit mijn rugzak. Snoep stelt me nooit teleur. Ik scheur het pakje open en zet het aan mijn mond. Ik giet ze allemaal in één keer naar binnen. Nu ben ik pas echt sprakeloos.

'Ik weet dat je het er niet mee eens bent,' reageert Lizzy, en ze mikt het lege ijsbekertje in de vuilnisbak naast haar. 'Maar die kerel was echt stinkvervelend.'

Ik blijf woedend doorkauwen en geef geen antwoord.

'Oké,' zegt ze. 'Als je niets wilt zeggen, laten we dan gewoon de sleutels proberen.'

Ze haalt het kistje uit de tas die op mijn schoot ligt en probeert elke sleutel in elk gat te steken, net als de vorige keer. Een van de sleutels glijdt tot de helft in een van de gaten en we veren allebei op. Maar dan wil hij niet verder, hoe we ook duwen. Als ze klaar is, smijt Lizzy het hele zaakje in de vuilnisbak.

'Waarom doe je dat?' vraag ik, en ik verslik me haast in de enorme klont kauwgom. 'We hadden ze moeten bewaren.'

'Hoezo?' vraagt ze.

'Geen idee, maar ik heb er wel twee vijftig voor betaald.'

Ze lacht. 'Heb je die vent geld gegeven?'

'Natuurlijk! Anders had hij me in elkaar geslagen!'

'Hij had je heus niet in elkaar geslagen, hoor,' zegt ze.

'Ik dacht dat je alleen dingen pikte die geen financiële waarde hebben,' wijs ik haar terecht als we de markt weer oplopen.

'We wilden ze alleen maar even lenen,' houdt Lizzy vol. 'Daar had hij toch niet zo moeilijk over hoeven doen.'

'Je probeert je eruit te kletsen. Geen excuses,' zeg ik streng.

'Oké, jij je zin!' zegt ze. 'Laten we nou maar verder gaan.'

Ik stop even en spuug mijn kauwgom in een vuilnisbak. Deze kauwgom is wel heel snel zijn smaak kwijt. We zeggen geen woord tegen elkaar terwijl we de rijen met kraampjes afstruinen. We vinden steeds weer andere verkopers met een potje of schaaltje met een paar sleutels erin, en als we ze niet gratis mogen passen, hoeven we bij niemand meer te betalen dan een kwartje. We komen bij die kramen steeds hetzelfde meisje tegen. Ze draagt een topje van de Universiteit van New York en heeft een ringetje door haar neus, en ze koopt overal sleutels. Op een gegeven moment willen we dezelfde sleutel pakken, en ik trek mijn hand terug. Ik draai me om naar Lizzy en fluister: 'Vraag jij het of vraag ik het?'

'Ik vraag het wel,' zegt Lizzy, en ze tikt het meisje op haar schouder.

Het meisje draait zich om en trekt een wenkbrauw op. 'Wat is er?' vraagt ze.

Lizzy wijst naar de neusring en vraagt: 'Doet dat nou geen pijn als je niest?'

Argh! Dat was de vraag niet! Ze had moeten vragen waarom dat meisje zoveel sleutels koopt!

Het meisje staart Lizzy aan en schudt dan haar hoofd.

'Hoezo? Wil je er ook een?' vraagt ze. 'Het zou je goed staan.'

'Echt waar?' zegt Lizzy duidelijk gevleid, al zou ik echt niet weten waarom. Voordat ze kan aanwijzen waar de dichtstbijzijnde piercingwinkel is, kom ik een stap dichterbij en vraag: 'Waarom koop jij zoveel sleutels?'

Het meisje lacht. 'Zijn jullie van de vlooienmarktpolitie of zo? Ik werk aan een kunstproject. Ik heb al iets van honderd sleutels,' zegt ze trots. 'Ik maak er ook wel eens sieraden van. Kijk maar.' Ze doet haar lange zwarte haar opzij, zodat we haar oor kunnen zien. Er hangt een zilveren sleuteltje aan. 'Dit is het sleuteltje van mijn dagboek, van toen ik een jaar of tien was!'

'Cool,' zeggen Lizzy en ik, want wat moet je anders zeggen?

'Nog meer vragen?' zegt ze, en ze laat haar haren weer over haar oor vallen.

We schudden ons hoofd en ze draait zich weer om naar de tafel, en haalt weer een nieuwe schaal met sleutels tevoorschijn. Stel nou dat de sleutels van mijn vaders kistje al in een of ander kunstproject zijn verwerkt? Of aan een meisjesoor bungelen? Waar is de tijd gebleven dat mensen sleutels alleen maar gebruikten om er een slot mee open te maken? Als we bij het laatste deel van de markt komen, staat Lizzy plotseling stil en grijpt me bij mijn arm. 'Kijk!'

Ik volg haar blik en zie een tafel, zo te zien vol met allerlei soorten sleutels en sloten in doorzichtige plastic bakken. We wringen ons tussen de mensen door en rennen ernaartoe. Dit is de sleutelhemel! Kleine sleutels, lange sleutels, dikke sleutels, korte sleutels. Oude verroeste sleutels en blinkend nieuwe sleutels. Deze rijkdom aan sleutels is niet te bevatten.

'Waar moeten we beginnen?' vraag ik verbijsterd.

Ze schudt haar hoofd, net zo overdonderd als ik.

Achter de tafel zit een ouder echtpaar op twee dezelfde schommelstoelen. Je zou ze eerder op een veranda op het platteland verwachten dan in dit deel van Manhattan. De man zit rustig aan zijn pijp te lurken en lijkt zich niet te storen aan alle drukte om hem heen. De vrouw probeert zich met een papieren waaier wat koelte toe te waaien en schommelt heel langzaam op en neer.

Ik kan het niet laten: 'Wist u dat onderzoek heeft uitgewezen dat het gebruik van een waaier meer energie kost dan de daarmee gegenereerde wind oplevert? Dus eigenlijk krijgt u het hier alleen maar warmer van.'

'Wat zeg je?' vraagt ze, en ze richt haar oor mijn kant op.

Lizzy duwt me opzij. 'Let maar niet op hem,' zegt ze met luide stem. 'Zullen we ze het kistje laten zien?' vraagt ze aan mij. 'Anders zijn we hier nog uren bezig, en ik weet *zeker* dat je niet in het donker met de metro wilt.'

Ik laat de tas van mijn schouders glijden en doe de rits open. Lizzy haalt het kistje eruit en zet het voorzichtig op de tafel. Het stel buigt zich voorover en bestudeert het kistje met veel interesse.

De oude man haalt zijn pijp uit zijn mond en klopt ermee tegen de rand van de tafel, zodat de verbrande tabakresten op het asfalt vallen. 'Dat is een beeldschoon kistje dat je daar hebt,' zegt hij vriendelijk.

'Denkt u dat hier sleutels tussen zitten die erop passen?' vraag ik geestdriftig.

'Hmmm,' zegt hij bedachtzaam. 'Mag ik het even van dichtbij bekijken?'

Ik schuif het kistje naar hem toe en hij pakt het op en bekijkt het van alle kanten. Hij vraagt niet naar de woorden die erop gegraveerd zijn. Hij mompelt in zichzelf dat hij in geen jaren een kistje als dit heeft gezien, en iets over het ware vakmanschap, en uitstervende ambachten.

'Hebt u wel eens vaker zo'n kistje gezien?' vraag ik. En tegen Lizzy zeg ik: 'Als we de maker kunnen vinden, kan die ons vast aan de sleutels helpen.'

'Maar volgens Larry junior staat er nergens een naam op het kistje,' antwoordt ze.

De oude man knikt instemmend. 'Dit kistje is met de hand gemaakt. Vroeger kende ik een man die dit soort dingen verkocht, samen met zijn vrouw. Maar die zijn een paar jaar geleden gestopt met de vlooienmarkt.'

'Weet u waar we ze zouden kunnen vinden?' vraagt Lizzy. 'Misschien kunnen zij ons vertellen waar het vandaan komt.'

De man schudt zijn hoofd. 'Het spijt me. Geen flauw idee.'

Lizzy en ik kijken elkaar teleurgesteld aan.

'Maar kijk gerust in mijn verzameling of je iets kunt vinden,' zegt hij, en hij geeft het kistje weer terug. 'We hebben van alles, zoals je ziet.' Hij wijst de bakken om de beurt aan. 'Dit hier zijn spoorwegsleutels, en dan heb je gevangenissleutels, sleutels om koffers mee open te maken, of om zakhorloges op te winden, en dat daar zijn autosleutels van een T-Ford en een Ford Edsel, en dit waren vroeger de kamersleutels van het Seaview Motel, toen ze nog niet van die plastic kaartjes hadden.' Bij het noemen van de plastic kaartjes huivert hij even.

'En hier,' zegt hij trots, en hij wijst naar een lange plank die aan het einde van de tafel is vastgemaakt, 'hangen onze pronkstukken.' In de plank zijn rijen haakjes gespijkerd, waaraan sleutels hangen die er heel oud uitzien. De meeste zijn verroest, en die op de onderste rij zijn meer dan vijftien centimeter lang. Het lijken wel heel grote lopers. De man vertelt dat hij ze uit alle hoeken van de wereld vandaan heeft gehaald, en dat sommige wel honderd jaar oud zijn. Ze zijn echt heel cool en ik begrijp wel waarom hij er zo trots op is. Maar Lizzy staat ongeduldig van het ene been op het andere te wiebelen. Dan kan ze zich niet langer inhouden: 'Hebt u misschien ook *gewone* sleutels?' flapt ze eruit.

Ik krimp in elkaar. Lizzy moet echt eens manieren gaan leren. De oude vrouw hijst zichzelf uit de schommelstoel en zegt: 'Kom George. Laat die kinderen zien waar ze naar op zoek zijn.'

'Ja schat,' zegt de man, en hij knipoogt naar me. Hij pakt een klein busje achter de horloge-opwinders en bagagesleutels vandaan en geeft het aan Lizzy. 'Probeer deze maar eens,' zegt hij. 'Dit zijn sleutels die in geen enkele andere categorie vallen.'

'We brengen ze zo terug,' belooft Lizzy, en ze klemt het busje tegen haar borst.

'Jullie zien er wel betrouwbaar uit,' zegt de vrouw. 'We zitten hier de hele dag.'

Lizzy straalt bij het woord betrouwbaar. Ze bedankt hen en loopt snel naar het dichtstbijzijnde bankje. Ik pak mijn kistje van de tafel en moet rennen om haar bij te houden.

Als ik naast haar op het bankje ga zitten, heeft ze haar wenkbrauwen gefronst, alsof ze heel diep nadenkt. 'Is er iets?' vraag ik.

'Ik weet het niet,' zegt ze, en ze gebaart naar de tafel waar we net stonden. 'Al die sleutels.'

'Wat is daarmee?'

'Die zijn allemaal gemaakt om een bepaald iets open te maken, toch? Zoals een specifiek slot, of een deur of een koffer.'

'Ja, ik neem aan van wel.'

'Stel nou dat er overal ter wereld mensen zijn, die net als *wij* wel een slot hebben maar geen sleutel? Vind je dat geen treurige gedachte?'

Zo heel af en toe zegt Lizzy iets wat me echt aan het denken zet. Ik snap wat ze bedoelt. Twee delen die samen een geheel vormen, van elkaar gescheiden en elkaar kwijtgeraakt. 'Zoals zwanen,' zeg ik.

'Huh?'

'Je weet wel, zwanenpaartjes blijven hun hele leven bij elkaar en als een van de twee doodgaat, blijft de andere de rest van zijn leven alleen rondzwemmen. Met sleutels is het net zo. En met mijn vaders kistje ook. Er is maar één sleutel die past. Nou ja, vier in ons geval.'

Lizzy denkt hier een poosje over na en zegt dan: 'Zullen we de zwanen even vergeten en nu eerst deze sleutels proberen?'

'Jij begon erover.'

'Ik ben *niet* over de zwanen begonnen!'

'Je vindt het gewoon niet leuk om iets nieuws te leren,' protesteer ik.

'Ik zie er gewoon het nut niet van in om allemaal zinloze feiten te leren.'

Ik laat me niet *weer* verleiden tot een discussie. 'Laten we die sleutels maar proberen,' zeg ik knarsetandend.

Als we halverwege het busje zijn, gebeurt er iets. Er is een sleutel die helemaal in een gat past! Alle tanden aan het uiteinde passen. Ik blijf de sleutel erin en eruit bewegen, omdat ik nauwelijks kan geloven dat het echt zo is. Lizzy knijpt me in mijn arm. 'Kun je hem omdraaien?' vraagt ze met ingehouden adem.

Ik probeer hem beide kanten op te draaien, maar hij beweegt niet. Ik schud mijn hoofd en geef het kistje aan Lizzy. Zij probeert het ook een paar keer, maar dan geeft ze het op en laat de sleutel in haar zak glijden. 'Laten we maar verdergaan,' zegt ze, en ze pakt de volgende sleutel uit het busje.

Meer geluk hebben we niet, maar onze pas is iets lichter als we teruglopen naar de tafel.

'Hoe ging het?' vraagt de man als we het busje weer op zijn plek zetten.

Lizzy haalt de sleutel uit haar zak en zegt: 'Deze past in een van de gaten, maar hij kan niet draaien.'

De man knikt. 'Je mag die sleutel wel houden, maar ik vermoed dat jouw kistje voor één speciale set sleutels is gemaakt. Je zult er misschien nog wel een paar vinden die in de gaten passen, maar ik ben bang dat je ze niet kunt omdraaien.'

Ik kijk naar het kistje in mijn handen. Mijn vaders woorden staren terug en beginnen een beetje te zwemmen doordat mijn ogen vochtig worden.

'Hier,' zegt de oude man, en hij reikt omhoog om een van de grote sleutels van de plank te pakken. Hij geeft hem aan mij en doet er een gewatteerd zakje bij. 'Deze sleutel schenk ik je. Wie zo hard naar sleutels op zoek is als jij, moet een geestverwant zijn.'

Verrast pak ik de sleutel aan, heel voorzichtig. Er komt wat roest op mijn handen. 'Dank u wel,' zeg ik, en ik meen het. 'Wat heeft deze sleutel vroeger geopend?'

Hij haalt zijn schouders op. 'Waarschijnlijk een oude schuur of een opslagplaats.'

'Lekker,' moppert Lizzy. 'Nou hebben we vier sloten zonder sleutel en twee sleutels zonder slot. Nu zijn we nog verder van huis dan toen we begonnen!'

Ik stop de sleutel voorzichtig in het gewatteerde zakje en doe hem samen met het kistje in mijn rugzak.

'Dank u wel voor het cadeau en voor al uw hulp,' zeg ik tegen het echtpaar. 'Echt heel erg bedankt.'

'Zonde dat je de originele sleutels bent kwijtgeraakt,' zegt de man, en hij en zijn vrouw gaan weer in hun schommelstoelen zitten.

Ik wil net gaan uitleggen dat wij ze niet kwijt zijn geraakt, maar voordat ik de kans krijg, zegt Lizzy: 'Maakt niet uit, we weten waar ze zijn en we zullen ze hoe dan ook terugvinden.'

Voor ik Lizzy kan vragen waar ze het in vredesnaam over heeft, zegt de man, terwijl hij zijn pijp weer aansteekt: 'Goed hoor. Maar komen jullie nog wel een keer terug om te vertellen wat de zin van het leven is, als jullie daar eenmaal achter zijn?'

'Doen we,' zegt Lizzy, die zich al bijna heeft omgedraaid. Ze legt een hand op mijn rug en begint me voort te duwen tussen de kramen door.

Als we ver genoeg zijn vraag ik: 'Waarom zei jij tegen die man dat we weten waar de originele sleutels zijn?'

'Omdat dat zo is,' antwoordt Lizzy. 'En daarmee zijn we bij het volgende onderdeel van mijn schema aangekomen. Het plan waarvan ik hoopte dat we er niet aan toe zouden komen.'

Ik voel letterlijk een rilling over mijn rug lopen. Niet zo'n goed teken, want het is minstens vijfentwintig graden buiten. Ik probeer mijn ongerustheid zo goed mogelijk te verbergen als ik vraag: 'Je hebt zeker niet toevallig nog een smartie in je zak?'

5 PLAN

'Dat meen je niet!'

Lizzy heeft net het laatste actiepunt van haar schema voorgelezen. Zilla begint te grommen bij mijn uitbarsting en gaat tussen ons in staan. Lizzy legt het schema weer op de keukentafel.

'Onze sleutels moeten ergens in Harolds kantoor verborgen zijn,' houdt ze vol. 'Dat zei hij toch zelf? Misschien liggen ze onder de vloerbedekking, in een vergeten hoekje van het magazijn. Of vastgeplakt achter in een bureaulade. Of vastgelijmd aan het plafond. We gaan dat kantoor in en we zullen ze hoe dan ook vinden.'

'De deur forceren en naar binnen gaan? Dus dat is jouw grote plan? Dat is toch verboden!' Ik glip voorzichtig langs Zilla de woonkamer in, en begin te ijsberen om na te denken. Het advocatenkantoor is helemaal aan de andere kant van de stad. Ik weet zeker dat mijn moeder het niet goedvindt als we daarheen gaan, dus ik zal moeten liegen. Is dit echt de enige optie? Stel dat het kantoor inmiddels door andere mensen in gebruik is genomen? Als we nou gewoon blijven doorzoeken op vlooienmarkten en markten voor tweedehands spullen, dan vinden we misschien ook wel passende sleutels, uiteindelijk. Maar het is de vraag of we ze dan op tijd vinden.

Ik word een beetje duizelig van het rondjes lopen en van mijn ronddraaiende gedachten en ga op de bank zitten, die in tegenstelling tot de onze geen gaten heeft en ook geen naam. Ik adem diep in en uit. Bouwkundig gezien zijn onze huizen exact hetzelfde, alleen gespiegeld. Maar aan de binnenkant kon het verschil niet groter zijn. In Lizzy's huis is bijna alles beige. Volgens haar vader is het daardoor gemakkelijker in te richten. Ik moet toegeven dat het beige meer rust uitstraalt dan de krankzinnige kleuren bij mij thuis. Lizzy komt de kamer in en gaat naast me op de leuning van de bank zitten. Ze plukt aan een los draadje en kijkt me niet aan. 'Sorry,' zegt ze. 'Het kistje is van jou, maar ik doe net alsof het ook van mij is. Met al mijn plannen heb ik je de hele stad door gesleurd. Ik zal daarmee ophouden, zodat jij zelf kunt beslissen wat je wel of niet doet en waar je je prettig bij voelt.'

Ik ben zo perplex dat ik in eerste instantie denk dat ik haar verkeerd heb verstaan. Het *klonk* alsof ze net haar excuses aanbood voor haar bazige gedrag. Ja, het was echt zo! Maar eerlijk gezegd hoeft ze nergens haar excuses voor aan te bieden.

'Uh, dank je wel,' zeg ik aarzelend. 'Maar we doen dit samen. Ik heb jou om hulp gevraagd en jij kwam toen met een paar hele goede ideeën.'

'Ach, flauwekul,' zegt ze, en ze knijpt me zachtjes in mijn arm.

Ik probeer zoals altijd eerst de gemakkelijkste weg, dus ik zeg: 'Laten we Harold dan tenminste eerst bellen voordat we naar zijn kantoor gaan. Misschien is hij er nog en wil hij zelf nog een keer extra goed zoeken.'

'Zo mag ik het horen,' zegt Lizzy. Ze springt van de bank en houdt haar hand omhoog voor een high five. Ik geef haar een slap tikje. Ze haalt de brief uit mijn rugzak en pakt de telefoon. Als ze het nummer draait, herinner ik haar eraan dat het zaterdag is en dat we misschien beter tot maandag kunnen wachten. Ze doet haar wijsvinger tegen haar lippen en houdt de telefoon tussen ons in, zodat ik mee kan luisteren.

We krijgen een antwoordapparaat. 'Dit is het antwoordapparaat van advocatenkantoor Folgard en Levine. Onze vestiging in Manhattan is gesloten, en na een safari in Afrika staan wij in september weer voor u klaar, in ons kantoor op Long Island. Laterrr.'

'Laterrr?' herhaalt Lizzy als ze ophangt. 'Wat een mafkees.'

'Misschien is die Levine wel de mafkees van de twee,' opper ik.

'Wie is Levine?'

'Die andere vent op dat kantoor. Misschien is Harold wel volkomen normaal.'

Lizzy schudt haar hoofd. 'Als hij bevriend was met jouw ouders, is hij waarschijnlijk juist niet normaal.'

Daar zit wat in.

'We moeten een lijstje maken,' zegt ze, ineens een en al actie. Ze pakt een potlood van de salontafel en zoekt om zich heen naar iets om op te schrijven. 'Even samenvatten wat we aan de weet zijn gekomen: het zal extreem moeilijk worden, zo niet onmogelijk, om sleutels te vinden die op het kistje passen. Er is geen andere manier om het kistje open te krijgen, althans, niet zonder het te vernielen, en daarmee hoogstwaarschijnlijk ook de inhoud. We weten dat Harold niet meer op zijn kantoor is en misschien wel midden in de jungle zit.' Ze vindt een oud postkantoorkrantje en scheurt de witte achterkant eraf. Ze begint te schrijven. 'We hebben handschoenen nodig, een zaklamp, een schroevendraaier, een aktetas, snoep, een plattegrond van de stad en nette kleren.' Ze tikt een paar keer met het potlood tegen haar voorhoofd. 'Heb ik nog iets vergeten?'

'De gootsteen?' probeer ik.

'Waar hebben we een gootsteen voor nodig?'

'En waar hebben we dan een aktetas of een zaklamp voor nodig?' vraag ik. 'We gaan toch niet midden in de nacht? En snoep? Je weet dat ik er niets op tegen heb om overal snoep mee naartoe te nemen, maar waarom op deze missie?'

'Dûh!' zegt ze. 'Om de bewaker om te kopen natuurlijk.'

Ik begin te lachen. 'Denk je nou echt dat een bewaker ons zomaar in iemands kantoor laat rondsnuffelen in ruil voor een dropsleutel?'

'Ik dacht meer aan een zakje skittles,' zegt ze. 'En als dat niet werkt, gooien we er een king size snickers tegenaan.'

Daar zou ze wel eens gelijk in kunnen hebben. Je moet wel heel stevig in je schoenen staan wil je een king size snickers afslaan.

'En als dat niet werkt,' vervolgt ze, terwijl ze haar paardenstaart losmaakt, 'dan gooi ik gewoon mijn vrouwelijke charmes in de strijd.'

'Over welke vrouwelijke charmes heb je het precies?'

Ze schudt haar haren en tuit haar lippen.

Ik barst in lachen uit. 'Zo lijk je een beetje op een van mijn vissen!'

Ze zit me achterna door de kamer, met zwaaiende haren en wiegende heupen, haar lippen getuit.

'Over mijn vissen gesproken…' Ik ren naar de deur. 'Die moeten nodig gevoerd worden. Kat en Hond wilden Fret gisteravond aanvallen. Ik hoop dat ze hem nog niet hebben opgegeten.'

Lizzy zegt: 'Ah – je bent bang voor mijn vrouwelijke krachten.' Ze doet de deur achter me dicht. Ik huiver even. Ik beschouw Lizzy meestal helemaal niet als een meisje. Dat is me te verwarrend.

Ik word op zondagmorgen wakker van het geluid van een grote vrachtwagen die achteruit rijdt. *Biep, biep, biep.* De remmen sissen als de vrachtwagen tot stilstand komt. Wat moet een grote vrachtwagen nou voor ons pand? Tenzij…

Ik spring uit bed en gluur door een kier van de gordijnen. Het *is* een verhuiswagen! Onze nieuwe buren zijn er! Achter de vrachtwagen stopt een kleine rode auto en de vier portieren zwaaien open. Het eerste dat ik zie, zijn vier blonde hoofden. Moeder, vader, jongen, meisje. Op hetzelfde moment kijken de vier blonde hoofden omhoog. De vader wijst eerst naar het dak, vanwaar de mensen op 4 juli altijd naar het vuurwerk kijken, en daarna omlaag, naar het raam van het appartement waar zij gaan wonen. Hij lijkt niet op een honkbalspeler uit een lagere divisie, of op een acrobaat, of waar ik verder op had gehoopt. Hij draagt zelfs een pak, wat volgens mij nogal vreemd is op zondag, en helemaal als je gaat verhuizen.

Omdat mijn raam zich maar een meter of drie boven hun hoofden bevindt, kan ik ze heel goed zien. De jongen kijkt chagrijnig, en het gezicht van het meisje ziet er nogal vlekkerig uit. Er lopen bruine make-upstrepen van haar ogen langs haar wangen. Ze heeft net gehuild. Ik wil omlaag roepen dat dit best een fijne plek is om te wonen, maar ik ben nog nooit in mijn leven verhuisd, en ik kan me niet echt verplaatsen in wat ze nu voelen. Als het aan mij ligt, blijf ik hier voor altijd wonen.

De ouders beginnen instructies te geven aan de verhuizers en de kinderen staan tegen de auto geleund. De jongen slaat zijn armen over elkaar en schopt tegen de grond, terwijl het meisje een pluk haar om haar vinger windt. Ik wil net tegen mijn moeder gaan zeggen dat de nieuwe buren er zijn, als ik onze bovenbuurjongen van vijf, Bobby Sanchez, de trap van het portiek af zie rennen, naar de auto. Zijn moeder rent achter hem aan.

'Hoi!' zegt Bobby tegen de nieuwe kinderen, en hij steekt zijn hand uit.

Zelfs door mijn raam heen kan ik hem duidelijk verstaan, maar de nieuwe jongen doet alsof hij hem niet hoort. Het meisje forceert een glimlach en geeft hem een hand. 'Ik ben Samantha,' zegt ze. 'En die lomperd naast me is mijn broer Rick. We verhuizen vandaag hiernaartoe.'

'Cool!' zegt Bobby. Hij krabt met één hand aan zijn hoofd en schuifelt met zijn voeten. Die jongen staat echt nooit stil.

'Ik ben vijf,' zegt Bobby. 'Hoeveel jaar ben jij?'

'Wij zijn veertien,' antwoordt Samantha. 'We zijn een tweeling, maar ik ben zes minuten ouder.'

Rick schopt tegen haar schenen en ze springt opzij. 'Nou, het is toch zeker zo!' zegt ze. Er klinkt een donderslag en iedereen kijkt naar de lucht. Ik hoop voor ze dat het niet gaat regenen.

Met eeneiige tweelingen als ouders kijk ik er nooit raar van op als ik een tweeling tegenkom, maar dit is de eerste jongen-meisje-tweeling die ik ooit heb gezien. Ze lijken niet echt op elkaar. Zij heeft een ovaal gezicht, en dat van hem is iets vierkanter. Ik begin mezelf een beetje een gluurder te vinden, dus ik krabbel een briefje aan Lizzy en steek het in de muur. Als ik de badkamer uitkom en mijn korte broek en T-shirt aantrek, ligt er een antwoord op me te wachten.

J-
Ga vandaag de deur niet uit = dus geen ontmoeting met nieuwe buren. Je kunt hiernaartoe komen als je wilt. Je oma heeft me een mailtje gestuurd over de jaarmarkt. Ik zal het niet openen voor je er bent.
L

Ik schrijf terug:

L-
Waarom ga je de deur niet uit?
J

Ze antwoordt:

J-
G.J.N.A.
L

G.J.N.A.? Waarom gaat het mij niks aan dat ze niet naar beneden wil komen? En het is wel heel gemeen van oma om naar Lizzy te mailen in plaats van naar mij. Ze weet natuurlijk dondersgoed dat ik elk mailtje met 'jaarmarkt' in de onderwerpregel meteen zou deleten.

Ik ga weer terug naar het raam, maar het nieuwe gezin staat er niet meer. Ze zullen wel naar binnen zijn gegaan. Het is gaan miezeren en de verhuizers dragen de opgestapelde meubels de trap op, plus een schijnbaar oneindig aantal dozen. Ik twijfel of ik naar hun huis zal gaan, maar ik besluit te wachten tot mijn moeder dat doet. Zij wil vast iets voor ze bakken of zo. Want dat hoor je te doen als je nieuwe buren krijgt. Als dit gewoon nieuwe kinderen bij ons op school waren, dan zou het niet in me opkomen om kennis te gaan maken. Maar ik besef dat het mijn burenplicht is om me te gedragen zoals een goede buur zich gedraagt, zeg maar.

Nu ik toch aangekleed ben, kan ik net zo goed naar Lizzy gaan. Ik leg een briefje voor mijn moeder op de keukentafel, want ik heb een groot verantwoordelijkheidsgevoel.

Mijn oma weet dat ik er als een berg tegenop zie om mijn deel van de afspraak die we afgelopen zomer hebben gemaakt, na te komen. Mijn moeder, Lizzy en ik logeren elke zomer in haar pension in New Jersey. Dat is eigenlijk de enige keer dat ik naar een andere staat ga. Afgelopen zomer heeft mijn oma ons, zoals elk jaar, meegenomen naar de jaarmarkt bij haar in de buurt. Ik heb me toen voornamelijk etend door het evenement heen geslagen: caramelappel, gesuikerde appel, funnel cake, suikerspin en frisdrank met een bol vanille-ijs erin. Mijn moeder zei dat ik er spijt van zou krijgen, maar ik had nergens last van. Ik heb een ijzersterke maag.

Mijn oma wilde een weddenschap houden met Lizzy en mij, en zei dat we de vrouw bij de raad-uw-gewicht-kraam ons exacte gezamenlijke gewicht moesten laten raden. Als zij de weddenschap zou winnen, dan moesten Lizzy en ik haar beloven dat we de daaropvolgende zomer mee zouden doen aan de talentenjacht. Ze probeert ons al jaren zover te krijgen dat we een keer meedoen. Zij vindt namelijk dat een wedstrijd goed is voor je geest en voor je karakter. Zelf doet ze elk jaar mee aan de tafeldekwedstrijd en de zelfgemaakte-jamwedstrijd. Als de vrouw ons gewicht niet goed zou raden, moest oma ons beloven dat ze de talentenjacht nooit meer ter sprake zou brengen.

Lizzy is dan wel klein van stuk, maar ze is gespierd. Ze is zwaarder dan ze eruitziet. Na even een veelbetekenende blik te hebben gewisseld, zijn we de weddenschap met mijn oma aangegaan. De dame die ons gewicht moest raden, kneep haar ogen tot spleetjes en krabbelde toen een paar cijfers op een schrijfblokje. Ze legde het blok op tafel en gebaarde dat we op de weegschaal konden gaan staan. Daarna liet ze ons zien wat ze had opgeschreven, en ze bleek het exact goed te hebben.

Het was duidelijk dat dit doorgestoken kaart was, maar mijn oma sleepte ons mee voordat we de zaak goed konden uitzoeken. Volgens mij had die vrouw ergens een weegschaal onder de grond verstopt of zo.

Nu moeten we dus meedoen aan die stomme talentenjacht. Gelukkig mogen we wel onze eigen act uitkiezen. We moeten vandaag iets bedenken waarmee we niet al te erg voor gek staan.

Lizzy's vader doet open. Hij is nog in zijn pyjama. Er staan eendjes op, en wolken. Zoals ik al heb verteld is meneer Muldoun aan de dikke kant, dus er passen heel wat eendjes en wolken op die pyjama.

'Niet meteen gaan lachen,' zegt hij slaperig, en hij stapt opzij om me binnen te laten, 'deze was nog over na de laatste veiling, en al mijn andere pyjama's zitten in de was.'

Op het postkantoor veilen ze altijd de pakketten die niet bezorgd kunnen worden, bijvoorbeeld omdat er geen afzender of afleveradres op staat. Meestal zit er kleding in, of cd's, en boeken, maar ze hebben ook wel eens slangen aangetroffen, en een hamster, en zelfs een keer een urn met de as van de een of andere arme ziel. Mr. Muldoun seint mijn moeder altijd in over wat er geveild gaat worden. Zo ben ik aan mijn computer gekomen. Eén keer kwam ze met een grote doos kralen thuis. Net wat we nodig hadden in huis, nog meer kralen. Volgens de wet mag een urn niet geveild worden, dus die staat nog altijd op het postkantoor, hoog op een plank, en zo nu en dan legt iemand er een bloem bij.

'Eenden staan lang niet iedereen,' zeg ik, en ik volg meneer Muldoun de keuken in, waar hij me een bosbessenmuffin aanbiedt. Ik bedank beleefd. Hij slaakt een overdreven zucht en geeft me dan de chocolademuffin.

Terwijl ik de muffin opeet, zegt hij: 'Lizzy heeft me verteld over het kistje van je vader. Ik hoop dat je dat niet erg vindt.'

Ik schud van nee.

'Je zult wel heel nieuwsgierig zijn naar wat erin zit,' zegt hij.

'Ja, heel erg,' antwoord ik, en ik probeer daarbij geen muffinkruimels te verspreiden.

'Hé, ik denk dat ik wel weet waar je de sleutels zult vinden,' zegt hij, terwijl hij een banaantje pelt.

Ik kijk verrast op van mijn muffin. Bedoelt hij nou dat hij nog een setje heeft? 'Waar dan? Waar zal ik ze dan vinden?'

Hij grijnst. 'Daar waar je het laatst zoekt.'

'Huh? Waar is dat dan?'

'Snap je hem niet?' vraagt hij. 'Je vindt de dingen altijd op de plek waar je het laatst zoekt. Want zodra je het hebt gevonden, stop je met zoeken!'

'Ah, een grap!' roep ik uit. 'Hah-hah. Ik had het kunnen weten.'

'Wat had je kunnen weten?' vraagt Lizzy, die net de keuken inkomt.

Net als ik het wil vertellen, word ik afgeleid door een ronde pleister midden op haar kin. 'Uitgeschoten met scheren?'

'Heel grappig,' zegt ze. 'Ik wil het er niet over hebben.' Ze stampt naar de woonkamer. Ik ga haar achterna en werp een blik achterom naar haar vader. Met zijn mond vormt hij het woord *puist*. Dus *daarom* wil ze de nieuwe buren vandaag niet ontmoeten!

Lizzy en haar vader doen samen met één computer. Die staat op een bureau in de woonkamer. Ik plof neer op de bank en zij leest het mailtje van mijn oma hardop voor:

Beste Lizzy,
Hallo, lieverd. Zoals je weet is de jaarmarkt al over een paar weken. Ik heb geprobeerd om Jeremy te bereiken, maar zijn e-mail werkt blijkbaar niet. Daarom ben ik zo vrij geweest om voor de talentenjacht een act voor jullie uit te kiezen. Herinner je je die leuke act met de hoelahoep nog? Die gaan jullie doen. Jullie nummer mag drie tot vijf minuten duren, dus zorg dat je de muziek daarop afstemt.
Veel liefs, oma Annie

Lizzy draait zich met een ruk om, vol afgrijzen, haar hand voor haar mond.

Daarom houd ik dus niet van verrassingen. Als ik over de eerste schok heen ben, spring ik op van de bank. 'Dit is een nachtmerrie. We gaan die act echt niet doen hoor, voor honderden vreemde mensen!'

Lizzy's gezicht wordt almaar roder. 'Ze bedoelt toch niet die act die we vroeger deden, waarbij jij een voetbal naar me toe gooit, die ik al hoelahoepend opvang en weer teruggooi? En dat ik dan een banaan eet?'

Ik knik treurig. 'Ja, die bedoelt ze. Weet je nog die zomer dat het de hele tijd regende? Toen hebben we die verzonnen.'

'Toen waren we ZES!' schreeuwt Lizzy.

Lizzy's vader komt de kamer in gerend. 'Alles onder controle hier?'

Lizzy praat hem bij over onze afgrijselijke situatie.

Meneer Muldoun haalt zijn schouders op. 'Zo erg is het toch niet. Vast goed voor jullie ontwikkeling.'

We werpen hem een boze blik toe.

'Kun je er iets mee winnen?' vraagt hij.

'Volgens mij kun je er vijftig dollar mee winnen,' antwoord ik.

Met een knipoog zegt Mr. Muldoun: 'Daar kun je aardig wat snickers voor kopen.'

Hmmm. Daar zit wat in.

'Oké dan,' zegt Lizzy. Ze gooit vertwijfeld haar armen in de lucht. 'Maar als we verliezen van dat ventje dat mondharmonica speelt met zijn neus, dan zal iemand ervoor moeten boeten.'

'Dat joch gaat niet winnen,' verzeker ik haar. 'Hij heeft vorig jaar al gewonnen, en je mag niet twee keer dezelfde act doen.'

'Het is dat ik je oma zo graag mag,' zegt Lizzy. 'Voor iemand anders zou ik echt niet staan hoelahoepen.'

'Natuurlijk niet.' Ik herinner haar er maar niet aan dat vroeger iedereen altijd naar haar moest kijken. 'Weet je heel zeker dat je niet even bij de buren langs wilt gaan? Volgens mij zijn ze nog niet erg blij om hier te zijn.'

Ze gebaart wild naar de pleister op haar kin. Ander onderwerp.

Veel te snel naar mijn zin wordt het maandagochtend. Lizzy komt mijn slaapkamer in met een lange rok aan en een schoon wit shirt-je. Ze heeft haar haar los; er is zelfs een borstel doorheen gehaald. De pleister is verdwenen. Ik wrijf in mijn ogen om te kijken of ze het echt wel is.

'Waarom ben je nog niet aangekleed?' vraagt ze. Jep, ze is het wel degelijk.

'Het is pas halfnegen!' protesteer ik, en ik laat mijn hoofd weer op het kussen vallen.

Ze loopt naar het bed en trekt het kussen onder mijn hoofd vandaan. 'Je weet dat we vandaag vroeg op moeten. We hebben nog een hoop te doen voordat we weggaan.'

Ik kreun. 'Wat dan allemaal?'

Op haar vingers somt ze het lijstje op. 'Ten eerste moet jij je aankleden. *Netjes.* Ten tweede moet je de spullen die op het lijstje staan bij elkaar zoeken. Ten derde moeten we nog snoep kopen. Je hebt geluk, want de snelste manier om bij het kantoor te komen is met de bus, dus deze keer hoef je niet met de metro.'

Ik ga slaperig op de rand van mijn bed zitten. 'Je vergeet nog op te noemen dat ik tegen mijn moeder moet liegen voordat we de deur uitgaan. Ze heeft altijd vrij op maandag, dus ze is nu thuis.'

'Is al geregeld,' wuift Lizzy dit bezwaar weg. 'Ze heeft me zien binnenkomen en vroeg waarom ik er zo netjes uitzag. Ik heb gezegd dat we bij mijn vader langsgaan op het postkantoor, en dat hij ons daar een rondleiding gaat geven.'

'Maar wat doen we dan als ze je vader later tegenkomt en hij niets van een rondleiding af blijkt te weten?'

'Maak je toch niet zo druk.' Lizzy trekt mijn kast open en begint erin te rommelen. 'We vragen gewoon of mijn vader ons morgen écht een rondleiding wil geven, voor het geval dat. Hier,' zegt ze, en ze gooit een blauwe bloes op mijn bed. 'Doe deze maar aan, met je lichtbruine broek.'

Ik trek een lelijk gezicht. 'De enige keer dat ik die bloes heb gedragen was bij de opening van mijn tantes galerie. Moet ik die nou echt op een gewone dag aan?'

'Het is voor een goed doel,' zegt ze, en ze pakt een paar nette bruine schoenen onder uit de kast. 'We moeten er fatsoenlijk uitzien. En zei iedereen toen niet dat je er fantastisch uitzag?'

'Dat was één oude vrouw,' mopper ik. 'En volgens mij was ze stekeblind. Oké, geef me tien minuten.'

Ik sleep mezelf naar de badkamer en trek de kleren aan die Lizzy

heeft klaargelegd. Het duurt even voor ik alle knoopjes heb vastgemaakt. Waarom zou iemand dit dragen als je ook gewoon een
T-shirt aan kunt trekken? Ik zoek de spullen van het lijstje bij
elkaar waar mijn naam achter staat – zaklamp, handschoenen en
schroevendraaier – en stop ze in mijn rugzak. Lizzy heeft de plattegrond en een oude aktetas van haar vader. Voor het snoep moeten we even bij de stripboekenwinkel langs.

Mijn moeder en Lizzy zitten in de woonkamer als ik mijn kamer
uitkom. Mijn moeder zit op haar knieën een van Meuks poten op
te lappen. De stof zit al los sinds Zilla het kattenmonster hier vorige maand een nachtje gelogeerd heeft, omdat Lizzy's huis moest
worden ontsmet. Zilla heeft de bank de halve nacht als krabpaal
gebruikt. We durfden hem geen van beiden tegen te houden.

'Wat zie je er leuk uit, Jeremy,' zegt mijn moeder als ze me ziet binnenkomen.

'Eh, dank je,' mompel ik, zonder haar aan te durven kijken.

'Nou, zullen we dan maar?' zegt Lizzy, en ze loopt snel langs mijn
moeder heen naar de voordeur. 'De post wacht op niemand. Of
zoiets.'

'Wacht heel even,' zegt mijn moeder, en ze komt overeind zonder
haar garenklosje los te laten. Mijn hart begint te bonzen als ze naar
me toe loopt. Ze ziet het vast aan mijn gezicht. Ik kan *zo* slecht liegen. Tot mijn verrassing loopt ze me voorbij en tuurt naar Lizzy's
kin. 'Even checken of de camouflagestift zijn werk goed doet,' zegt
ze. 'Volgens mij is het prima zo. Je ziet er helemaal niks van.'

Lizzy bloost woedend en kijkt niet naar mij. Eigenlijk moet ik
lachen, maar ik weet dat ze me dan vermoordt. 'Ja, het is goed zo,
bedankt voor uw hulp,' mompelt ze, en ze stort zichzelf zo ongeveer de deur uit. Ik vind het aardig van mijn moeder dat ze Lizzy
helpt met meisjesdingen.

Mijn moeder doet de deur achter ons dicht en ik zie dat Lizzy de
aktetas een paar meter van onze deur heeft neergezet. Ze pakt hem

op en net als we de trap af willen lopen, komen de nieuwe kinderen naar buiten. We staan er wat ongemakkelijk bij met z'n vieren, tot het meisje, Samantha, hoi zegt en we ons aan elkaar voorstellen. Rick ziet er vandaag niet meer zo kwaad uit. Misschien heeft hij zich met zijn lot verzoend.

'En waar komen jullie vandaan?' vraagt Lizzy. Haar hand gaat onwillekeurig naar de plek waar haar gecamoufleerde puistje zit, maar dan bedenkt ze zich en doet hem snel weer omlaag.

'Uit New Jersey,' antwoordt Samantha. 'Onze vader werkt in de stad en hij was het zat om elke dag heen en weer te rijden.'

'Zijn jullie ooit op de jaarmarkt geweest?' vraagt Lizzy met een ongewoon hoge stem. 'Wij gaan er volgende maand naartoe.'

Normaal is ze nooit zo spraakzaam tegen vreemden. En waarom moet ze nou uitgerekend over de jaarmarkt beginnen?

'De jaarmarkt?' herhaalt Rick lachend. 'Dat is toch voor boeren. Wat gaan jullie daar doen dan? Tractors slepen met je tanden? O nee, jullie gaan natuurlijk aan de varkensraces meedoen!'

'Kop dicht, Rick!' zegt Samantha, en ze duwt hem hard tegen de muur. 'Let maar niet op hem,' zegt ze, en ze rolt met haar ogen. 'Hij kan zo lomp uit de hoek komen.'

'Maakt niet uit,' mompel ik, maar ik meen het niet. Rick staat nog steeds te lachen en Lizzy zwijgt. Ik geloof dat ik nu iets moet zeggen. 'Nou, ik hoop dat jullie het leuk hebben hier,' zeg ik tegen Samantha. Rick negeer ik. En zoals ik van mijn moeder heb geleerd, voeg ik eraan toe: 'Als jullie iets nodig hebben, kom dan gerust langs.' Ik wijs aan waar wij wonen en trek Lizzy, die nog steeds zwijgt, mee de trap af.

'Wat was dat nou allemaal?' vraag ik als we beneden staan, buiten gehoorsafstand.

Haar vertrouwde huppeltje is weg, en ze loopt heel langzaam. Zou ze zenuwachtig zijn geweest vanwege Rick? Vindt ze hem leuk of zo? Eindelijk zegt ze: 'Ik voel me zo stom. Samantha denkt vast dat ik er elke dag zo uitzie, in deze slome rok. En dan begin ik ook nog over die stomme jaarmarkt. Waarom zei ik dat nou? En dan die achterlijke aktetas. Heb je haar oorbellen gezien? En ze had rode teennagels!'

'Ik zal maar niet vragen waarom je naar haar voeten hebt gekeken. Maar wat kan het jou nou schelen als een meisje dat je helemaal niet kent, denkt dat je er elke dag zo uitziet? Er is toch niks mis met hoe je eruitziet?'

'Ach, laat ook maar,' zegt ze. 'Jij begrijpt echt helemaal niets van meisjes.' Ze gaat sneller lopen, rent bijna, en ik heb moeite om haar bij te houden. Maar ze heeft in ieder geval haar huppeltje weer terug.

6 HET KANTOOR

Als we aan komen lopen, doet Mitch net de voordeur van Fink Stripboeken en Magie van het slot. Mijn oog valt meteen op de grote bos sleutels in zijn handen.

'Hé, bink en binkie,' zegt hij lijzig. Hij probeert altijd met een Californisch accent te praten, al weet ik zeker dat hij daar nog nooit is geweest. Stiekem hoop ik dat hij daarnaartoe zal verhuizen zodra hij zijn diploma heeft. Dan stopt oom Arthur misschien wel met werken, en kan ik de winkel van hem overnemen. Je moet altijd wat te dromen hebben, nietwaar?

Mitch werpt een goedkeurende blik op Lizzy's outfit, maar ze merkt het niet. Ook zij kan haar ogen niet van de sleutelbos afhouden.

Als we achter hem aan de winkel inlopen, fluister ik tegen Lizzy: 'We moeten die sleutels proberen, want misschien heeft mijn moeder wel ongelijk en heeft mijn vader *toch* een extra set sleutels in de winkel achtergelaten. Dan hoeven we helemaal niet naar de andere kant van de stad.'

Ze knikt instemmend. 'Ik liep precies hetzelfde te denken.'

'Ik vraag wel aan Mitch of we ze even mogen proberen.'

'Wacht,' zegt Lizzy, en ze trekt me achteruit. 'Dan gaat hij natuurlijk vragen waarom je ze wilt lenen. Weet je zeker dat je hem over het kistje wilt vertellen?'

Ze heeft gelijk. Ik wil niet dat hij er iets van weet. Misschien probeert hij het wel te claimen of zo, en hij zal me er in elk geval mee pesten. Ik weet dat de sleutels altijd onder de toonbank liggen, dus we hoeven alleen maar te wachten op een geschikt moment om ze te kunnen pakken. We doen net alsof we in een paar stripboeken staan te bladeren, terwijl Mitch de kassa openmaakt. Hij vraagt of ik even op de voordeur wil letten terwijl hij achter bezig is met de geldla.

'Geen probleem,' zeggen Lizzy en ik tegelijk.

'Dat ging wel heel makkelijk,' fluistert Lizzy als hij in de achterkamer is verdwenen. We rennen om de toonbank heen en pakken de sleutels. Ik doe mijn rugzak open en snel proberen we de sleutels in elk sleutelgat. Zonder succes. Ze passen zelfs geen klein stukje. Nou ja, nu ben ik er tenminste van overtuigd dat het kantoor van Harold onze enige hoop is. Net als ik mijn tas weer dichtrits, duikt mijn oom op achter de toonbank. Hij kijkt me achterdochtig aan.

'Wat spoken jullie hier uit?' vraagt hij, en zijn blik gaat van mij via mijn tas naar Lizzy. Hij lijkt niet alleen sprekend op mijn vader, maar hij heeft ook nog precies dezelfde stem. Daar krijg ik altijd kippenvel van, of ik moet ervan huilen – een van de twee.

'Niks,' antwoord ik, en ik zwaai de rugzak over mijn schouder. 'Mitch vroeg of we even op de winkel wilden letten, dus dat zijn we nu aan het doen.'

'Ja,' zegt Lizzy, en ze glipt achter oom Arthur langs naar de voorkant van de toonbank. 'En nu gaan we wat snoep kopen.'

Ik glimlach zwakjes naar mijn oom en loop naar Lizzy aan de andere kant. Ze heeft al twee zakjes dropsleutels en een king size snickers op de toonbank gelegd.

'Sollicitatiegesprek?' vraagt mijn oom, terwijl hij mijn outfit opneemt.

Ik schud mijn hoofd. 'Lizzy's vader neemt ons mee naar zijn werk.' Het is echt ongelofelijk hoe gemakkelijk ik kan liegen tegen mijn oom. Ik hoef alleen maar terug te denken aan die keer dat hij met me zou gaan kamperen, een soort vader-zoon-uitje, en niet kwam opdagen. Het is misschien geen excuus voor mijn gelieg, maar ik voel me er in elk geval minder schuldig door.

Hij geeft het wisselgeld aan Lizzy en stopt het snoep in een zakje. Ze werpt hem een stralende glimlach toe en zegt: 'Dank u wel!'

Als we de deur uit lopen, zwaaien we nog even. 'Dat was op het nippertje,' zegt ze als we een eindje verder zijn.

'Hoezo?' vraag ik, en ik kijk toe hoe ze een van de zakjes dropsleutels openmaakt. 'We hebben toch niks gestolen?'

Ze geeft me een dropsleutel en ik bedenk dan dat ik hier met Lizzy te maken heb. 'We hebben toch niks gestolen?' vraag ik nogmaals. 'Of wel?'

'Nee, we hebben inderdaad niks gestolen!' zegt ze. 'Maar het zou me niet verbazen als je oom denkt van wel.'

'Dat kan ik hem dan moeilijk kwalijk nemen,' zeg ik. 'Er wordt elk jaar voor een paar honderd dollar aan snoep en stripboeken uit de winkel gejat.'

'Daar heb je hem weer,' zegt ze, zuigend op haar dropsleutel. 'Jij zoekt altijd naar het goede in de mens, zelfs bij hem.'

'Hé, je zou toch skittles voor de bewaker kopen in plaats van dropsleutels?'

'Ja, sorry, ik raakte even in paniek. Eet die dropsleutel nou maar op.'

Op dat moment zien we de bus de hoek om komen. We rennen ernaartoe; mijn rugzak bonkt op en neer op mijn rug. Er staan twee zakenmannen bij de halte en ze hebben allebei een buspas in hun hand. De bus komt langs de stoeprand tot stilstand en ik vraag aan Lizzy of ze weet hoeveel de bus kost. Mijn moeder regelt dit soort dingen altijd. Ik moet echt beter gaan opletten.

'Twee dollar per rit,' zegt ze. 'Deze keer heb ik het uitgezocht. Je hebt toch wel geld bij je?'

'Jij niet dan?'

'Dat heb ik net aan het snoep uitgegeven!'

Ik haal mijn portemonnee tevoorschijn als er een groep meisjesscouts achter ons in de rij gaat staan. Ze lopen te giechelen en te duwen. De twee mannen stappen in, steken hun buspas in de gleuf en halen hem er weer uit. Het zijn dezelfde kaarten die we ook in de metro bij ons hadden moeten hebben. Die dingen hebben wel een machtspositie in deze stad! De buschauffeur zit op ons te wachten. Ik geef hem vier dollar. Het is maar goed dat ik mijn gebruikelijke acht dollar bij me heb, anders zouden we niet genoeg geld hebben om weer thuis te komen.

'Alleen kwartjes,' zegt de chauffeur, zonder ons ook maar een blik waardig te keuren.

'We hebben geen kwartjes,' zeg ik verlegen.

De chauffeur rolt met zijn ogen en buldert: 'Heeft er iemand een kaart?'

De scouts achter ons worden onrustig. Ik hoor er eentje moppe-ren: 'Wat een sukkel,' en een paar anderen giechelen. Ik vind dat ik wel een gratis doos koekjes heb verdiend voor hun lompe gedrag.

'Ik doe het wel,' zegt een vrouw van middelbare leeftijd die voor-in zit, en ze staat op. Ik geef Lizzy een por als ik zie dat de vrouw een pet en sweater van de Yankees draagt, net als die man die ons in de metro door het poortje heeft geholpen. Wat een geluk dat honkbalfans zo bijgelovig zijn! De vrouw haalt haar kaart twee-maal door de gleuf, en pakt dan de vier dollar uit mijn hand.

We willen zo snel mogelijk weg bij de ingang, dus lopen we hele-maal door naar achteren en gaan in de achterste twee stoelen zit-ten. Lizzy begint meteen uit het raam te staren. Ik weet dat ze ervan baalt dat het bij onze tweede vorm van openbaar vervoer weer mis is gegaan.

'Hé Lizzy, een van die scouts heeft een van de andere meisjes aan het huilen gekregen. Daar knap je vast van op.'

Ik zie haar glimlachen in de spiegeling van de ruit. Lizzy is snel van de kaart, maar je kunt haar ook zo weer opvrolijken.

Ik haal mijn boek tevoorschijn, blij dat ik me even een moment kan verdiepen in het diagram over tijdreizen en de snaartheorie. Want voordat ik een tijdmachine van snaren kan bouwen, moet ik er eerst achter zien te komen waar ze het in vredesnaam over hebben.

Net als ik het boek op de juiste bladzijde met het ezelsoor heb opengeslagen, word ik getroffen door een doordringende knoflookstank die plotseling door de hele bus golft. Ik kijk verwilderd om me heen om de bron te vinden, en zie een man met het uiterlijk van een bouwvakker kleine hapjes nemen van een broodje dat volgens mij voor honderd procent van knoflookteentjes moet zijn gemaakt. Waarom ben ik de enige die het ruikt? Ik kan niets tegen Lizzy zeggen zonder dat hij het hoort, en hij lijkt me het type dat je maar beter niet kunt beledigen. Hij neemt zulke absurd kleine hapjes dat we tien straten verder zijn voor hij zijn broodje op heeft. Inmiddels staan er duidelijk zichtbare zweetpareltjes op zijn voorhoofd. Hij verfrommelt het papiertje en stopt het terug in zijn broodtrommel. Hij mag dan stinken, maar netjes is hij wel.

'Bij de volgende halte moeten we eruit,' zegt Lizzy, en ze vouwt haar kleine stadsplattegrond weer op. Ik knik alleen, want als ik mijn mond opendoe, krijg ik die geur binnen. Hoewel het broodje op is, is de stank alleen maar erger geworden. Dat had ik echt niet voor mogelijk gehouden. Deze man is bovennatuurlijk. Superman, maak plaats. Hier komt Knoflookman, die met één dampende ademteug over de hoogste gebouwen kan springen.

Ik berg mijn boek alvast op. Het enige wat ik ervan heb opgestoken is dat de snaartheorie eigenlijk niet over snaren gaat, maar over heel kleine energiegolven. Die zijn nog moeilijker te vinden dan een gewone snaar.

We staan op en houden ons vast aan de stangen bij de achterste deur. De bus gaat iets langzamer als hij de hoek nadert, maar rijdt dan gewoon door. Het dringt eerst maar half tot me door, maar als ook de achterste helft van de bus de halte volledig gepasseerd is, besef ik dat de chauffeur helemaal niet van plan is om te stoppen.

'Wacht!' schreeuwt Lizzy naar voren. 'Dat was onze halte!'

De chauffeur mindert geen snelheid. Een vrouw met wit haar en een zilverkleurige stok buigt zich naar Lizzy toe en zegt: 'Jongedame, als de chauffeur niemand bij de halte ziet staan, dan stopt hij niet. Als je wilt dat de bus stopt, moet je op die gele strip daar drukken. Zie je wel?' We volgen haar trillende vinger die een dikke strook van een soort geel plakband aanwijst. Ik heb daar inderdaad mensen op zien drukken, maar me nooit afgevraagd waarvoor dat was.

'O, vandaar,' mompelt Lizzy. 'Bedankt.'

'Kan ik er nu alsnog op drukken?' vraag ik aan de vrouw.

Ze knikt vriendelijk. Ik kan er gemakkelijk bij en druk hard op het plakband. Er klinkt een belletje. Kleine mensen moeten blijkbaar almaar rond blijven rijden door de stad, totdat een lang iemand hen helpt.

'Nu stopt de chauffeur bij de eerstvolgende halte. Zie je wel?' zegt de vrouw. 'Je bent dan maar twee straten verder dan waar je er eigenlijk uit had gewild.' Ze leunt weer achterover in haar stoel.

En dan zeggen ze dat Newyorkers niet behulpzaam zijn. Twee straten verder betekent wel dat we nog wat langer met Knoflookman opgescheept zitten. Ik vraag me af of er wel eens iemand is overleden aan een geuraanval.

Bij de volgende halte staan een heleboel mensen te wachten, dus de chauffeur zou daar toch wel zijn gestopt. De bus komt tot stilstand, en de voordeur gaat open, maar de achterdeur niet. Lizzy rukt aan de hendel, maar er is geen beweging in te krijgen. Dan komt Knoflookman erbij en duwt tegen een metalen strip naast de deur, die daarna openspringt. Ik neem mijn negatieve gedachten over hem terug. Hij is duidelijk ook een zorgzame burger.

We springen snel de drie treden af, voordat de chauffeur van gedachten verandert en plotseling optrekt. Mijn linkervoet plakt bij elke stap, waarschijnlijk heb ik ergens in een stuk kauwgom getrapt. Als we uit de mensenmassa zijn, zeg ik dat Lizzy even moet wachten, zodat ik de kauwgom aan de stoeprand kan afschrapen.

'Krijg nou het heen en weer!' zegt ze, en ze grijpt mijn arm vast. (Toen ze zes was, heeft Lizzy's vader haar geleerd om krachttermen als '*krijg nou het heen en weer*' en '*potverdorie*' te gebruiken, in plaats van de veel kleurrijkere kreten die ze van de kleuterschool mee naar huis nam.)

Ik verlies haast mijn evenwicht, met één been omhoog en een arm die bijna uit de kom wordt gerukt. Ik volg haar blik. In de goot, iets meer dan een halve meter verderop, ligt een speelkaart. Hij ligt met de goede kant omhoog en steekt half onder een Chinees afhaalmenu uit. Het is de hartenacht, een van de laatste drie ontbrekende kaarten in Lizzy's verzameling. Het is minstens een halfjaar geleden dat ze voor het laatst een kaart heeft gevonden. Ik ging er al een beetje van uit dat ze die laatste drie nooit zou vinden.

Lizzy laat mijn arm los en bukt zich om de kaart te pakken. Met trillende vingers pakt ze hem bij een hoekje vast. Maar ze trekt er nog niet aan, en ik weet dat ze eerst een van haar schietgebedjes fluistert, in de hoop dat de kaart nog heel is. Het gebeurt maar al te vaak dat ze kapotte kaarten vindt, en die wil ze niet in haar verzameling hebben.

Dan trekt ze heel zachtjes aan de kaart, en hij komt tevoorschijn, helemaal intact. Ze haalt opgelucht adem en houdt hem hoog boven haar hoofd, als een prijsvechter die net een bokswedstrijd heeft gewonnen. 'Tadaaa!' roept ze. 'Nog maar twee te gaan!'

Ze doet haar aktetas open en schuift de kaart voorzichtig in een van de zijvakjes. Dan begint ze in de richting van het kantoor te lopen, maar blijft staan als ze ziet dat ik me niet verroer. 'Wat is er?' vraagt ze. 'Vind je het niet geweldig dat ik die kaart heb gevonden?'

Ik knik, zonder haar echt te horen. Als we onze halte niet voorbij waren gereden, dus als we niet van ons oorspronkelijke plan waren afgeweken, dan zouden we niet hier zijn uitgestapt, en dan zou zij haar kaart niet hebben gevonden. Maar zijn we door het lot naar deze plek gebracht of was het gewoon een gelukkig toeval? En hoe zit het eigenlijk met het lot en *ongelukkig* toeval, dus domme pech? Als mijn vader die dag een andere route had genomen, of net iets langer voor een stoplicht had moeten wachten, dan was hij niet doodgegaan. En als die dame voor wie hij moest uitwijken, nou één seconde later was overgestoken? En als zij haar boodschappentas nou ook aan de onderkant had vastgehouden in plaats van alleen aan het handvat, dat halverwege het kruispunt brak, waardoor ze plotseling stil bleef staan?

Of als het die ochtend nou niet had geregend en de straat dus minder glad was geweest en mijn vaders banden hun grip op de weg niet waren kwijtgeraakt? Of als ik die dag niet ziek was geweest en met hem mee had kunnen gaan? Dan waren we misschien wel eerst ergens een ijsje gaan eten, en dan…

'Gaat het wel?' vraagt Lizzy. Ze kijkt me onderzoekend aan, en onderbreekt daarmee mijn gedachten. De kans is niet bepaald groot dat ik er ooit achter zal komen wat er zou zijn gebeurd als een van deze dingen anders was gelopen. Tenzij ik echt een tijdmachine kan bouwen. Maar dat ziet er niet erg veelbelovend uit. Ik haal diep adem. En nog een keer. 'Ja, niks aan de hand,' antwoord ik. 'We gaan.'

'Dat ik die kaart heb gevonden is een goed teken,' zegt ze als we verder lopen. 'Absoluut een goed teken!'

Ik hoop dat ze gelijk heeft. Nu we in de buurt zijn, begin ik zenuwachtig te worden. Een paar straten verderop blijft Lizzy stilstaan voor een hoog gebouw. Ze checkt het briefhoofd boven de brief van Harold aan mijn moeder, en zegt: 'Hier is het. Het voormalige kantoor van Harold Folgard, advocaat.'

Ik moet mijn hoofd helemaal in mijn nek leggen om de bovenkant van het gebouw te kunnen zien. We maken geen van beiden aanstalten om naar binnen te gaan. 'Het is zo... hoog,' zeg ik, één hand boven mijn ogen tegen de zon.

'Het is maar goed dat je niet langs de buitenkant naar boven hoeft te klimmen en dan moet inbreken met een glassnijder,' zegt ze, en ze duwt me naar de draaideur toe. 'Dat plan had ik nog als back-up.'

De hal is van marmer en glas, met hoge plafonds en twee liftschachten. Het is er stil, als in een bibliotheek. 'Het kantoor is op de veertiende verdieping,' zegt Lizzy. Haar stem galmt. Er zijn maar een paar mensen in de hal, die ons allemaal compleet negeren.

Ik ga dichter bij de muur staan om de bordjes te lezen. 'Deze is het,' zeg ik zacht, en ik wijs naar de liften aan onze rechterkant. 'Verdieping één tot en met zestien.'

'Doe alsof je hier vaker komt,' fluistert ze terug, en ze gooit haar haren over haar schouders. Ze laat haar aktetas zachtjes heen en weer slingeren terwijl ze kordaat naar de eerste lift stapt.

Ik trek mijn schouders naar achteren en doe mijn kin omhoog. Ik weet zeker dat ik met mijn lengte gemakkelijk voor zakenman kan doorgaan, van de achterkant dan. Een erg dunne zakenman met een rugzak op zijn rug.

Net als Lizzy op de knop met het pijltje 'naar boven' wil drukken, dreunt er een stem vanuit de hal: 'Waar dachten jullie naartoe te gaan?'

We blijven stokstijf staan. Mijn hart gaat als een gek tekeer. Achter ons komt een man op ons af en we draaien ons langzaam om. Hij draagt het zwarte uniform van een beveiligingsman. We hadden al afgesproken dat Lizzy het woord zou voeren, mocht iemand ons tegenhouden. Als ik heel eerlijk ben, had ik toch geen woord kunnen uitbrengen. Ik hoop alleen niet dat ze haar vrouwelijke charmes uit de kast haalt.

Lizzy blijft heel kalm, dat moet ik haar nageven. Ze kijkt de bewaker aan en zegt rustig: 'Onze oom werkt hier op de veertiende verdieping. We wilden hem verrassen.'

Hij antwoordt niet meteen, en ik probeer Lizzy een telepathische boodschap te sturen: *Bied hem de king size snickers aan… de snickers, nu!* Maar mijn bericht komt niet aan, of ze negeert het. Dan zegt de bewaker: 'Alle bezoekers moeten zich melden bij de receptie. Loop maar even mee.'

We halen opgelucht adem en volgen hem naar de lange marmeren balie in de hoek van de hal. Op de een of andere manier hebben we die over het hoofd gezien toen we binnenkwamen. Hij gaat achter de balie staan en steekt zijn hand uit. 'Rijbewijs,' zegt hij op een toon die verraadt dat hij deze vraag al vele malen eerder heeft gesteld.

Lizzy en ik kijken elkaar verrast aan. Ik *wist* wel dat ik voor zakenman kon doorgaan! 'Uhm, we zijn pas twaalf,' zegt Lizzy.

'Bijna dertien,' voeg ik daar snel aan toe.

'Identiteitskaart van school?' vraagt hij.

'Het is *zomervakantie*,' antwoordt Lizzy.

De bewaker zucht. 'Goed dan. Als jullie hier even willen tekenen.' Hij duwt een klembord onze kant uit. 'En dan maak ik nu nog even een foto van jullie, ieder apart.'

'Een foto?' vraag ik.

Hij knikt. 'Op elke bezoekerspas staat tegenwoordig een foto.'

Dit gaat niet zo soepel als ik had gehoopt.

Lizzy heeft haar naam op het klembord geschreven en schuift het nu naar mij toe. Ze heeft getekend met *Tia Castaway*; dat is het meisje uit onze favoriete Disneyfilm van toen we nog klein waren, *Escape to Witch Mountain*. Ze geeft een schopje tegen mijn enkel, en omdat we voor broer en zus moeten doorgaan, schrijf ik netjes *Tony Castaway* op, en schuif het klembord weer terug naar de man.

Met een camera die vastzit aan de computer achter de balie maakt hij een foto van ons. En even later spuugt de printer twee bezoekersbadges uit. Hij overhandigt ze aan ons en zegt dat we de achterkant moeten lostrekken, en dat we het ding te allen tijde op ons lijf moeten dragen. We lopen snel naar de lift en plakken onze badges op onze borst zonder ze te bekijken. Pas als we veilig en wel in de lift staan zie ik dat ik door mezelf word aangekeken vanaf Lizzy's shirt, met één oog dicht. Onder de foto staat de naam *Tony Castaway* getypt. We ruilen de badges snel om.

'Dit is echt een hele langzame lift,' merk ik op.

'Ja, nogal,' zegt Lizzy. 'Het lijkt haast of we niet bewegen.'

Ik kijk naar het paneel met nummers. 'Ha, dat komt omdat we geen van beiden op het knopje hebben gedrukt!' Ik buig voorover en druk op 14. De lift maakt een klein sprongetje en gaat dan omhoog.

We beginnen te lachen. Lizzy zegt: 'Je zou haast denken dat we nog nooit buiten de deur zijn geweest.'

Ik kijk hoe de nummers van de verdiepingen één voor één oplichten terwijl we omhoog gaan. 'Wist jij,' vraag ik aan Lizzy, 'dat de meeste gebouwen geen dertiende verdieping hebben omdat de mensen denken dat 13 een ongeluksgetal is? Er *is* natuurlijk wel een dertiende verdieping, maar die noemen ze dan gewoon de veertiende.'

Lizzy knijpt haar ogen tot spleetjes. 'Dus jij probeert te zeggen dat het ongeluk brengt dat we nu naar de veertiende verdieping gaan?'

Misschien kan Lizzy maar beter niet luisteren als ik mijn kennis van de wereld met haar deel. 'Ach, laat maar, ik heb niets gezegd.'

Als de deuren opengaan, volgen we de bordjes naar nummer 42. Onderweg komen we allerlei zakenmannen en -vrouwen tegen, die ons óf negeren, óf ons een geforceerd lachje toewerpen, zoals

volwassenen vaak doen bij kinderen, waarbij alleen hun mondhoeken licht omhoog gaan. Uiteindelijk vinden we de juiste deur.
Het naamplaatje FOLGARD EN LEVINE, ADVOCATEN zit er nog
steeds op. Lizzy doet een stap terug en gebaart dat ik de deur moet
proberen. Ik haal diep adem en draai aan de deurknop. Die geeft
natuurlijk geen krimp.

'Draai eens de andere kant op,' oppert Lizzy.

'Dat gaat niet werken,' zeg ik. 'Je moet een knop altijd naar rechts
draaien om hem open te maken.' Maar ik probeer het toch. Als ik
de knop in mijn hand voel draaien, ben ik zo verrast dat ik de deur
niet meteen openduw.

'Wauw, het werkt!' roept Lizzy uit, en ze gaat naar binnen. Ik ga
snel achter haar aan en doe de deur achter me dicht. Er brandt
geen licht in het kantoor, maar er komt genoeg daglicht door de
ramen, zodat we goed om ons heen kunnen kijken. Het kantoor
lijkt net een spookstadje. Afgedankte bureaus en archiefkasten,
vlekkerige vloerbedekking, lege kartonnen dozen, een kapotte
lamp.

'Kom op, aan het werk,' fluistert Lizzy. 'Jij zoekt in Harolds kantoor en ik doe de wachtruimte.'

Ik knik en ga de kamer in waar Harolds naambordje op staat. Ik
kijk eerst in het oude houten bureau dat midden in de kamer staat.
Het is een mooi bureau. Ik vraag me af waarom hij het niet heeft
meegenomen. De laden hangen allemaal open, wat het zoeken ver-
gemakkelijkt. Ik voel langs de binnenwanden en check ook de
onderkant van elke la voor het geval de sleutels eronder zijn
geplakt. Maar mijn oogst beperkt zich tot een paar splinters, drie
paperclips en een visitekaartje van een verhuisbedrijf. Ik hoor Lizzy in de andere kamer ook laden opentrekken en weer dicht-
schuiven.

Volgens plan kruip ik over de grond en voel of er ergens een bobbel onder de vloerbedekking zit. Als ik ongeveer halverwege de

kamer ben, voel ik inderdaad iets! Het zit ongeveer dertig centimeter van de muur en heeft precies de omvang van vier sleutels plus sleutelhanger.

'Hé Lizzy,' roep ik zo hard als ik durf. 'Misschien heb ik iets gevonden!'

Ze komt aanrennen en ik wijs naar de bobbel. Ze rent weer weg, en komt dan terug met haar aktetas en mijn rugzak, die nog bij de voordeur stonden. Ze pakt de schroevendraaier uit haar tas. Ze geeft hem aan mij, wat ik een aardig gebaar vindt, want ik weet zeker dat zij de vloerbedekking net zo goed kapot kan snijden als ik. Als die niet zo oud, vlekkerig en versleten was geweest, had ik me wel schuldig gevoeld, maar ik weet zeker dat de nieuwe huurders de vloerbedekking zullen vervangen. Eigenlijk helpen we ze gewoon een eindje op weg.

Met de scherpe kant steek ik de schroevendraaier bij de muur onder de rand van de vloerbedekking. Dan beweeg ik hem heen en weer als een zaag. De vloerbedekking mag dan oud zijn, de stof is nog steeds sterk. Lizzy houdt de twee helften uit elkaar terwijl ik verderga en de betonnen vloer eronder wordt zichtbaar. Als ik bijna bij de bobbel ben, staat het zweet op mijn voorhoofd. Nog één laatste snee en de vloerbedekking zal zijn verborgen schat prijsgeven.

Lizzy gilt, en springt zo snel naar achteren dat ze achterover op de grond valt, met haar armen en benen in de lucht. Ze slaat haar hand voor haar mond om een volgende gil tegen te houden en krabbelt met moeite overeind.

'Wat een meisje ben jij,' zeg ik, terwijl ik de vloerbedekking weer op zijn plek leg. 'Hij is allang dood.' In plaats van de sleutels van mijn kistje, hebben we de laatste rustplaats van een klein bruin muisje blootgelegd.

Lizzy huivert. 'Laten we maar snel afmaken waar we mee bezig waren. Ik krijg de kriebels van dit kantoor.'

Ik heb alleen het plafond nog niet onderzocht. Het is zo'n systeemplafond, met van die platen die je omhoog kunt duwen. 'Zaklamp,' zeg ik, en ik steek mijn hand uit. Als een zuster die de chirurg een scalpel aanreikt, herhaalt Lizzy: 'Zaklamp' en ze legt hem in mijn hand. Ik ben op het bureau geklommen en kan nu gemakkelijk bij het plafond. Ik duw een van de platen omhoog en opzij, en steek mijn zaklamp ertussen. Ik moet eerst een spinnenweb weghalen voor ik mijn hoofd in het gat kan steken. Het is maar goed dat ik dit doe en niet Lizzy. Ze is een hele stoere meid, maar als ze meerpotige wezens tegenkomt, is ze nergens meer. 'Zie je iets?' vraagt ze. Vanaf hierboven klinkt haar stem gedempt. 'Buizen, stof en draden,' roep ik omlaag. Ik schijn met de lamp in het rond, maar zie alleen meer van hetzelfde. 'Wil jij ook even kijken?'

Ze geeft geen antwoord. Ik herhaal mijn vraag. Ze geeft nog steeds geen antwoord. Ik trek mijn hoofd weer terug en zie Lizzy verstijfd in het midden van de kamer staan. Naast haar staat een nogal ronde politieagent met een rood hoofd, in een uniform van de politie van New York City. De bewaker van beneden vult zo ongeveer de hele deuropening.

Als ik van het bureau klim weet ik maar één ding te zeggen: 'Ik *zei* toch dat we hem de king size snickers hadden moeten geven!'

7 DE BAAN

'Je hebt helemaal niets *gezegd* over die snickers!' sist Lizzy als we naar een minipolitiebureau worden gebracht, in de kelder van het gebouw.

'Nee, maar ik heb het wel *gedacht!*' is mijn zwakke excuus.

De bewaker, die ons waarschijnlijk heeft verraden, wisselt een paar woorden met de politieagent en vertrekt dan zonder ook maar één keer om te kijken. De politieman draagt een naamplaatje met POLANSKY erop. Hij gebaart dat we op de houten bank tegenover zijn kleine bureau moeten gaan zitten. Als je even buiten beschouwing laat dat hij geen baard heeft, zou hij het goed doen als kerstman in een warenhuis. Hij is alleen niet zo'n vrolijk type, dus waarschijnlijk zou hij het niet lang volhouden.

'Zouden jullie mij willen vertellen waarom jullie daarboven dat kantoor liepen te vernielen?' vraagt hij, voorover geleund in zijn stoel.

Lizzy en ik wisselen een blik. Ik zie dat ze bang is, ook al doet ze alsof dat niet zo is. Voordat ik er goed over heb nagedacht, zeg ik: 'Uh, we kennen hem, Folgard, bedoel ik. Harold. Ik weet dat we tegen de bewaker hebben gezegd dat hij een oom van ons is, maar eigenlijk is hij een vriend van mijn ouders. Nou ja, van mijn moeder. Mijn vader is… is er niet meer, dus…'

'Wat mijn *broer* hiermee wil zeggen,' onderbreekt Lizzy me, 'is dat het woord vernielen hier absoluut niet op zijn plaats is. Weet u, we hadden een pasje om naar boven te gaan.' Ze gebaart naar de sticker op onze borst. 'Dit is gewoon één groot misverstand.'

'Niet zo snel,' zegt agent Polansky als Lizzy haar tas wil pakken. 'Dat kantoor is niet meer van Folgard en Levine. Sinds vorige week is het verhuurd aan J&J Accountants. Jullie waren hún kantoor aan het vernielen.'

Lizzy fluistert naar opzij: 'Nou gebruikt-ie *weer* dat woord.'

'De bewaker in de hal heeft een directe videoverbinding met alle leegstaande kantoren, om te voorkomen dat er krakers in gaan zitten. Hij heeft jullie bezig gezien met het vernietigen van privé-eigendom.'

Ik heb geen idee wat een kraker is, behalve dan iemand die kraakt, maar ik heb geen zin om het te vragen. In plaats daarvan zeg ik: 'Echt, we waren alleen op zoek naar een set sleutels die meneer Folgard hier lang geleden heeft verborgen. We wilden helemaal niks vernietigen.'

'Inbraak is een ernstige overtreding, wist je dat?' zegt hij.

Ik werp Lizzy een boze blik toe. Ze krimpt een beetje in elkaar. Dan zegt ze: 'Maar de deur zat niet op slot, dus het was niet echt inbreken. We gingen alleen naar binnen. En wat is er nou eigenlijk zo erg aan ergens naar binnen gaan?'

'Je moet het zo zien,' zegt agent Polansky, duidelijk niet van zijn stuk gebracht door Lizzy's logica. 'Jullie zijn J&J Accountants niet alleen het geld voor nieuwe vloerbedekking schuldig, maar jullie moeten ook een schuld aan de maatschappij voldoen wegens het niet respecteren van andermans eigendom.'

We zijn allebei een tijdje stil. Ik begin uit te rekenen hoeveel weken zakgeld ik kwijt ben aan nieuwe vloerbedekking, inclusief leggen. 'Kunnen we niet gewoon een brief schrijven aan J&J, en aan uh... de *maatschappij*, om onze excuses aan te bieden voor het misverstand?' vraag ik, en ik hoop dat hij hoort dat ik het serieus meen.

Hij negeert mijn vraag en zegt: 'Goed, Tony en Tia, zo heten jullie niet echt, hè?'

We geven geen van beiden antwoord. Als Tony Castaway had ik me veilig gevoeld, alsof die naam mij beschermde tegen de harde werkelijkheid. Maar voor Jeremy Fink is er geen ontsnapping mogelijk. Agent Polansky vraagt om onze echte namen en adressen en voert ze in in zijn computer. Hij is een zeer trage typist, wat Lizzy ruimschoots de tijd geeft om in mijn been te knijpen. Als ik ineenkrimp, besef ik dat ik mijn adem al die tijd heb ingehouden, dus ik adem snel uit.

'Waar heb ik dat aan verdiend?' vraag ik binnensmonds.

'Je werd helemaal paars,' fluistert Lizzy.

'Je hebt *gezworen* dat we niet gearresteerd zouden worden!' fluister ik terug.

'We worden ook niet gearresteerd!' zegt ze, en ze vergeet even te fluisteren. En met een klein stemmetje vraagt ze: 'Toch?'

Agent Polansky kijkt ons lang aan. We proberen er zo onschuldig en naïef mogelijk uit te zien. Mijn moeder heeft me een keer verteld dat je aan vrolijke dingen moet denken als je in de problemen zit: vlinders, lachende baby's, hotdogs op het honkbalveld, een zonnige dag. Dus ik denk aan lachende baby's op een honkbalveld, omringd door hotdogetende vlinders. Hele kleine minihotdogs.

Ik sta niet in voor Lizzy's gedachten, maar blijkbaar zijn ze positief, want agent Polansky zegt: 'Nee, ik ga jullie niet arresteren.'

'Gaat u ons naar de jeugdgevangenis sturen?' vraagt ze, haar ogen tot spleetjes geknepen.

Ik kreun. Agent Polansky lacht. 'Nee, ik stuur jullie ook niet naar de jeugdinrichting. Ik dacht meer aan een taakstraf. Jullie hebben verder geen plannen deze zomer?'

Ik denk aan het kistje en zeg: 'Nou, eigenlijk...'

'Nee,' komt Lizzy tussenbeide. 'Een taakstraf is prima.'

'Eens kijken wat we hebben,' zegt hij, en hij haalt een klembord uit zijn bureaulade.

'Uh, de rechter is toch degene die taakstraffen oplegt?' vraag ik.

'Wij versnellen het proces een beetje,' legt de agent uit, 'tenzij je *liever* wilt dat ik de rechter erbij betrek...'

Lizzy trapt tegen mijn enkel, en dat doet flink zeer.

'Dat dacht ik al,' zegt hij. Hij kijkt op de lijst die voor hem ligt. 'Omdat ik vandaag in een goeie bui ben, mogen jullie uit een paar opties kiezen.'

'Te gek,' mompel ik. Het is toch niet te geloven dat ik een paar dagen geleden nog op school zat, en nu op een minipolitiebureau, om te horen met welke taakstraf ik de rest van de zomer opgescheept zit. Hoe heeft het zover kunnen komen? Hoe krijg ik het kistje ooit open als ik niet naar de sleutels kan zoeken omdat ik het te druk heb met afval prikken op de West Side Highway of met het planten van bloemen in de tuin van een kerk?

'Eens even kijken,' zegt agent Polansky, terwijl hij zijn vinger langs de lijst laat glijden. Hij is zich duidelijk niet bewust van mijn schreeuwende inwendige stem. 'Hier heb ik iets.' Jullie kunnen afval prikken in Central Park, na afloop van de wekelijkse gratis concerten. Hoe klinkt dat?'

Ik durf niets te zeggen.

'Zo erg is dat niet, hoor,' zegt hij. 'Wij verstrekken prikstokken zodat je het afval niet met je handen hoeft vast te pakken. En alle blikjes die je vindt, mag je houden en voor vijf cent inwisselen bij het milieudepot.'

'En verder?' vraagt Lizzy botweg.

Hij kijkt nog een keer op zijn lijst. 'Nou, er is maar één alternatief voor kinderen van jullie leeftijd, namelijk ene meneer Oswald helpen met het bezorgen van goederen. Hij sluit binnenkort zijn pandjeshuis en verhuist dan naar Florida. Het kan alleen zijn dat er soms ook met zware dingen moet worden gesjouwd, en jullie zijn nou niet bepaald de sterkste types die ik ooit ben tegengekomen.'

'We doen het,' zeggen Lizzy en ik tegelijkertijd.

'We zijn sterker dan we eruitzien,' voeg ik eraan toe. Wat Lizzy betreft klopt dit wel, maar ik ben waarschijnlijk precies zo sterk als ik eruitzie.

De agent denkt even na en zegt dan: 'Goed. Ik zal meneer Oswald bellen om te kijken wanneer jullie kunnen beginnen.'

Hij schuift ons twee notitieboekjes toe. 'Het is de bedoeling dat jullie hierin jullie uren bijhouden en jullie gedachten over de gebeurtenissen opschrijven. Wij kunnen ze op elk gewenst moment opvragen om ze in te zien, zodat we zeker weten dat jullie je verantwoordelijkheid niet ontlopen.'

'Gedachten?' vraag ik. 'Hoezo?'

'Een taakstraf betekent meer dan mensen te laten werken zonder dat ze er geld mee verdienen. De burger wordt geacht iets van deze ervaring op te steken. Ze moeten er als beter mens uitkomen.'

'Beter mens?' herhaalt Lizzy. 'Wat is er nu dan mis met ons?'

'Geen idee, *Tia*,' zegt hij.

Daar heeft ze niet van terug.

Hij draait het nummer van meneer Oswald en nadat hij zich heeft voorgesteld als agent Polansky, horen we hem alleen maar zeggen: 'Eén jongen, één meisje, ongeveer dertien jaar. Ja. Nee. Ja. Ze zijn sterker dan ze eruitzien, zeggen ze.' Hij kijkt op zijn beeldscherm en leest ons adres voor. Dan zegt hij: 'Oké. Ja. Ze zullen er zijn. Geen probleem. U ook nog een fijne dag verder, meneer.'

'Jullie beginnen morgen,' zegt hij, en hij maakt een aantekening op zijn klembord, ter hoogte van ons baantje.

'Uh, en hoe moeten we daar komen?' vraag ik. 'Want mijn moeder werkt de hele dag, net als Lizzy's vader, dus ik weet echt niet hoe...'

Hij houdt zijn hand omhoog om me tot zwijgen te brengen. 'Meneer Oswald stuurt zijn chauffeur om jullie op te halen en weer thuis te brengen.'

'Een *chauffeur*?' vraagt Lizzy. 'Als die vent een *chauffeur* heeft, waarom kan hij dan ook niet gewoon iemand inhuren om zijn spullen in te pakken?'

Agent Polansky's gezicht verstrakt. 'Wil je misschien toch liever die andere baan?'

Lizzy schudt heftig haar hoofd. 'Het was maar een vraag.'

'Meneer Oswald heeft een heleboel gedaan voor onze stad,' zegt hij. 'En daarom helpen we hem zoveel we kunnen.'

Ik zie niet hoe een pandjesbaas iets voor de stad kan betekenen, maar ik zal maar geen lastige vragen stellen. Agent Polansky ziet eruit alsof hij elk moment zijn zelfbeheersing kan verliezen. Ik vind het geen prettig idee dat ik nu voor de zoveelste keer uit mijn vertrouwde omgeving word weggehaald, en wie weet waarnaartoe word gebracht.

'Jullie kunnen gaan,' zegt hij. 'Morgenochtend negen uur, en geen minuut later. En trek iets… normalers aan. Ik heb nog nooit meegemaakt dat kinderen er zo netjes uitzagen in de zomervakantie.'

'Normaal gesproken zien we er niet zo netjes uit, hoor,' probeer ik snel uit te leggen. Niet dat het er iets toe doet.

'Nog één ding,' zegt hij. 'Als jullie goed je best doen, dan laten we de kosten voor de nieuwe vloerbedekking zitten. Dat wat er lag, was al behoorlijk versleten voordat jullie ermee aan de slag gingen.'

'Dank u wel,' zeggen we in koor. We springen op van de bank om zo snel mogelijk naar buiten te kunnen.

Ik wil net mijn rugzak over mijn schouder zwaaien, als hij zegt: 'O, wacht even, ik ben nog helemaal niet klaar! Ik moet jullie ouders nog bellen!'

'Maar die zitten op hun werk,' zegt Lizzy snel. 'We kunnen het ze zelf wel vertellen.'

Hij gniffelt, maar erg vriendelijk klinkt het niet. 'Zo werkt dat niet,' zegt hij. 'Wat is het nummer van hun werk?'

'Eigenlijk,' zeg ik, en ik steek even mijn hand omhoog, maar doe hem dan snel weer naar beneden. 'Eigenlijk is mijn moeder vandaag thuis.'

Hij voert beide nummers in in de computer en zegt dan: 'En nu wegwezen. Probeer de rest van de dag uit de problemen te blijven.'

Lizzy grijpt haar aktetas en we gaan snel de kamer uit, en de lift weer in. We zeggen allebei geen woord als we op het knopje drukken. Ik ben blij dat we mochten vertrekken voordat hij ging bellen. Ik hoef mijn moeders reactie nu echt niet te horen. Die hoor ik snel genoeg.

'Waar zijn jullie in vredesnaam mee bezig?' vraagt ze als ik een uur later thuiskom. 'Hoe ben je thuisgekomen?'

'Met de bus,' antwoord ik. De terugreis was een stuk soepeler verlopen. We konden kwartjes wisselen bij een pretzelverkoper, en Knoflookman was nergens te bekennen (nou ja, te beruiken, in dit geval). We zaten voor in de bus en ik probeerde mijn broodje pindakaas te eten, terwijl Lizzy een pretzel at. Na al onze belevenissen viel het niet mee om de boterham weg te krijgen, maar ik kon beter nu iets eten, voor het geval mijn moeder me zou straffen met een gezonde avondmaaltijd. Toch kreeg ik hem maar half op.

'Het spijt me dat we hebben gelogen over het postkantoor,' zeg ik schaapachtig. 'Ik weet dat we je eerlijk hadden moeten vertellen waar we naartoe gingen. Maar ik was bang dat je nee zou zeggen.'

'Kom even zitten,' zegt ze, en ze leidt me naar Meuk. We lopen langs een schilderij op een ezel, waaraan ze vandaag blijkbaar heeft gewerkt. Er hangt een laken overheen, dus ik kan niet zien wat ze heeft geschilderd. We gaan zitten en ze pakt mijn hand. 'Ik weet dat dit moeilijk voor je is,' zegt ze zacht. 'Je wilt zo graag je vaders instructies opvolgen, maar misschien moeten we toch een andere oplossing zien te vinden.'

101

'Lizzy en ik hebben al het andere al geprobeerd,' vertel ik haar. 'De enige manier om erin te komen, is met de sleutels. Anders vernielen we het hele kistje.'

'Dat wil ik natuurlijk ook niet,' zegt ze. 'Maar nu moet je dat even laten voor wat het is, en je aandacht richten op die taakstraf waar jullie mee opgescheept zitten. Jullie moeten je houden aan de afspraken die met deze man zijn gemaakt.'

'Maar stel nou dat het een of andere vage pandjesbaas is, die alleen maar uit is op gratis arbeidskrachten?'

'Dat is niet zo,' verzekert ze me. 'Ik heb van agent Polansky het telefoonnummer van meneer Oswald gekregen, om te kunnen uitvinden wat voor vlees we in de kuip hebben. Ik laat mijn kind natuurlijk niet door de eerste de beste meenemen.'

Ik kreun. 'Mám!'

'Sorry,' zegt ze. 'Ik laat mijn bijna-tienerzoon natuurlijk niet door de eerste de beste meenemen.'

'Dat klinkt beter.'

'Het is een heel interessante man. En ik denk dat je dit baantje…'

'Het is geen baantje,' benadruk ik. 'Voor een baan krijg je betaald.'

Ze schudt haar hoofd. 'Het gaat erom dat je een bepaalde taak krijgt die je zo goed mogelijk uitvoert. Geld of geen geld. Maar, zoals ik al zei, ik denk dat je het wel leuk zult vinden om voor meneer Oswald te werken. Je zult zien dat jullie een hoop gemeen hebben.'

'Wat dan allemaal?' vraag ik, maar ik wil het eigenlijk niet weten. Mijn maag rammelt. Nu ik weet dat ik geen straf krijg, heb ik mijn eetlust weer terug.

'Deze man heeft zijn hele leven tussen andermans spullen doorgebracht. Komt dat je niet bekend voor?' Zonder een antwoord af te wachten staat ze op van de bank en zegt: 'En trouwens, je hebt een week huisarrest. Dat is eigenlijk nog te kort, maar ik vind dat je al genoeg gestraft bent. Je doet je taakstraf en daarna kom je meteen naar huis.'

Ik zucht theatraal. 'Het lijkt wel of je helemaal niet *wilt* dat ik die sleutels vind.'

'Je weet best dat dat niet waar is,' zegt mijn moeder. 'Maar het komt zoals het komt.' Ik loop achter haar aan de keuken in.

'Wat bedoel je *daar* nou weer mee?' vraag ik. Voor ze antwoord kan geven, gaat de telefoon. Ik zie op het schermpje dat het Lizzy's vader is. Ze neemt op en zegt: 'Ja, een week huisarrest. Ja, ik wacht morgen tot de auto er is en bel je dan op het postkantoor. Bedankt, Herb.' Ze hangt op. 'Nou, jij bent er nog goed vanaf gekomen. Lizzy heeft twee weken huisarrest.'

Arme Lizzy. Ze wilde me alleen maar helpen. Ik weet zeker dat dit ook niet haar idee was van een zomervakantie.

'Wat wil je eten vanavond?' vraagt mijn moeder, en ze wil het pak macaroni al uit de kast pakken.

'Waarom vraag je naar de bekende weg?'

'Ik blijf hopen dat je me een keer verrast.'

'Niet vanavond.'

Mijn moeder heeft jarenlang geprobeerd om me normaal te laten eten, maar uiteindelijk heeft ze het opgegeven. Ik heb nu de keus uit vier gerechten: macaroni met kaas, hotdogs, vissticks of, als we uit eten gaan, pizza. Mijn moeder heeft één keer geprobeerd om kip te frituren en die in de vorm van een visstick te kneden, maar dat had ik meteen door.

Ze zet een pan op het fornuis en doet er water in. 'Ik raak nog eens aan de drank door die kieskeurige eetgewoonten van jou,' zegt ze.

Aangezien ons huis alcoholvrij gebied is, maak ik me niet al te veel zorgen. Ze zal hooguit aan de frisdrank raken.

'Over een paar weken word je dertien,' zegt ze. 'Tijd om je horizon te verbreden. Vanaf nu introduceer ik elke maandagavond iets nieuws.'

Na de gebeurtenissen van vandaag durf ik niet tegen te sputteren.

'Oké, mam,' zeg ik, en ik hoop maar dat ze het me niet al te moeilijk zal maken en dus niet meteen met broccoli begint.

'En omdat het vandaag maandag is,' zegt mijn moeder, terwijl ze
de koelkast opendoet, 'kunnen we net zo goed meteen vanavond
al beginnen. Maar maak je geen zorgen, ik zal het je niet te moeilijk maken.' Ze haalt een glazen schaal tevoorschijn die bedekt is
met folie. Ik kom voorzichtig dichterbij om te kijken wat erin zit.
Broccoli!

8 DE OUDE MAN

Mijn moeder, Lizzy en ik zitten op de traptreden van ons portiek te wachten tot de chauffeur van meneer Oswald ons komt ophalen. Ik heb gisteravond geen briefjes van Lizzy gehad en ook niets aan haar geschreven. Ik ben bang dat ze boos op me is. Ze heeft gelukkig wel weer een korte broek aan en een paardenstaart in haar haar. Geen rok en geen rondwapperende haren meer.
'Hebben jullie dat notitieboekje bij je, dat je van die agent hebt gekregen?' vraagt mijn moeder.
We schudden ons hoofd.
'Volgens mij is het de bedoeling dat jullie dat meenemen,' antwoordt ze. 'Ga ze maar even halen. Ik wacht hier wel.'
Als we de trap oplopen, vraagt Lizzy of ik boos op haar ben.
Opgelucht schud ik mijn hoofd. 'Ik dacht dat jij misschien boos was op mij. Want zonder mij en het kistje zou je nu immers niet in deze ellende zitten.'
'Maar zonder mij zou jij nu ook niet in deze ellende zitten,' brengt ze daartegenin.
'Denk je dat we de sleutels nu nog op tijd kunnen vinden?' vraag ik.
'We blijven gewoon goed om ons heen kijken,' zegt ze vastberaden. 'We laten onze plannen niet bederven door deze stomme taakstraf.'
Net als we dit voornemen met een handdruk willen bezegelen, komen de nieuwe kinderen naar buiten. 'Let niet op ons, hoor,' zegt Rick, en hij gebaart naar onze bijna-handdruk.

We trekken allebei snel onze hand terug. 'Hoe gaat het?' vraagt Liz-zy met een schril stemmetje. Ze vraagt het aan hen allebei, maar ze kijkt alleen Samantha aan.

'Goed,' zegt Samantha. 'We zijn wel zo'n beetje gesetteld.'

'Cool,' zegt Lizzy. Dan flapt ze eruit: 'Leuke oorbellen.'

Samantha voelt met haar handen aan haar oren. 'Ik heb helemaal geen oorbellen in.'

Rick lacht. Die knul wordt er bepaald NIET aardiger op, en mijn medelijden met hem vanwege het feit dat hij naar een andere plek moest verhuizen begint snel af te nemen.

Lizzy wordt zo rood als een biet. 'Ik bedoel die oorbellen die je gisteren in had.'

'O, dank je wel,' zegt Samantha. 'Die heb ik van mijn oma gekregen.'

'Cool,' zegt Lizzy, en ze knikt. 'Als je zin hebt, kom dan een keertje langs, dan kan ik je wat over de buurt vertellen en zo.'

'Goed idee,' zegt Samantha. 'Wanneer het jou uitkomt.'

'Cool,' zegt Lizzy. Ik wil haar erop wijzen dat ze behalve *cool* nog vele andere woorden tot haar beschikking heeft, maar ik ben bang dat ze me dan een lel geeft.

'Kunnen we nu gaan?' vraagt Rick, en hij trekt zijn zus de hal door.

'Doei hè!' roept Samantha.

'Doei,' zegt Lizzy, en ze zwaait nog even.

'Sinds wanneer doe jij zo vriendelijk?' vraag ik.

'Wat bedoel je?' vraagt ze onschuldig.

'Je weet best wat ik bedoel.'

'Ik probeer alleen maar aardig te zijn,' zegt ze, en ze steekt de sleutel in haar voordeur. 'Gewoon, zoals buren horen te doen, dat heb je zelf gezegd. Ik mag toevallig heus wel nieuwe vrienden maken, hoor.'

'Wie beweert dat dat niet zou mogen?' antwoord ik, en ik ga snel ons huis in voor ze iets terug kan zeggen. Ik pak mijn notitieboekje en ren zonder op Lizzy te wachten weer naar buiten. Even later komt ze naast me op de stoep zitten. Ze heeft haar paardenstaart er weer uitgehaald. Dat zou mij niets uit moeten maken, maar toch zit het me dwars. Ik haal mijn boek tevoorschijn en begin erin te lezen.

'Dat zal hem zijn,' zegt mijn moeder, en ze gaat staan, met haar hand boven haar ogen tegen de zon.

Als ik opkijk, zie ik dat Lizzy's mond openvalt van verbazing. Wat onze straat in komt rijden is niets minder dan een *limo*. Hij stopt vlak voor ons pand. Een *limousine* voor ons huis! Zo een waar *filmsterren* altijd in zitten. De chauffeur stapt uit en tikt even tegen zijn pet om ons te begroeten. Hij draagt een echt chauffeursuniform! Ik wist niet dat dit ook in het echt voorkwam.

'Jeremy Fink en Elizabeth Muldoun?'

We staan driftig te knikken. Als mensen het wagen om haar officiële voornaam te gebruiken, corrigeert Lizzy ze altijd meteen, maar ik weet zeker dat ze te opgewonden is om er een punt van te maken.

'Ik ben James. Ik kom jullie ophalen en zal jullie naar meneer Oswald brengen,' zegt hij. 'En u bent zeker mevrouw Fink?'

Mijn moeder bevestigt dat en vraagt of ze de papieren die betrekking hebben op onze taakstraf even mag inkijken. Lizzy en ik wisselen een paar verbaasde blikken en gaan dan snel het trapje af om te wachten bij de auto tot mijn moeder ons het sein geeft dat alles veilig is.

'Gedraag je een beetje, oké?' zegt ze, en ze gaat weer op de stoep staan.

Het verbaast me dat ze zo weinig onder de indruk is van de limo. Zou meneer Oswald haar verteld hebben over ons vervoermiddel? Maar hoe is het dan mogelijk dat ze er tegen mij met geen woord over gerept heeft?

'Heb je je brood bij je?' vraagt ze.

'Ja mam,' zeg ik, en ik krijg een rood hoofd als ik zie dat James toe-kijkt. Mijn moeder stapt opzij en James doet het achterportier voor ons open. Lizzy kruipt naar binnen, en ik volg haar de koele auto in. Niet te geloven, dat we in een limo door de stad worden gereden!

De stoelen zijn crèmekleurig en ik heb nog nooit op zoiets zachts gezeten. Hoewel het een stralend zonnige dag is, is het binnen half-donker, omdat de limo getint glas heeft. In de wand is een kleine koelkast ingebouwd, en een televisie en een radio. Tegenover ons is nog een ruime bank, en ik leg meteen mijn voeten erop. Lizzy haalt de overkant niet eens. We rijden weg en ik zwaai naar mijn moeder, maar die ziet ons waarschijnlijk helemaal niet door de donkere ramen.

Lizzy trekt de koelkast open. 'Kijk! Aardbeien! Sap! Frisdrank *in glazen flesjes*! Dit is *echt* niet te geloven!'

Ik schud mijn hoofd en leun achterover in de koele stoel alsof ik gewend ben aan al deze luxe.

'O man,' zegt Lizzy. 'Als ik had geweten dat *dit* bij een taakstraf hoort, dan had ik ons *jaren* geleden al in de problemen gebracht!'

Bij het eerste stoplicht gaat het raampje tussen ons en de chauffeur langzaam omlaag. James kijkt achterom. 'Ik neem aan dat alles naar wens is?' vraagt hij, en er speelt een glimlach om zijn lippen.

Lizzy draait de dop van een colaflesje open en vraagt: 'Is meneer Oswald echt heel erg superrijk?'

James lacht. 'Hij is niet onbemiddeld.'

'Ik wist niet dat pandjesbazen zoveel geld verdienden,' zeg ik.

James richt zich weer op de weg en schudt zijn hoofd. 'O, dat is maar een bijverdienste. Vroeger zat zijn familie in die bedrijfstak. Meneer Oswald verkoopt vooral antiek. Hij heeft echt een neus voor het vinden van antiek. Hij restaureert de spullen en verkoopt ze daarna voor een veel hoger bedrag dan hij ervoor betaald heeft.'

'Waar vindt hij die spullen dan?' vraag ik geïnteresseerd.

'Overal,' zegt James. 'Vlooienmarkten, antiekbeurzen, veilinghuizen. Soms zelfs gewoon op straat. De mensen beseffen niet wat ze in huis hebben en zetten hun spullen gewoon aan de stoeprand.'
Lizzy draait zich om naar mij en ik weet wat ze wil gaan zeggen.
'Zo te horen had hij het uitstekend met je vader kunnen vinden.'
Ik knik. 'Maar mijn vader repareerde zijn spullen niet om ze te verkopen, alleen om ze zelf te gebruiken.'
'Misschien had hij dat wél moeten doen,' zegt ze.
Ik kijk hoe het schuifraam langzaam weer omhoog gaat.
'Misschien,' zeg ik, en ik doe mijn ogen dicht. Toen mijn vader net was overleden, hield ik een lijst bij van alle dingen die ik beleefde en die mijn vader dus nooit meer zou meemaken. Zoals de homerun die ik sloeg tijdens de gymnastiekles (dat was de enige keer, maar het *is* gebeurd), of toen ik een prijs won met een kort verhaal, over een jongen die met een vergrootglas een mier verbrandde, en dat toen zijn hele huis afbrandde, en dat hij wist dat het allemaal zijn schuld was. Maar die lijst ging alleen maar over *mij*. Ik had me nog nooit afgevraagd wat mijn vader wel of niet met zijn *eigen* verdere leven zou hebben gedaan als hij de kans had gekregen. Misschien zou hij inderdaad een deel van zijn gevonden spullen hebben verkocht en een fortuin hebben verdiend. Of de stripboekenwinkel hebben uitgebouwd tot een grote keten. Ik had misschien wel een broertje of zusje kunnen hebben. Ik weet zeker dat hij dromen had waar ik niets van wist. Zouden *die* misschien in het kistje zitten? Dromen van een leven dat hij nooit zou meemaken?
De auto stopt en als ik mijn ogen opendoe, zie ik Lizzy tevreden een aardbei eten. 'Wil je er ook een?' vraagt ze, en ze houdt de doos voor mijn neus.
Ik schud mijn hoofd. Echt fruit doet me altijd denken aan snoepjes met fruitsmaak, zoals fruittella of mentos, en confronteert me met het feit dat ik die nu niet bij me heb.

James doet het portier open en we stappen uit op een breed trottoir. Ik had verwacht dat hij ons naar een pandjeshuis in een minder prettig deel van de stad zou brengen. Maar in plaats daarvan staan we voor een statig huis van drie verdiepingen hoog, op Riverside Drive, in de wijk Upper West Side. Voordat ik mijn verrassing kan uiten, gaat de voordeur open. Er komt een lange oude man naar buiten met een bruin gestreept pak aan, met bijpassende hoed. Hij rookt een pijp. Op de een of andere manier lijken zijn kleren niet bij hem te passen. Met zijn ronde, blozende gezicht zou je hem eerder verwachten in een overall en met een strohoed op.

'Zo, daar hebben we de kleine spijbelaars,' zegt hij streng. Ik zie aan zijn twinkelende ogen dat hij het niet kwaad bedoelt.

Lizzy, die zich niet graag laat beledigen, zegt: 'Volgens mij spijbel je als je stiekem niet naar school gaat, maar de school is dicht vanwege de zomervakantie.'

'Je hebt natuurlijk helemaal gelijk, jongedame,' zegt hij, terwijl hij met zijn pijp in haar richting wijst. 'Ik zal mijn woorden in het vervolg zorgvuldiger kiezen.'

'Oké dan,' zegt ze.

'Kom.' Hij doet een stap opzij, zodat we naar binnen kunnen gaan. 'Laten we elkaar eerst maar eens wat beter leren kennen.'

James loopt met ons mee de trap op en het huis in. Via een klein halletje komen we in een enorme kamer, die vol staat met grote dozen en kisten. Zo te zien is het meeste hier al ingepakt. Er hangen nog een paar schilderijen aan de muur, maar het meubilair is al weg. Het gelambriseerde plafond is zo hoog dat het hele pand waarschijnlijk maar één verdieping telt, en niet drie, zoals ik net nog aannam. In de enorme open haard tegen de achterwand brandt zelfs een vuur, ook al is het bijna juli.

'Mijn oude botten hebben warmte nodig,' zegt meneer Oswald, die mijn blik heeft gevolgd. 'Daarom ga ik ook naar Florida verhuizen. Laten we even in mijn kantoor gaan zitten, dan vertel ik wat jullie gaan doen.'

Aan het andere eind van de kamer verschijnt een ronde vrouw met een schort voor, en hij geeft haar zijn pijp. In ruil daarvoor geeft zij hem de post. Meneer Oswald zegt warm: 'Als ik mijn huishoudster Mary niet had, zou het een grote chaos zijn hier in huis.' Mary glimlacht naar ons en ik zie dat er een chocoladereep uit de zak van haar schort steekt. Ik glimlach terug. Zij is duidelijk een geestverwante. Lizzy let niet op; ze heeft het veel te druk met gluren in een grote, openstaande kist.

Meneer Oswald leidt ons omzichtig door de doolhof van dozen, en brengt ons naar een kamer die ongeveer de helft kleiner is dan de eerste. Ook hier is een open haard, maar die brandt niet. Midden in de kamer staat een groot eikenhouten bureau, met grote leren fauteuils ervoor. Twee muren zijn bedekt met planken, waarop voorwerpen staan van de meest uiteenlopende afmetingen en in alle kleuren van de regenboog. Ik zie sportattributen zoals honkballen en knuppels en rugbyballen en hockeysticks, maar ook lampen, klokken, schilderijen, beelden, rijen boeken, een telescoop, radio's, sieradendoosjes, stapels postzegels in plastic mapjes, bakken met oude munten. Eigenlijk alles wat je maar kunt bedenken. Voor mijn ouders moet de hemel er ongeveer zo hebben uitgezien. Met enige moeite krijg ik mijn mond weer dicht. Ik besef dat ik nog geen woord heb gezegd sinds we zijn uitgestapt, dus ik schraap mijn keel. 'Uhm, meneer Oswald?'

'Ja, meneer Fink?' zegt hij, terwijl hij achter het bureau gaat zitten. Ik weet niet hoe ik daarop moet reageren. Ik heb mensen alleen meneer Fink horen zeggen tegen mijn vader of mijn oom. Op zich is het logisch dat mensen me met mijn vaders naam aanspreken nu ik ouder word, maar toch moet ik eraan wennen. 'Uh, zeg maar Jeremy, hoor,' zeg ik.

'Goed, Jeremy dan,' zegt meneer Oswald.

'Uh, zou ik misschien uw postzegelverzameling even mogen bekijken? Ik heb maar heel even nodig.'

'Ga je gang,' zegt hij, en hij gebaart naar de plank. 'Ben jij een filatelist van huis uit?'

'Pardon, een wat?' vraag ik.

Hij glimlacht. 'Een postzegelverzamelaar. Die noem je een *filatelist*.'

'O,' zeg ik, en ik voel me een beetje onnozel. 'Nee, mijn vader verzamelde postzegels. Hij was altijd op zoek naar één speciale postzegel, dus nu ben ik, nou ja, u weet wel.'

Hij maakt mijn zin af. 'Dus nu heb jij de zoektocht van hem overgenomen?'

Ik knik.

'Prachtig. Als je klaar bent, komen jullie dan allebei hier zitten, dan kunnen we even praten.'

De postzegel is blauw met het woord *Hawaï* aan de bovenkant, dus hij is gemakkelijk te herkennen. Ik blader snel door de bladzijden met postzegels, maar hij zit er natuurlijk niet tussen. Ik leg de stapel terug op de plank en moet Lizzy twee keer aan haar mouw trekken voordat ze zich losrukt van een enorme pop met grote blauwe ogen. Ik weet niet wat ik enger vind: de pop zelf, die er met haar lege blik uitziet alsof ze elk moment tot leven kan worden gewekt om ons aan te vallen, of het feit dat Lizzy zich überhaupt door een pop laat betoveren.

We gaan zitten in de grote fauteuils voor het bureau. Ik mag dan groot zijn voor mijn leeftijd, in deze stoel voel ik me klein.

'Zo,' begint meneer Oswald, 'jullie willen vast weten wat jullie hier gaan doen.'

'Het maakt mij niet uit wat we hier gaan doen,' zegt Lizzy. 'Dit is *echt* een coole plek!'

Meneer Oswald moet lachen. Het is een krachtige, hartelijke lach.

'Ik neem aan dat ik dit als een compliment mag opvatten? Ik ben blij dat jullie mijn huis mooi vinden. Ik vind het jammer om hier weg te gaan. Maar maak je geen zorgen, ik zal jullie eerst aan het werk zetten.'

Ik krijg altijd een dikke keel als ik op zoek ben naar mijn vaders postzegel. Ik slik even en zeg: 'Volgens agent Polansky moeten we dingen voor u inpakken, klopt dat? Deze dingen, neem ik aan?' Ik gebaar om mij heen naar alle spullen.

'Je bent warm, maar dat is het niet helemaal,' antwoordt meneer Oswald, en hij plaatst zijn vingertoppen tegen elkaar. 'Jullie moeten een aantal dingen voor me bezorgen. Niet ver weg, gewoon hier in Manhattan. En James gaat met jullie mee.'

Ik doe mijn mond open om te vragen om wat voor zendingen het gaat, maar Lizzy roept: 'Joe-hoe! We mogen weer met de limo mee!'

Meneer Oswald lacht naar haar als naar een schattig kind dat net voor de eerste keer het alfabet heeft opgezegd. Dan staat hij op en zegt: 'Ik moet nu snel naar een vergadering, maar ik zal jullie nog even op weg helpen met de eerste zending. Morgen praten we verder.'

Ik spring ook snel op. 'Zien we u vandaag dan niet meer?'

Hij schudt zijn hoofd. 'Maak je geen zorgen, James weet wat er moet gebeuren.'

'Maar u moet aan het eind van de dag toch onze notitieboekjes tekenen?'

Hij loopt om het bureau heen en legt zijn hand op mijn schouder. 'Maak je nou maar niet zo druk. Schrijf vanavond gewoon jullie gedachten op, dan nemen we die morgen wel door, akkoord?'

Ik knik.

'Jeremy kan er niets aan doen,' zegt Lizzy, en ze stopt een fruittella in haar mond. 'Hij herinnert onze leraren er zelfs aan dat ze niet moeten vergeten om huiswerk op te geven.'

Hoe komt zij nou aan die fruittella, en waarom biedt ze mij er niet eentje aan? En ik heb dat trouwens maar *één keer* tegen een leraar gezegd, daarna wist ik wel beter!

Al kauwend zegt ze: 'Hij leest zelfs boeken in de zomervakantie.'

'Jij zou af en toe ook best eens een boek kunnen lezen, hoor, Lizzy,' zeg ik knarsetandend, want ik wil geen ruzie maken waar meneer Oswald bij is.

Meneer Oswald pakt zijn aktetas en trekt zijn stropdas recht. 'Wat ben je nu aan het lezen, Jeremy?' Zijn blik gaat naar mijn volgepropte rugzak.

Lizzy rolt met haar ogen, maar ik doe mijn tas open en begin erin te graven. Ik overhandig hem mijn laatste boek: *Tijdreizen in films.*

'Ben je een fan van films over tijdreizen?' vraagt hij, terwijl hij naar de inhoudsopgave bladert.

Ik knik. 'Ik heb ze allemaal gezien,' zeg ik, en ik hoop maar dat ik niet opschepperig klink.

'Welke vond je de beste?' vraagt hij.

Daar moet ik even over nadenken. 'Het hangt ervan af hoe realistisch ze zijn. Alsof het echt had kunnen gebeuren. U weet wel, wetenschappelijk gezien.'

Hij geeft geen antwoord, dus ik bazel maar door. 'Ik bedoel, er is een film waarin iemand alleen maar op zijn bed ligt, en zich dan, zeg maar, heel erg concentreert, en uiteindelijk in het verleden terechtkomt. *Dat* kan dus niet in het echt gebeuren.'

'Waarschijnlijk niet, nee,' zegt hij, en hij geeft me het boek terug.

Als ik het boek in mijn tas terugstop, haal ik even mijn vaders kistje tevoorschijn.

'Wat een interessant kistje,' zegt meneer Oswald. 'Mag ik het even zien?'

Ik sta heel even in tweestrijd. Ik had me voorgenomen om het aan niemand te laten zien. Maar ik wil niet onbeleefd zijn, dus ik geef het aan hem. Ik kijk naar Lizzy, die met haar lippen een zin vormt: *Heb je het meegenomen?*

Ik haal mijn schouders op. Ik kon het niet over mijn hart verkrijgen om het alleen thuis te laten. Meneer Oswald geeft het weer terug en zegt: 'Prachtig. Ik heb wel wat bubbeltjesplastic voor je, dan kun je het inpakken. Daarmee bescherm je het.'

'Oké, bedankt,' zeg ik verbaasd en een tikje beledigd, omdat hij niet méér over het kistje heeft gezegd, of over de tekst die erop staat. Ik vermoed dat hij zoveel spullen onder ogen krijgt dat hij niet meer onder de indruk is van een houten kistje.

'Pak maar wat als je straks naar buiten loopt,' zegt hij. 'Alle verpakkingsmaterialen liggen in de andere kamer. Maar nu vertel ik wat jullie eerste opdracht is.' Hij draait zich om en wandelt langzaam langs een van de muren vol planken. Ik heb geen idee wat hij zal gaan pakken. Hij loopt langs de grote pop, langs een oude metalen schrijfmachine en laat dan zijn vingers langs de ruggen van de boeken glijden. Hij trekt een boek naar voren, slaat het open, zet het dan weer terug op de plank en pakt een ander boek. Hij gaat hiermee door tot hij een klein boek met een lichtblauwe kaft openslaat. Er valt een envelop uit.

'Ik pak hem wel,' zeg ik, en ik buk om hem op te rapen. De envelop is vergeeld en dun, en op de voorkant is met zwarte inkt een naam geschreven. *Mabel Parsons.* Meneer Oswald pakt de envelop uit mijn hand en stopt hem terug in het boek. Het omslag is verbleekt, dus ik kan de titel niet lezen.

'Het onderwerp van *dit* boek zal zelfs een lezer als jij niet erg aanspreken,' zegt hij, en hij legt het boek voorzichtig in een kartonnen doos, die geopend op zijn bureau ligt. 'Het gaat over bosdieren.'

'Bosdieren?' herhaal ik.

Hij knikt en plakt de doos dicht met verpakkingstape. 'Uilen, beren, konijnen. Je kent dat wel.'

Het klinkt nogal saai. 'Gaat u het aan een bibliotheek geven?' vraag ik.

'O nee,' zegt hij, maar hij doet geen moeite om het verder uit te leggen. Hij trekt een geel Post-it-velletje van een blokje en plakt het boven op de doos. In een keurig handschrift schrijft hij het adres erop, en ik zie dat zijn hand een beetje trilt van de inspanning. Ik ben benieuwd hoe oud hij is. Hij moet zeker ouder zijn dan mijn opa en oma. Hij drukt op het knopje van de intercom op zijn bureau, en ik hoor een luide zoemtoon, een paar kamers verderop. Even later verschijnt James, en meneer Oswald overhandigt hem het pakje. 'Het adres staat erop,' zegt hij. 'Je mag met de kinderen meelopen tot aan de voordeur, maar vanaf daar staan ze er alleen voor.'

'Ja meneer,' zegt James.

Ik wil de mannen volgen, maar zie dan dat Lizzy met de blauwogige pop in haar armen staat. Als ze ziet dat ik kijk, zet ze hem snel terug op de plank. Ik trek mijn wenkbrauwen op, en ze werpt me een boze blik toe. We lopen dezelfde kronkelweg weer terug naar de voordeur en onderweg pak ik een stuk bubbeltjesplastic voor mijn kistje.

'Succes,' zegt meneer Oswald vriendelijk, en hij wil de deur achter ons dichtdoen.

'Ho, wacht,' roept Lizzy vanaf de bovenste trede. 'Waar hebben we succes voor nodig? Wat gaan we eigenlijk doen?'

'Maak je geen zorgen, morgen praten we verder.' En na die woorden valt de zware deur in het slot. We kijken naar James.

'Moet je mij niet aankijken,' zegt hij. 'Ik werk hier alleen maar.'

9 HET BOEK

James doet het achterportier weer voor ons open, al zeg ik tegen hem dat ik dat zelf ook wel kan. Hij heeft het pakket voorin liggen, dus we hebben weer geen idee waar we naartoe gaan, of wat we moeten doen als we er zijn. Ik zoek in mijn rugzak naar een verdwaald snoepje als troost, maar ik heb helemaal niets meer.

Ik steek mijn hand uit naar Lizzy. 'Fruittella, graag.'

'Smaak?' vraagt Lizzy, en ze haalt een pakje uit haar zak.

'Rood,' antwoord ik. Eigenlijk wil ik vragen waarom ze me er daarnet niet eentje heeft aangeboden, maar ik doe het niet. Ga geen strijd aan die je niet kunt winnen, zei mijn vader altijd.

Terwijl de limo ons naar onbekende stadsdelen voert, vermaken wij ons met het knopje van het schuifraampje dat ons van de chauffeur scheidt. Dan kijken we een tijdje naar buiten om te tellen hoeveel mensen er omkijken als ze de limo langs zien rijden. Als dat begint te vervelen, wikkel ik het kistje in het bubbeltjesplastic, en ik kan het niet laten om er een paar te laten knallen. Lizzy schrikt elke keer. Daarna werk ik anderhalve boterham met pindakaas naar binnen, terwijl Lizzy een wrap eet met spinazie en sojakaas, die haar vader voor haar heeft klaargemaakt. Ik kan er niet eens naar *kijken*. Net als we de tv willen aanzetten, komt de auto tot stilstand, en het raampje gaat omlaag.

'We zijn er,' zegt James over zijn schouder. 'Zijn jullie er klaar voor?'

'*Waar* zouden we klaar voor moeten zijn?' vraagt Lizzy. 'Ik blijf in de auto zitten tot je het ons vertelt.'

Ik laat de handgreep van het portier los en leun weer achterover. James draait zich om en kijkt ons aan. 'Jullie hoeven alleen maar een pakketje te bezorgen, dat is alles.'

Ik leun naar voren. 'Waarom heeft meneer Oswald ons daar bij nodig? Ik wil niet onbeleefd zijn, maar waarom kun jij het niet doen, of iemand anders die al bij hem in dienst is?'

James glimlacht. Hij heeft heel witte tanden. 'Omdat ik de maatschappij niets verschuldigd ben.'

'O nee hè,' zegt Lizzy met een afwerend gebaar. 'Dat was één groot misverstand.'

James doet het raampje weer omhoog en we horen dat hij uitstapt. Net als ik het portier open wil doen, legt Lizzy haar hand op mijn arm. Ze wil iets gaan zeggen, maar bedenkt zich dan. 'Wat is er?' vraag ik.

'Niks,' zegt ze, terwijl James haar portier opendoet. Ze stapt uit. Ik schuif over de bank achter haar aan en stap ook uit. Ik weet dat ze zenuwachtig is over wat we hier zullen aantreffen, maar dat zal ze nooit toegeven. Ik heb daar geen enkele moeite mee.

'Je kunt je tas wel in de auto laten staan,' zegt James. 'Die heb je niet nodig.'

Ik aarzel. Als het kistje van mijn vader zou worden gestolen, zou ik het mezelf nooit vergeven.

'Het is hier veilig, echt waar,' zegt James.

Ik wil er geen punt van maken, dus ik schud de tas van mijn schouder en laat hem op de stoel staan. Dan zet ik hem snel op de grond, want daar staat hij minder in het zicht. Ik doe de deur stevig achter me dicht en zie dat Lizzy tegen de auto geleund staat, en met haar vingers op de getinte ruit trommelt. Oké, laat ik er maar van uitgaan dat die tas hier veilig is. James geeft een uitgebreide demonstratie van het alarm.

We volgen hem tot een paar deuren verderop en staan voor een hoog appartementencomplex, van het type waar ze een conciërge hebben. James overhandigt mij het pakket. Ik geef het aan Lizzy, die het meteen weer aan mij teruggeeft. De conciërge tikt tegen zijn pet bij wijze van groet, en we volgen James het pand in, naar een balie waar een bewaker de krant zit te lezen. James schraapt zijn keel en zegt: 'We komen voor mevrouw Mabel Billingsly. Ze verwacht ons.' De bewaker legt traag zijn krant opzij en pakt de telefoon. Hij toetst drie nummers in. 'En jullie zijn?'

James zegt: 'Je mag tegen mevrouw Billingsly zeggen dat we namens meneer Oswald komen.'

De bewaker mompelt: 'O, mag ik dat?' en hij toetst nog een nummer in. James doet net of hij de opmerking van de bewaker niet heeft gehoord, maar ik weet wel beter. De bewaker geeft de boodschap door en hangt weer op. 'Goed, jullie mogen naar boven.'

We stappen in de lift en James drukt op 14.

Lizzy zegt: 'Zul je net zien, *weer* de veertiende verdieping!'

'Wat is er mis met de veertiende verdieping?' vraagt James.

'Dat wil je niet weten,' zegt Lizzy, en ze huivert even.

Ik vraag: 'Waarom zou iemand nou een boek over bosdieren willen hebben?'

Lizzy haalt haar schouders op. 'Misschien is het een antiek boek. Want James is misschien geen grote prater, maar hij heeft net gezegd dat meneer Oswald vroeger antiek verkocht.' Plotseling voegt ze daar met grote ogen aan toe: '*Tenzij* het helemaal geen boek is!'

'Interessant,' zeg ik, en ik denk even na over deze theorie. Meneer Oswald deed het boek wel heel snel dicht, dus ik heb het niet echt goed kunnen bekijken. 'Je hebt gelijk! Misschien is het wel een uitgehold boek met geld erin, of juwelen of een schatkaart!'

'Ja!' zegt Lizzy, en ze pakt mijn arm vast. 'Daarom wil meneer Oswald natuurlijk dat *wij* het bezorgen! Als minderjarigen krijgen we een veel lagere straf dan een volwassene. Misschien heeft hij wel banden met de maffia!'

We kijken James beschuldigend aan; Lizzy op die speciale manier van haar, met haar handen in haar zij. James schudt zijn hoofd en slaat zijn ogen ten hemel. 'Het is een boek,' zegt hij vastberaden. De liftdeur gaat open en James stapt uit. Lizzy en ik verroeren ons niet. 'Het is een *boek*,' zegt hij nog vastberadener. De deur wil alweer dichtgaan, en hij steekt zijn voet ertussen om te zorgen dat hij openblijft.

'Laten we maar met hem meegaan,' zeg ik tegen Lizzy. 'Meneer Oswald lijkt me niet echt een type om ons te bedonderen.'

'Nee, da's waar,' geeft ze toe.

We stappen de lift uit en James loopt een paar passen voor ons uit door de doodstille gang. Dit is wel even andere koek dan onze flat. Airconditioning in de gang, om te beginnen. En vloerbedekking zonder vlekken erop. Ik laat mijn hand over het reliëfbehang glijden. Geen stof. Om de zoveel meter staat er een tafeltje met een paar stoelen. Zodat de bewoners een praatje met elkaar kunnen maken, neem ik aan?

'We zijn er,' zegt James, en hij staat stil bij nummer 14G. 'Nu moeten jullie het alleen doen. Ik wacht hier buiten.'

'Ja, zodat wij de smokkelwaar kunnen afleveren,' mompelt Lizzy, 'terwijl jij op veilige afstand blijft.'

'Het is een BOEK,' houdt James vol, en hij loopt naar een stoel, een paar deuren verderop.

We maken geen van beiden aanstalten om aan te kloppen. Ten slotte houd ik het pakket onder mijn arm en druk op de bel. Even later gaat de deur met een knarsend geluid open en staat er een oudere dame in een lichtroze jurk voor onze neus. Ze draagt een dunne gouden halsketting met twee in elkaar gevlochten hartjes eraan. Ze heeft waterige, bijna doorschijnend blauwe ogen en een kaarsrechte rug.

Ze richt zich tot mij en zegt: 'Ik had niet verwacht dat meneer Oswald zo jong zou zijn.' Dan doet ze een stap opzij en laat ons binnen. Ze doet de deur achter ons dicht, zich niet bewust van het feit dat James in de gang zit. We zijn nu op onszelf aangewezen.

Het appartement is kleiner dan ik had gedacht, maar het heeft een heel groot raam met een weids uitzicht. Ik zie de East River, wat betekent dat we hier in Upper East Side zijn. Ik moet echt beter gaan opletten in die limo.

'Ik ben meneer Oswald niet,' zeg ik. 'Mijn naam is Jeremy Fink, en dit is Lizzy Muldoun.'

'Mabel Billingsly,' zegt ze, en ze steekt haar hand uit.

In het zonlicht dat door het raam naar binnen schijnt, lijkt ze nog ouder. Haar huid lijkt wel van papier. Ik durf haar bijna geen hand te geven, maar ze heeft een verrassend stevige handdruk.

'Zo, wat brengt jullie in mijn nederige woning?'

Lizzy en ik wisselen een bezorgde blik. 'Uh, weet u dat niet?' vraagt Lizzy.

Mevrouw Billingsly schudt haar hoofd.

Ik houd het pakket omhoog. 'Hebt u dit niet bij meneer Oswald besteld? De antiekhandelaar?'

'Antiek?' herhaalt ze. 'Nee. Ik heb in geen jaren antiek gekocht.' Ze leunt voorover alsof ze ons een geheim wil vertellen. 'Om je de waarheid te zeggen, ik krijg altijd de kriebels van antiek.'

Ik vind het prettig dat ze ons niet als kleine kinderen aanspreekt.

'Dus u weet niet wat hierin zit?' vraag ik, en ik geef het pakketje aan haar.

Ze schudt weer haar hoofd en zegt: 'Maar daar komen we snel genoeg achter, niet?' Ze gaat ons voor door de woonkamer naar de kleine keuken. Ze legt de doos op de keukentafel en haalt een mes uit de la. Heel zorgvuldig snijdt ze het plakband door en duwt dan de flappen van de doos opzij. Deze scène doet me sterk denken aan toen wij het pakket openmaakten met mijn vaders kistje erin. Alleen weet ik nu wat erin zit, ook al heeft mevrouw Billingsly geen idee.

Ze pakt het kleine boek uit de doos. Ze bekijkt het van alle kanten en slaat het dan aarzelend open. Ze leest iets wat erin is geschreven, doet het boek dan weer dicht, en klemt het tegen haar borst. Als ze weer opkijkt, staan haar ogen vol tranen. Maar ze glanzen ook.

'Hoe komen jullie hieraan?' fluistert ze.

'Zoals we net zeiden,' zegt Lizzy, 'heeft meneer Oswald ons gevraagd om het hier te bezorgen. We werken voor hem, zeg maar.'

Ze staart ons aan met een lege blik, maar dan herstelt ze zich plotseling en doet een stap achteruit. 'Oude Ozzy? Nee, dat is onmogelijk. Die zou nu iets van honderdtwintig jaar moeten zijn!'

Ik ben misschien geen held in het schatten van de leeftijd van oude mensen, maar ik weet toch vrij zeker dat meneer Oswald niet veel ouder dan zeventig of vijfenzeventig kan zijn. En hoe dan ook jonger dan mevrouw Billingsly.

Ik schud mijn hoofd. 'Hij zal in de zeventig zijn, denk ik. En ik kan me niet voorstellen dat iemand hem *Ozzy* zou noemen.'

Lizzy knikt instemmend.

Mevrouw Billingsly kijkt naar het boek en zegt met trillende stem: 'Hoeveel krijgen jullie van me?'

Lizzy en ik kijken elkaar ongerust aan. Meneer Oswald heeft nooit iets gezegd over het innen van betalingen.

'Uh, niets?' zeg ik onzeker.

Maar mevrouw Billingsly lijkt geen aandacht meer voor ons te hebben. Ze blijft maar met haar handen over het boek strelen. Dan loopt ze plotseling de keuken uit en gaat in de woonkamer op de bank zitten. Lizzy buigt zich naar mij toe en fluistert: 'Is het nou de bedoeling dat we vertrekken?'

'Ik weet het niet,' fluister ik terug. 'Ik weet ook niet wat dit allemaal te betekenen heeft.'

'Ik ook niet. Maar ze lijkt wel blij te zijn met dat boek.'

Ik knik. 'Maar hoe kan het nou dat ze niet meer weet dat ze het heeft besteld?'

'Misschien is ze echt heel erg oud?' oppert Lizzy.

'Nee, dat is het niet.'

'Kom op, we gaan het uitzoeken,' zegt Lizzy. We glippen de woonkamer in en nemen allebei een stoel tegenover de vrouw.

'Uh, mevrouw Billingsly?' vraagt Lizzy. 'Gaat het wel?'

Mevrouw Billingsly kijkt op van het boek dat opengeslagen op haar schoot ligt. Ik zie de envelop die ik bij meneer Oswald van de vloer heb opgeraapt, op het kussen naast haar liggen. Ze glimlacht en vraagt: 'Zal ik mijn favoriete passage voorlezen?'

Ik kan me nauwelijks voorstellen hoe iemand een favoriete passage kan hebben in een boek over bosdieren. Zonder ons antwoord af te wachten begint ze te lezen:

Later, toen ze allemaal 'Tot ziens' en 'Welbedankt' tegen Christoffer Robin hadden gezegd, liepen Poeh en Knorretje, nog vol van alles, samen naar huis in de gouden avond en een hele poos zeiden ze niets.

Lizzy springt op. 'Bosdieren!' snuift ze. 'Dat is *Winnie de Poeh!*'

'Ssst!' zeg ik, en ik duw haar weer terug op haar stoel. 'Laat haar nou verder lezen.' Mevrouw Billingsly vervolgt:

'Als jij 's morgens wakker wordt, Poeh,' zei Knorretje eindelijk, 'wat zeg je dan het eerst tegen jezelf?'

'Wat zal ik eens voor ontbijt nemen?' zei Poeh meteen, 'en jij, Knor, wat zeg jij?'

'Ik zeg: 't zal mij benieuwen wat voor spannends er vandaag weer eens gebeuren zal,' zei Knorretje.

Poeh knikte nadenkend. 'Dat is precies hetzelfde,' zei hij.

Mevrouw Billingsly houdt op met lezen, maar ze kijkt niet op. Waarom heeft meneer Oswald ons niet verteld dat het om *Winnie de Poeh* ging? Ergens klopt er hier iets niet. Plotseling bedenk ik me iets wat ik natuurlijk meteen had moeten begrijpen toen ze het boek uitpakte.

'Mevrouw Billingsly,' vraag ik, 'was dit boek vroeger soms van *u*?'

Ze geeft niet meteen antwoord en laat alleen haar hand over de bladzijde glijden. Dan zegt ze: 'Het was maar voor de helft van mij. De andere helft was van mijn beste vriendin, Bitsy.'

'Betsy, bedoelt u?' vraagt Lizzy.

Mevrouw Billingsly schudt haar hoofd. 'Bitsy. Bitsy Solomon.'

'Wat hadden de mensen vroeger rare namen,' zegt Lizzy.

Ik werp Lizzy een boze blik toe. 'En toen?' vraag ik.

Ze zucht zachtjes en zegt: 'Ik heb Bitsy meer dan vijfenzestig jaar niet gesproken.'

'Maar u zei net dat ze uw beste vriendin is,' zegt Lizzy.

'Ik drukte me niet helemaal correct uit,' antwoordt mevrouw Billingsly rustig.

Ik zie dat haar linkerhand een beetje trilt. Ze ziet mijn blik en legt snel haar andere hand erbovenop. Ik kijk vlug de andere kant op, en wou dat ik het niet gezien had. Vijfenzestig jaar is een eeuwigheid. Lizzy en ik hebben ooit een week niet met elkaar gesproken, ons record, omdat zij zei dat de dingen die in *Star Trek* gebeuren helemaal niet kónden in het echt.

'Bitsy was altijd mijn beste vriendin,' legt mevrouw Billingsly uit. 'Totdat ik dit boek verkocht, in ruil voor een mooie jurk. Toen zij me daarmee confronteerde, heb ik het ontkend. Maar ik wist dat zij wist dat ik dat wel had gedaan. Beste vrienden weten gewoon wanneer de ander liegt. Jarenlang heb ik mijn excuses willen aanbieden, maar ik schaamde me te erg.'

'Ik snap het niet,' zegt Lizzy. 'Hoe kon u nou een hele jurk kopen van het geld voor alleen dit boek?'

Mevrouw Billingsly slaat het boek open en draait het om zodat wij het kunnen lezen. We leunen voorover en lezen het verbleekte handschrift.

Voor Bitsy en Mabel, Poeh's grootste Amerikaanse fans.
Hartelijke groet, A.A. Milne.

'Ooh,' zegt Lizzy.
'Wauw,' zeg ik.
'Oude Ozzy gaf me er twintig dollar voor. In die tijd, in de jaren dertig, was dat zo ongeveer een fortuin voor een kind.'
Volgens mij is ze nog steeds in de war over meneer Oswald, want onze meneer Oswald kan dit boek onmogelijk van haar gekocht hebben. Maar ik durf haar niet te vertellen dat ze het mis heeft. Zoals gebruikelijk heeft Lizzy er geen probleem mee om iets naar voren te brengen.
'Waarom wilde u die jurk dan zo graag hebben?' vraagt ze.
Mevrouw Billingsly doet haar ogen dicht. Het blijft een paar minuten stil. Ik begin me ongemakkelijk te voelen. Ze is toch niet in slaap gevallen? Lizzy knijpt in mijn arm en zegt met geluidloos bewegende lippen: 'Wat moeten we nu doen?' Ik wil net gaan zeggen dat we misschien beter kunnen vertrekken, als mevrouw Billingsly haar ogen weer opendoet en de oude envelop pakt. 'Hier staat het allemaal in,' zegt ze. Ze doet de brief weer in de envelop en geeft hem aan mij. 'Zou je hem alsjeblieft een andere keer willen lezen? Ik wil nu graag even alleen zijn.'
Ik stop de envelop in mijn achterzak en voor het eerst in mijn leven heb ik er spijt van dat ik niet iets netters heb aangetrokken.
'Komt uw man al bijna thuis?' vraagt Lizzy. Ik hoor een ongebruikelijke klank in haar stem – oprechte belangstelling.
Ze schudt haar hoofd en kijkt naar een vergeelde trouwfoto op de salontafel. 'Nee, Richard is er niet meer.'
'Hoe hebt u elkaar ontmoet?' vraagt Lizzy.

125

Mijn eerste gedachte is: ik wou dat Lizzy ophield met die opdringerige vragen. Maar dan besef ik ineens waar ze mee bezig is. Ze laat mevrouw Billingsly praten, in de hoop dat ons vertrek straks wat minder abrupt zal lijken.

'Ik heb hem ontmoet op de avond waarop ik die jurk droeg,' zegt ze weemoedig. 'Ik was zestien.' Ze brengt haar hand naar haar hals en strijkt over de kleine hartjes aan haar halsketting. Het is een volkomen onbewuste beweging. Ik denk dat ze niet eens in de gaten heeft dat ze het doet. Ze vervolgt: 'Bitsy heeft hem zelfs nooit ontmoet. En dat terwijl ze mijn bruidsmeisje zou zijn.'

'Ach, wat triest,' zegt Lizzy.

Na deze opmerking schrikt mevrouw Billingsly op uit haar mijmeringen, en ze duwt zichzelf van de bank omhoog. 'Wel, ik weet zeker dat jullie wel iets beters te doen hebben dan een zomermiddag bij een oude dame door te brengen.' Zonder ons daadwerkelijk te duwen, drijft ze ons in de richting van de deur. 'Willen jullie tegen Ozzy zeggen dat ik hem eeuwig dankbaar ben?'

'Maar meneer Oswald is niet…' begint Lizzy.

Ik onderbreek haar en zeg: 'Doen we.'

Ze doet de deur achter ons dicht en we staan weer in de fraaie hal. We zeggen allebei een tijdje niets. James loopt op ons af en vraagt: 'Zo, hoe is het gegaan?'

Ik kan even geen passende omschrijving bedenken voor wat we net hebben meegemaakt. Lizzy zegt alleen: 'Meneer Oswald heeft morgen *een boel* uit te leggen!' en ze stormt op de lift af.

'James,' zeg ik, terwijl we achter haar aan lopen, 'wordt meneer Oswald wel eens *Ozzy* genoemd?'

Hij schudt zijn hoofd en glimlacht. 'Vind jij hem er uitzien als een Ozzy?'

'Nee.'

Als de liftdeuren dichtgaan, zegt hij: 'Oude Ozzy was zijn grootvader.'

10 OSWALD OSWALD

Onderweg naar huis wisselen Lizzy en ik nauwelijks een woord. Ze is nog steeds woedend over wat meneer Oswald ons allemaal is 'vergeten' te vertellen, dus ik bereid me maar voor op wat ik wel en niet tegen mijn moeder zal zeggen. Ik weet dat ik haar niet alles kan vertellen. Tenminste, niet voordat ik begrijp wat er nou echt is gebeurd en ik me daar een mening over heb gevormd. Als ik de voordeur opendoe, dringt de prikkelende geur van curry mijn neus binnen. Dat betekent dat tante Judi er is en dat ze een van haar exotische gerechten heeft gemaakt. Mijn moeder en tante Judi springen op als ze me horen binnenkomen.

'En?' vragen ze in koor, terwijl ze hun handen afvegen aan hun bij elkaar passende schorten. 'Hoe is het gegaan?'

'Ik hoor dat jullie in een limo zijn meegenomen!' zegt tante Judi.

Ik draai in één keer mijn ingestudeerde speech af. 'De limo was echt fantastisch. Er was frisdrank en er zat een tv in! Meneer Oswald was heel aardig. James, de chauffeur, heeft ons naar ons eerste afleveradres gebracht. We moesten een boek bezorgen bij een dame in Upper East Side. Zij was ook heel aardig. Dat was het eigenlijk wel. Mag ik nu naar mijn kamer?' Als ik ben uitgespeecht, ben ik een beetje buiten adem. Tante Judi heeft nog steeds een brede glimlach op haar gezicht, maar die van mijn moeder verstrakt een beetje.

'Over tien minuten gaan we eten,' zegt ze, en ze kijkt me lang aan. Maar ze laat me wel gaan.

Ik maak mijn rugzak leeg op het bed en zoek tussen mijn spullen naar de envelop. Hij zit er niet tussen. Bijna raak ik in paniek, maar dan herinner ik me dat ik hem in mijn zak heb gestoken. De brief is vergeeld en het papier is dun geworden, maar als ik hem heb opengemaakt, zie ik dat de getypte letters nog leesbaar zijn. Dit is niet op een computer gedaan, dat is een ding dat zeker is. Er zitten inktvlekken op, en de letters dansen een beetje. Hij is vast en zeker getypt op zo'n oude typemachine waarop je een toets moest aanslaan, waarna er een metalen hamertje omhoogkwam met een letter erop, die via een inktlint het papier raakte. Mijn oma heeft er nog een, maar als ik daarop probeer te typen, raken de toetsen altijd in de knoop.

Ik zit tegen de muur geleund die aan Lizzy's kamer grenst, en begin te lezen.

```
Oswalds Pandjeshuis
Datum: 31 maart 1935
Naam: Mabel Parsons
Leeftijd: 15 3/4
Locatie: Brooklyn
Object dat wordt verpand: Winnie-de-Poeh.
Gesigneerd door de auteur.
Persoonlijke verklaring van de Verkoper: ik
moet dit boek verkopen omdat ik geld nodig heb
om een jurk te kopen voor de cotillion omdat
mijn ouders geen nieuwe kunnen betalen en ik
anders de oude jurk van mijn zus Janie aan
moet, maar die is veel te groot en ik zou erin
zwemmen en niemand zou me daarin ten dans vra-
gen en als niemand mij ten dans vraagt, trouw
ik misschien wel nooit, dus dit is misschien
mijn enige kans. Ik wil absoluut niet zo'n
oude vrijster worden als mijn oudtante Sylvia
die altijd zegt dat ze nooit getrouwd is omdat
ze nooit de juiste kleren had. Zeg het alstu-
blieft niet tegen mijn ouders.
```

Onder de persoonlijke verklaring is een zwart-witte pasfoto geplakt. Die verkeert in opvallend goede staat na al die jaren. Een meisje met een stippeltjesjurk en een paardenstaart houdt een boek voor haar buik. Op het omslag staat een afbeelding van een beer die met zijn kop vastzit in een honingpot. Ik probeer Mabel te herkennen in het gezicht van het meisje, maar het lukt me niet. Dan zie ik dat ze diezelfde halsketting met de twee hartjes om haar nek heeft. Ik was ervan uitgegaan dat ze die van haar man had gekregen, maar blijkbaar had ze hem al voordat ze hem ontmoette. De ogen van de jonge Mabel kijken net langs de camera en ze heeft een vastberaden uitdrukking op haar gezicht.

Onder de foto staat:

Prijs· $20,00 *(twintig dollar)*
Was getekend· *Oswald Oswald, Eigenaar*

Oswald Oswald? Wie noemt zijn kind nou Oswald Oswald? Dat is echt krankzinnig. Onze meneer Oswald moet het boek dus van zijn grootvader hebben geërfd. Maar waarom zou hij het nu dan door ons laten terugbezorgen? Waarom heeft Oude Ozzy het niet verkocht? Dat doen pandjesbazen toch?

Mijn moeder klopt op mijn deur. 'Nog vijf minuten,' zegt ze, maar ze komt niet binnen. Ik werp nog een lange blik op de brief, rol hem dan voorzichtig op en steek hem in de muur voor Lizzy. Ik kan niet uitleggen waarom ik mijn moeder niet wil vertellen wat er vandaag precies is gebeurd. Ik heb het gevoel dat het verraad zou zijn tegenover mevrouw Billingsly – en tegenover de vijftienjarige Mabel. Ik pak mijn woordenboek van de plank en zoek het woord *cotillion* op. Het is een formeel bal, en voor veel jonge vrouwen een gelegenheid om hun debuut te maken in de maatschappij. Ik lach in mezelf als ik me voorstel hoe Lizzy haar debuut maakt in de maatschappij.

129

Tijdens het eten zeg ik niet veel. Mijn moeder en tante Judi bespreken een tentoonstelling van outsiderkunst, die mijn tante volgende week op haar kunstacademie houdt. Mijn moeder zegt: 'Ik dacht dat het hele idee van outsiderkunst was dat deze kunstenaars juist niet geïnteresseerd zijn in galerieën of kunstacademies of musea.'

Terwijl ze kip-curry en rijst op haar bord schept, zegt tante Judi: 'Het is inderdaad zo dat deze kunstenaars aan de rand van de maatschappij leven, maar zonder tentoonstelling kunnen ze hun stem niet laten horen.'

'Misschien willen ze dat ook wel niet,' betoogt mijn moeder. 'Misschien doen ze het alleen voor hun plezier.'

Ik volg het niet langer. Hier maken ze echt altijd ruzie over. Mijn moeder vindt dat kunst iets persoonlijks is, en tante Judi zegt dat kunst pas kunst kan worden genoemd als ze door het publiek wordt gewaardeerd. Ik heb geen mening. Ik begrijp niets van kunst. Volgens mijn moeder komt dat wel als ik wat ouder ben.

Ons hele huis is doortrokken van de currygeur, en mijn extra grote pindakaasdubbeldekker smaakt daardoor een beetje raar. Niet echt vies, hoor. Gewoon anders. Dat is eigenlijk best positief voor mijn doen.

's Avonds tijdens het UvJ pak ik het notitieboekje dat we van agent Polansky hebben gekregen. Ik sla het open bij de eerste bladzijde en voel me net als op mijn eerste schooldag. Ik houd wel van een leeg schrift. Dat is de leukste kant van school. Maar op de tweede dag ben ik eroverheen.

Aangezien ik veel ervaring heb met het samenvatten van gebeurtenissen, zou dit een eitje voor me moeten zijn. Toch kauw ik eerst een tijdje op mijn potlood. De smaak – metaalachtig, met iets van zaagsel – is niet eens zo onaangenaam.

Ik buig me over het notitieboekje en begin te schrijven.

TAAKSTRAF DAG ÉÉN : GEDACHTEN

1. Ik zou best kunnen wennen aan het rijden in een limo. De mensen denken dat limo's alleen voor film- sterren zijn, en voor politici en beroemde sporters, maar dat is helemaal niet zo.

2. Lizzy houdt soms dingen voor zichzelf. In dit geval: fruittella.

3. Meneer Oswald heeft niet echt tegen ons gelogen over wat we moesten gaan doen, maar hij heeft ook niet <u>niet</u> gelogen. Waarom weet ik niet.

Ik kauw weer op het potlood en mijn blik dwaalt langs de boeken op mijn boekenplank. Sinds het kistje is bezorgd heb ik geen tijd meer gehad om te lezen. Dit moet mijn record zijn. Ineens reali- seer ik me dat ik bij mevrouw Billingsly thuis nergens boeken heb gezien.

4. Heeft mevrouw Billingsly haar liefde voor boeken opgegeven omdat ze haar vriendin is kwijtgeraakt?

5. Ze heeft verteld dat ze haar echtgenoot op een dansavond heeft ontmoet, en ze lijkt hem te missen. Zou dat betekenen dat ze er geen spijt van heeft dat ze het boek heeft verkocht?

6. Er zijn blijkbaar twee soorten keuzes. Keuzes die onschuldig lijken, maar er uiteindelijk toe kunnen leiden dat iemand zijn vader verliest, bijvoorbeeld als je 's morgens besluit een extra kop koffie te nemen, waardoor je naar de winkel moet om nieuwe koffie te kopen en je zonder uit te kijken de straat oversteekt, waardoor een naderende auto voor je moet uitwijken en tegen een lantarenpaal knalt. En de andere soort, wanneer je je ervan bewust bent dat jouw keuze tot

*iets goeds of slechts zal leiden. Of allebei, zoals in
mevrouw Billingsly's geval. Ze is een vriendin kwijtgeraakt, maar heeft wel haar man gevonden.
7. Het is maar goed dat ik zo weinig beslissingen
neem in mijn leven. Stel je voor dat ik op een dag zou
besluiten om drie marsen te eten in plaats van twee,
en dat er daardoor oorlog met Canada zou uitbre-
ken!*

Als ik het notitieboekje weer dichtklap, bedenk ik dat het voor
mevrouw Billingsly misschien nog niet te laat is om haar vriendin
terug te krijgen. Misschien mist Bitsy haar ook wel. Er zijn nog zes
minuten over van het UvJ, dus ik ga naar internet en typ de woorden "Bitsy Solomon" en Brooklyn in het zoekveld. Ik weet dat het
een gok is, maar hoeveel Bitsy Solomons zullen er nou helemaal
zijn in Brooklyn?
Eentje maar, zo blijkt.

*5-12-2002 Op zondag 8 december zal er om 10:00 uur een rouw-
dienst worden gehouden voor Bitsy Solomon Shultz, in de Brooklyn Memorial Chapel. In plaats van bloemen, wordt een bijdrage
aan Stichting het Dubbele Hart ter Bestrijding van Analfabetisme
zeer op prijs gesteld. Mevrouw Schultz heeft deze stichting in 1950
opgericht, ter ere van een jeugdvriendin aan wie zij haar levenslange liefde voor lezen te danken heeft. Van 1989 tot 2000 was zij
erevoorzitter.*

Daar gaat mijn plan om mevrouw Billingsly te verrassen met Bitsy's telefoonnummer.
Ik scrol naar beneden tot ik een foto tegenkom. Ze lijkt een beetje op mijn oma, en aan haar halsketting hangt dezelfde hanger met
dubbele hartjes die mevrouw Billingsly ook droeg.

Ik doe mijn notitieboekje weer open en voeg nog drie regels toe.

8. *Sommige keuzes zijn voor eeuwig.*
9. *Ik vraag me af of mevrouw Billingsly wist dat Bitsy haar stichting heeft vernoemd naar de halsketting die ze beiden altijd droegen.*
10. *Dat mensen uit je leven zijn verdwenen, betekent nog niet dat ze nooit meer aan je denken, en omgekeerd.*

Ik stap in bed en houd mijn knuffelkrokodil stevig vast. Soms levert internet meer informatie op dan je lief is.

Als James ons komt ophalen, is Lizzy nog niet beneden. Ik gooi mijn tas op de bank en beloof James dat ik zo weer terug ben. Buiten adem van het traplopen, bonk ik bij Lizzy op de voordeur. Geen antwoord. Ik maak hem open met mijn sleutel, en steek mijn hoofd om de deur. 'Lizzy?'
Ze geeft nog steeds geen antwoord. Ik hoor de kraan lopen in de badkamer. 'Lizzy?' roep ik hard tegen de deur, die op slot zit.
'Momentje!' roept ze terug. Ze klinkt geïrriteerd. 'Oké, kom maar binnen dan.'
Ik doe de deur open en zie haar voor de spiegel staan met een druipende handdoek tegen haar oog.
'Wat is er gebeurd?' vraag ik gehaast.
'Als je het per se wilt weten,' zegt ze, en ze doet de handdoek opzij en laat een heel rood oog zien, 'ik heb mezelf in mijn oog geprikt.'
'Waarmee?' vraag ik, en ik kijk om me heen of ik iets scherps zie liggen.
Ze mompelt een antwoord dat ik niet kan verstaan. 'Wat zeg je?'

Ze bromt geïrriteerd: 'Ik heb met een *eyeliner* in mijn oog geprikt!'
'Wat is een eyeliner?'
Ze ziet nu pas dat ik op de badmat sta. 'Hé,' zegt ze, 'niet met je schoenen op dat ding.'
'Waarom niet?'
Ze kijkt me aan met haar goede oog. 'Stel nou dat jij buiten op een worm hebt getrapt, en je gaat daarna hierbinnen op mijn badmat staan? Dan komen er wormresten op, en als ik dan uit de douche stap, krijg ik die geplette worm tussen mijn tenen. Dat wil je toch zeker niet? *Of wel?*'
Heel langzaam stap ik de gang weer in. Als ze in zo'n bui is, kun je maar beter geen antwoord geven. 'Ik zou maar opschieten,' waarschuw ik. 'James staat buiten te wachten. Ik wil niet te laat komen op onze tweede dag.'
Ze slaakt een diepe zucht en doet de handdoek omlaag. 'Ziet het er erg beroerd uit?'
Ik schud van nee, ook al ziet het er behoorlijk beroerd uit. 'Niemand die het ziet.'
Lizzy lijkt niet overtuigd, maar na een laatste blik in de spiegel loopt ze met me mee. Terwijl zij haar schoenen aantrekt, ren ik naar beneden om aan James te vertellen wat er is gebeurd.
'Vrouwen en make-up!' zegt hij hoofdschuddend. 'Denken ze nou echt dat mannen het zien of ze een lijntje om hun ogen hebben, of roze blosjes op hun wangen?'
'Lizzy gebruikt geen make-up, hoor,' maak ik hem duidelijk.
'Nu wel,' zegt een meisjesstem achter mij. Het is Samantha, ons nieuwe buurmeisje.
'Hoe weet je dat?' vraag ik.
Maar ze heeft geen tijd om antwoord te geven, want ze drukt haar gezicht zowat tegen de limoruiten om naar binnen te gluren. Ik kijk voorzichtig om me heen, maar haar boze tweelingbroer is nergens te bekennen.

De buitendeur knalt open en Lizzy komt de trap af gerend. Ze negeert mij en James, en als Samantha zich omdraait, duwt ze snel een haarlok voor haar rode oog.

Samantha kijkt van mij naar Lizzy en weer terug. 'Is deze auto voor *jullie*?' vraagt ze ongelovig. 'Zijn jullie heel rijk of zo?'

Lizzy wil haar mond opendoen, maar ik zeg snel: 'Rijke oom.' Zonder op James te wachten ruk ik het achterportier van de limo open. Lizzy schiet voor mij langs naar binnen, nog steeds met haar haar voor haar gezicht. Als James het portier achter ons dichtdoet, hoor ik Samantha roepen: 'Wacht! De oom *van wie*?'

'Dat was op het nippertje,' zegt Lizzy, en ze pakt een blikje sinaasappelsap uit de koelkast.

'Mag ik misschien weten wat er aan de hand is?' vraag ik, en ik haal een boterham tevoorschijn – mijn ontbijt.

'O, niks,' zegt ze schouderophalend. 'Samantha is gisteravond even bij me langs geweest, verder niet.'

Ik pauzeer even halverwege een hap, en leg de boterham op mijn schoot. 'Echt waar?' vraag ik, en ik probeer niet verbaasd te klinken of, erger nog, jaloers.

'Ja, echt waar,' zegt ze. 'Wat is daar zo gek aan?'

Ik neem snel nog een hap van mijn boterham. Van iemand die zijn mond vol pindakaas heeft, kun je immers geen antwoord verwachten? 'Maar wat hebben jullie dan gedaan?' vraag ik als ik mijn hap heb doorgeslikt.

Ze haalt haar schouders op. 'Gewoon, meidendingen. Dat interesseert jou toch niet.'

We bevinden ons nu op onbekend terrein. Ander onderwerp. 'Heb je de brief van mevrouw Billingsly gelezen?'

Ze knikt, en vraagt: 'Wie noemt zijn kind nou Oswald Oswald?'

'Precies!' roep ik uit, en we moeten allebei lachen. De gespannen sfeer in de auto begint te verdwijnen. En tegen de tijd dat we tot stilstand komen voor het huis van meneer Oswald, is alles weer normaal. Ik wil de stemming niet bederven, en daarom vertel ik niet wat ik over Bitsy Solomon aan de weet ben gekomen.

'Hoe ziet mijn oog er nu uit?' vraagt Lizzy bij het uitstappen.

'Je ziet er niks meer van,' verzeker ik haar, en dat is nauwelijks gelogen.

'Goed zo,' zegt ze vastberaden. 'Want ik wil niet dat meneer Oswald ergens door wordt afgeleid als ik hem kritische vragen ga stellen.' Ze beent langs James heen en loopt direct het trapje op naar meneer Oswalds voordeur. Ze doet haar vuist omhoog om op de deur te bonzen, maar meneer Oswald doet al open. Het scheelt niet veel of Lizzy had hem geraakt.

'Ho, ho, dametje,' zegt hij, en hij doet een stap achteruit. 'Jij hebt wel heel veel haast om te beginnen.'

Lizzy zet haar handen in haar zij en geeft hem haar kwaadste blik. 'U hebt een hoop uit te leggen, meneer.'

'O jee,' antwoordt hij, en hij kan een glimlach niet onderdrukken. 'Kom maar mee naar mijn kantoor, dan kunnen we alles bespreken wat jou dwarszit op deze prachtige zomerdag.'

'Alsof u dat niet weet,' snauwt Lizzy, en ze stampt het huis in. Als ik naar binnen loop, glimlach ik verontschuldigend naar meneer Oswald. Ik wil net zo graag antwoorden krijgen als Lizzy, maar daarom kun je nog wel beleefd blijven. Als we door de met dozen gevulde woonkamer lopen, adem ik diep in. Er is iemand aan het bakken!

Mary wacht ons op in de bibliotheek, met sinaasappelsap en een chocoladecake. Als meneer Oswald probeert om ons voor zich te winnen, dan ben ik om. Ik begin tevreden te eten, maar Lizzy wacht ongeduldig tot meneer Oswald achter zijn bureau zit.

'Ik neem aan dat alles gisteren probleemloos is verlopen?' vraagt meneer Oswald.

'We hebben nog wel een paar vragen, zoals…' begin ik, maar Lizzy onderbreekt me.

'Waarom hebt u niet gezegd dat mevrouw Billingsly helemaal niet wist dat we zouden komen?' vraagt ze. 'Waarom zei u dat haar boek over bosdieren ging? Waarom heeft uw grootvader het meer dan zestig jaar bewaard? Mijn vader zegt dat kinderen onder de achttien geen spullen mogen verpanden. Dat is illegaal.' Bij het woord *illegaal* klinkt haar stem iets zachter.

Voordat hij Lizzy's vragen kan beantwoorden, vraagt ze aan mij: 'En jij, Jeremy? Heb jij hier nog iets aan toe te voegen?'

Ik zou eigenlijk willen vragen waarom iemand zijn kind Oswald Oswald noemt, maar Ozzy *was* tenslotte zijn grootvader, dus dat zou een beetje onbeleefd zijn. Ik schud mijn hoofd.

'Gaan de volgende zendingen net zo?' vraagt Lizzy.

Meneer Oswald schudt zijn hoofd. 'Niet precies hetzelfde,' zegt hij. 'Niets is ooit precies hetzelfde als iets anders. Het spijt me dat ik gisteren geen tijd had om jullie goed voor te bereiden, en ik hoop dat jullie het me vergeven en het me alsnog laten uitleggen. Jeremy?'

'Ja, oké,' zeg ik, verbaasd, en een tikje gevleid ook, dat hij ons zijn excuses aanbiedt.

'Lizzy?' vraagt meneer Oswald.

Lizzy zucht diep. '*Whatever.*'

'Goed!' roept meneer Oswald uit, en hij komt omhoog uit zijn leren stoel. 'Ik zal het uitleggen aan de hand van een ander voorwerp.' Hij loopt naar de dichtstbijzijnde rij planken en reikt naar het enige voorwerp dat op de bovenste plank staat: een koperen telescoop. Zelfs op zijn tenen kan hij er net niet bij. Ik krijg plotseling het gruwelijke visioen dat hij valt en zijn heup breekt, en dat wij daarna alsnog afval moeten gaan prikken in Central Park. Ik spring op van mijn stoel om hem te helpen.

Ik hijs mezelf op de onderste plank en probeer de telescoop te pakken. Het ding is zwaarder dan ik had gedacht, en mijn voet glijdt van de plank af. Lizzy geeft een gil als ik achterover dreig te vallen.

Maar meneer Oswald reageert sneller dan ik voor mogelijk had gehouden en grijpt me vast.

'Het is maar goed dat je niet zwaarder bent,' zegt hij, terwijl hij mijn schouder vasthoudt.

'Sorry,' zeg ik met een rood hoofd. Voorzichtig geef ik hem de telescoop. Zit ik me zorgen te maken dat *hij* zou kunnen vallen, en dan plet ik hem bijna!

'Gaat het?' fluistert Lizzy.

Ik knik beschaamd. Misschien moet ik toch maar aan gewicht-heffen gaan doen.

Meneer Oswald zet de telescoop voor ons op het bureau. 'Dit,' zegt hij trots, 'is een Broadhurst. In zijn tijd de krachtigste telescoop voor huis en tuin.'

'En wanneer was dat?' vraagt Lizzy.

'In de jaren dertig van de vorige eeuw,' antwoordt hij. 'Is het geen prachtding? Tijdens een heldere nacht kon je hiermee het hele zonnestelsel zien.'

Ik kan het niet laten, en flap eruit: 'Maak Van Acht Meter Japanse Stof Uw Nieuwe Pyjama.'

Lizzy zit me aan te gapen alsof ik ineens twee hoofden heb. 'Hij is gek geworden; nu is-ie echt gek geworden. Het moest er een keer van komen.'

Meneer Oswald grinnikt. 'Jeremy heeft zojuist een ezelsbrugge-tje gebruikt om de volgorde van de planeten te kunnen ont-houden.'

Vertwijfeld zegt Lizzy: 'Ik zei toch al dat hij te veel boeken leest.'

'Ik ben van mening dat een mens nooit te veel kan lezen,' zegt meneer Oswald. 'Jeremy, misschien zul je je ezelsbruggetje moe-ten aanpassen. Want ik heb gehoord dat Pluto eigenlijk geen ech-te planeet is. Volgens astronomen is hij veel te klein om onder de definitie planeet te kunnen vallen.'

Ik knik. Daar heb ik ook iets over gelezen.

'Ze wilden er zeker vanaf omdat die planeet naar de hond van Mickey Mouse genoemd is,' moppert Lizzy.

Ik leun voorover om de telescoop beter te bekijken. Hij is duidelijk heel oud, want hij is gemaakt van een zwaar soort metaal zoals koper of messing, in plaats van plastic. Al sinds mijn achtste vraag ik elk jaar een telescoop voor mijn verjaardag, maar ik krijg hem nooit. Mijn moeder vindt het niet handig, omdat er in de stad zoveel verlichting is dat we de sterren toch haast niet kunnen zien. Bij ons op school zit een jongen die altijd opschepte dat ze bij hem thuis een telescoop hadden die ze niet op de hemel richtten, maar op de huizen aan de overkant van de straat. Sindsdien houd ik altijd mijn gordijnen dicht voor het geval wij ook zulke nieuwsgierige buren hebben.

Ik laat mijn vinger langs de buis van de telescoop glijden. Wie zou er ooit door deze zoeker hebben gekeken? En wat heeft hij allemaal gezien?

'Hoe komt u eraan?' vraag ik vol ontzag.

'In 1944 was er een jongeman, Amos Grady, die vanuit Kentucky naar Brooklyn verhuisde. Hij was degene die dit ding destijds naar mijn grootvaders winkel heeft gebracht. Mijn grootvader heeft Amos er vijfenveertig dollar voor betaald. In die tijd was dat een hoop geld. Eigenlijk had hij hem als schroot aan de staat moeten overdragen, maar om redenen die alleen hij kent, heeft hij dat niet gedaan.'

'Laat me raden,' zegt Lizzy. 'Vandaag moeten we deze oude telescoop bij Amos Grady terugbezorgen, hè?'

'Nee,' antwoordt meneer Oswald. Hij loopt terug naar de planken en pakt een kleurige glas-in-loodlamp met een gerafeld bruin koord eraan. 'Vandaag gaan jullie deze lamp bezorgen, bij meneer Simon Rudolph op Avenue B.'

Hij zet de lamp op Lizzy's schoot. Verbaasd onderzoekt ze hem. 'Doet dit ding het eigenlijk nog?'

139

Meneer Oswald grinnikt. 'Het is nooit in me opgekomen om het te proberen.'

'Was Amos Grady onder de achttien?' valt Lizzy hem in de rede.

'Op de dag af veertien jaar,' antwoordt meneer Oswald.

'Dus wat uw grootvader deed was eigenlijk illegaal?' vraagt ze. Ik zink diep weg in mijn stoel en weet niet waar ik moet kijken.

Meneer Oswald knikt. 'O ja, absoluut.'

'Ik wist het!' roept Lizzy uit. 'Ik wist dat er hier iets verdachts gaande was. Ik zei het je toch, Jeremy?'

Ik zink nog dieper weg. Mijn ogen zijn nu op dezelfde hoogte als het bureaublad.

Meneer Oswald gaat weer in zijn stoel zitten. Hij heft zijn hand op. 'Voordat je een verkeerd beeld krijgt, wil ik het je graag uitleggen, zoals ik net al heb beloofd.'

Lizzy zet de lamp op het bureau, naast de telescoop, en leunt achterover, met haar armen over elkaar. Als ik zeker weet dat ze niet meer gaat schreeuwen, ga ik weer rechtop zitten.

Meneer Oswald schraapt zijn keel. 'Iedereen hier in New York kende mijn grootvader. Oude Ozzy noemden ze hem, zelfs toen hij nog niet oud was. Priesters en rabbi's, maar ook belangrijke zakenmannen kwamen bij hem voor een verstandig advies. Op straat liepen er altijd kleine kinderen achter hem aan. En hij had altijd wel een toffee of een augurk voor hen.'

'Een augurk?' kan ik niet nalaten te vragen. 'Kwamen de kinderen achter hem aan voor een *augurk*?'

Meneer Oswald glimacht. 'Stratenlang. Deze augurken had men laten rijpen in grote houten vaten bij de haven. Ze waren onovertroffen in die tijd, en nog steeds, trouwens.'

Ik huiver onwillekeurig.

Meneer Oswald vervolgt: 'Maar wat nog belangrijker was dan de augurken, de kinderen wisten dat ze met hun zorgen bij mijn grootvader terecht konden. En in die tijd, de jaren dertig en veertig, was er een boel om je zorgen over te maken. Zoals juffrouw Muldoun net terecht heeft opgemerkt, werd het, hoe zal ik het zeggen, afgekeurd dat er in een pandjeshuis spullen van kinderen werden geaccepteerd. Maar het waren zware tijden, en iedereen had geldproblemen, zelfs kinderen. Dus maakte Ozzy een afspraak met de kinderen die bij hem kwamen.' Hij zwijgt even en vraagt: 'Kunnen jullie het nog volgen?'

We knikken. Ik zit zelfs op het puntje van mijn stoel. Ondanks het gedeelte over de augurken.

'Ozzy zei tegen de kinderen dat hij hun spullen op één voorwaarde wilde kopen. Hij maakte een speciaal formulier dat ze moesten invullen, en waarop ze moesten uitleggen waar het voorwerp vandaan kwam en waarom ze het moesten verkopen. Hij zette de kinderen achter de typemachine en al kostte het hun de hele dag, ze moesten hun verhaal vastleggen. Ozzy velde nooit een oordeel over de beweegredenen van de kinderen, en hij betaalde ze een eerlijke prijs. Het invullen van het formulier vormde voor de meeste kinderen een drempel, behalve voor de echte doorzetters.'

'Maar waarom heeft Ozzy die spullen daarna niet aan iemand anders doorverkocht?' vraag ik. 'Dat is toch het hele idee van een pandjeshuis?'

Meneer Oswald knikt. 'Dat klopt. Maar hij hielp deze kinderen niet om er geld aan te verdienen. Ozzy borg de voorwerpen en de brieven op in een speciale kast achter in zijn magazijn, en niemand wist er iets vanaf, zelfs mijn eigen vader niet, die de zaak dertig jaar lang heeft gerund.'

'Denkt u dat het zijn bedoeling was om de spullen aan de kinderen terug te geven?' vraag ik.

'Ik wou dat ik dat wist,' antwoordt meneer Oswald, en zijn blik dwaalt naar een oude zwart-witfoto op zijn bureau.

Ik had nog niet echt naar de foto gekeken, maar nu leun ik voorover om hem te bestuderen. Er staat een man van middelbare leeftijd op, die een vis en een hengel omhooghoudt. Hij poseert naast een houten bord waarop staat: JE HAD DE VIS MOETEN ZIEN DIE ONTSNAPT IS!

'Oude Ozzy?' vraag ik.

Meneer Oswald knikt. 'Een groot visser in zijn jonge jaren.'

'Maar hoe hebt u deze mensen na al die jaren weten terug te vinden?' vraagt Lizzy.

'Ik heb een goede detective ingehuurd. En op internet is zoveel informatie te vinden dat we binnen de kortste keren meer aan de weet waren gekomen dan ons lief was.'

'Vertel mij wat,' mompel ik.

Ze kijken me allebei aan. Ik pak de lamp op en zeg: 'Welk verhaal hoort er bij *deze* man?'

Meneer Oswald kijkt op zijn horloge. 'Ik ben hier al langer dan ik had gepland voor vandaag. Ik heb geen tijd meer om de lamp in te pakken. Jullie kunnen hem wel dragen, toch?'

Zonder ons antwoord af te wachten, haalt hij een envelop uit de bovenste bureaulade. Hij geeft hem aan mij. Het verbaast me niet dat de naam van Simon Rudolph erop staat, in hetzelfde keurige handschrift als de vorige keer. Ik stop hem in mijn achterzak.

Voordat ik hem eraan kan herinneren dat hij ons nog niets over Simon en zijn lamp heeft verteld, verschijnt James, en hij geeft meneer Oswald zijn pijp en de krant.

'De auto staat buiten klaar voor de kinderen, meneer,' zegt James.

'Tieners,' zegt Lizzy binnensmonds. 'Zo goed als,' voegt ze daaraan toe.

'Goed, goed,' zegt meneer Oswald tegen James. Hij pakt een Post-it-velletje van zijn bureau en geeft het aan hem. 'Er staat geen huisnummer op meneer Rudolphs deur,' waarschuwt hij ons. 'Meneer Rudolph is een tikje, laten we zeggen, excentriek. Neem de volgende keer je notitieboekje mee. Ik ben de komende twee dagen de stad uit, dus ik zie jullie vrijdag weer. Ik dank jullie alvast voor het voltooien van deze opdracht.' Meneer Oswald loopt de kamer uit en James volgt hem.

Lizzy en ik zijn alleen. We maken geen van beiden aanstalten om de lamp te pakken. 'Uh, ik neem aan dat wij ook moeten gaan?' opper ik.

'Dit gaat precies zoals de vorige keer,' moppert ze, en ze pakt de lamp op. 'We weten helemaal niets van deze man. We hebben geen idee wat we moeten verwachten.'

Als we naar de voordeur lopen, fluister ik: 'Het is niet *precies* hetzelfde als de vorige keer.'

'Ja, ja, dat weet ik,' antwoordt Lizzy, en ze doet een slechte imitatie van meneer Oswalds stem. 'Want niets is ooit precies hetzelfde als iets anders.'

'Nee. Ik bedoel dat we *deze* keer weten waar de envelop voor bedoeld is.'

Lizzy staat stil en staart me aan. 'Hoorde ik nou echt wat ik dacht dat ik hoorde? Suggereert de door en door fatsoenlijke Jeremy Fink dat we de envelop openmaken voordat we daar aankomen?'

'Misschien wel, ja,' zeg ik met een trotse glimlach.

'Dan is er toch nog hoop voor je,' zegt ze goedkeurend.

Ik ben blij dat zij blij is dat ik bereid ben de regels te overtreden, ook al heeft meneer Oswald niet met zoveel woorden gezegd dat we de brief *niet* mogen lezen. Maar eerlijk gezegd ben ik niet zozeer nieuwsgierig als wel bang. Ik heb er een hekel aan als ik ergens niet op voorbereid ben. En als meneer Rudolph echt zo 'excentriek' is als meneer Oswald heeft gezegd, dan wil ik precies weten wat ons te wachten staat.

11 DE LAMP

'Maak jij hem maar open,' fluister ik, en ik schuif de envelop Lizzy's kant op.

'Nee, jij,' zegt ze, en ze duwt hem weer terug.

'Jij!' Ik gooi hem op haar schoot en zij gooit hem meteen weer terug.

'Kom op zeg, in vredesnaam,' zegt James vanaf de bestuurdersplaats. 'Ik maak hem wel open.'

Met een betrapt gevoel geef ik hem de envelop door het half openstaande schuifraam. Ik hoor een scheurend geluid dat me een beetje ineen doet krimpen en even later geeft hij ons de brief. Deze is niet zo vergeeld als die andere. Ik vouw hem langzaam open.

```
Oswalds Pandjeshuis
Datum: 11 augustus 1958
Naam: Simon Rudolph
Leeftijd: 14 (vandaag geworden)
Locatie: Manhattan
Object dat wordt verpand: Veelkleurige glazen
lamp
Persoonlijke verklaring van de Verkoper: ik
heb het geld nodig om een zilveren horloge te
kopen. Al mijn vrienden hebben een mooi hor-
loge, maar mijn moeder geeft alleen maar geld
uit aan zichzelf, bij Bergdorf's en Blooming-
dale's, en ze heeft nooit tijd om iets voor
mij te kopen. Ze heeft wel twintig van deze
lampen. Ze merkt het echt niet als er eentje
```

weg is. Ze merkt sowieso niks. Ik stond een
keer twintig minuten achter elkaar op mijn
hoofd tot mijn gezicht helemaal paars was. En
ondertussen zat mijn moeder met een vriendin
aan de telefoon en ze bleef maar doorkletsen
over wat ze die avond aan moest naar de club.
iedereen weet toch dat de telefoon niet
bedoeld is voor dit soort alledaagse dingen.
Mijn vader vindt dat ik met geld moet leren
omgaan, maar ik weet dondersgoed hoe dat
moet. Ooit, op een dag, word ik rijker dan
hij en dan hoef ik nooit meer iets te verpanden. En dan heb ik wel vijftig zilveren horloges!

Als ik klaar ben met lezen, zegt Lizzy: 'Sjonge. Wat een verwend
ventje.'
Ik geef de brief aan haar. 'Hier staat dat hij twintig dollar heeft
gekregen voor zijn lamp. Zilveren horloges waren toen blijkbaar
een stuk goedkoper dan nu.'
'Hij heeft zo'n… intense blik,' zegt Lizzy, en ze staart naar de foto
onder aan de brief. 'Waar zou hij op dat moment aan gedacht hebben?' Ze houdt de brief schuin zodat ik de foto kan bekijken.
'Misschien denkt hij wel na over de zin van het leven,' opper ik.
'Denk je?'
'Waarom niet?'
Lizzy leunt voorover en duwt de brief door het halfopen raam
naar James. 'Wat denk jij, James?'
Zonder zijn ogen van de weg te halen, houdt James de brief voor
zijn neus en werpt er een snelle blik op. 'Ik denk dat hij zich
afvraagt of hij die laatste augurk wel had moeten opeten.'
Lizzy en ik moeten lachen; James gooit de brief weer terug naar
de achterbank en doet dan voor de rest van de rit het raampje
dicht.

Er vallen regendruppels op de auto. Ik ben heel blij dat ik hier zit, in deze auto, op dit moment. Toch is het vinden van de vier sleutels nooit uit mijn gedachten. Op al die momenten dat we met iets anders bezig zijn, word ik een beetje ongedurig. Lizzy wendt haar hoofd af van de regendruppels die langs het achterraam naar beneden glijden en maakt een flesje frisdrank open.

Ik schraap mijn keel. Meestal is het niet zo'n succes als ik Lizzy een serieuze vraag stel, maar ik moet het toch proberen. 'Uh, Lizzy?'

'Hmmm?' vraagt ze, en ze slaat haar flesje prik zo snel achterover dat ik bang ben dat het via haar neus weer naar buiten zal komen. Thuis krijgt ze nooit frisdrank.

'Denk jij ooit... ik bedoel, heb jij ooit... ik bedoel...'

Ze kijkt theatraal op haar horloge. 'Gooi het er maar uit, voordat ik oud en bejaard ben.'

'Goed. Denk jij ooit na over de zin van het leven? Weet jij, zeg maar, wat dat is?'

Ze schudt haar hoofd. 'Ik probeer nergens diep over na te denken. Dat doet pijn aan mijn hersenen.' Daarna wendt ze haar hoofd af en begint weer naar de regen te staren.

In de straat van meneer Rudolph mogen alleen vergunninghouders parkeren, dus James moet de auto op een parkeerterrein een paar straten verderop neerzetten. Het kost twintig dollar per uur! Hij mompelt iets over geldklopperij en de consumentenbond, en geeft zijn sleutels met tegenzin aan de bewaker, die de auto gaat parkeren. De man kijkt verlekkerd naar de auto als wij uitstappen. Hij krijgt vast niet dagelijks de kans om een limo te parkeren. Als we naar de straat lopen, fluister ik tegen James dat hij de kilometerstand moet opnemen, zodat hij zeker weet dat die man geen ritje gaat maken met onze limo.

'Je hebt te veel films gezien,' zegt James, maar hij rent toch terug naar de auto en zegt dat hij nog iets heeft vergeten.

Gelukkig houdt de regenbui even plotseling op als hij is begonnen, zodat ik mezelf niet hoef te verwijten dat ik onvoorbereid op pad ben gegaan. Maar in mijn hoofd maak ik een aantekening dat ik voortaan altijd een paraplu in mijn rugzak moet stoppen.

Terwijl we de straat uitlopen, stijgt er een lichte mist op van de hete trottoirs. Het geeft de buurt een spookachtige glans. Lizzy heeft de lamp aan mij overgedragen, en ik merk dat de voorbijgangers er bewonderende blikken op werpen. Het is echt een prachtige lamp, en ik realiseer me dat ik eigenlijk nooit echt naar lampen heb gekeken. De zon schijnt niet, maar toch lijkt het net of de lamp brandt. Als deze lamp van mij was geweest, had ik hem nooit willen verpanden.

James leest het adres voor. Meneer Rudolph is niet de enige die geen huisnummer op zijn deur heeft staan. Voor de meeste buren geldt hetzelfde. Bij het eerste huis dat we proberen wordt niet opengedaan. Bij het tweede doet een klein joch in voetbaltenue open. Hij snauwt: 'Ik praat niet tegen vreemden!' en smijt de deur voor onze neus dicht. James mompelt iets over waarom hij nooit kinderen heeft gewild, en drukt dan op het knopje van de intercom van de volgende deur.

'Goedemorgen!' roept een mannenstem. 'Waarmee kan ik u van dienst zijn?'

James leunt naar voren en zegt in de intercom: 'We zijn op zoek naar meneer Simon Rudolph. We komen namens meneer Oswald.'

'Ah, natuurlijk,' schettert de stem uit het metalen kastje. 'De geheimzinnige meneer Oswald, die de aard van zijn zaken niet aan mij wilde prijsgeven. Maakt niet uit. Ik ontvang altijd graag gasten bij mij thuis.' Even later zoemt de deur, en James duwt hem open.

Lizzy en ik verroeren ons niet.

'Wat is er nou weer?' vraagt James.

'Volgens mij is dit niet de man die we zoeken,' antwoord ik.

Lizzy knikt instemmend, en haalt de brief uit haar zak.

'Waarom denk je dat?' vraagt James.

'Hij klinkt heel anders dan in deze brief,' zegt Lizzy. 'Deze kerel klinkt alsof hij kalmerende middelen heeft geslikt. De man die wij zoeken was verwend en onaangenaam.'

'Mensen veranderen,' zegt James geïrriteerd. 'Dat was verdorie meer dan vijftig jaar geleden. Dit is onze man. Hij verwacht ons.'

'Oké, jij je zin,' zegt Lizzy, en ze wurmt zich langs hem heen naar binnen. 'Maar als we gekidnapt worden en in de een of andere sekte terechtkomen, wordt mijn vader *heel* erg kwaad op je.'

We moeten drie trappen op voordat we bij de goede deur zijn. Hij staat op een kier. James fluistert: 'Ik blijf hier wachten.'

'Zeker weten?' fluister ik terug, terwijl ik zenuwachtig naar de deur gluur.

'Jullie redden je wel,' houdt hij vol, en hij doet een paar stappen bij ons vandaan.

'Daar houd ik je aan,' mompelt Lizzy.

Aarzelend duw ik de deur een stukje verder open. 'Meneer Rudolph?' We wachten een poosje, en ik hoor geen enkel geluid binnen. Ik kijk naar Lizzy, die er ook wat ongemakkelijk bij staat. Dan steekt ze haar arm uit en duwt de deur helemaal open. We zien een grote, vrijwel lege kamer met witte muren en een houten vloer. Er is één raam, één tafel, één kleine plastic lamp, één houten stoel, één grote foto in een lijst (een zonsondergang aan het strand), en één schaal met één stuk fruit erop (een appel). Het ruikt er naar bloemen, maar die zie ik nergens.

Terwijl we de vreemde omgeving op ons laten inwerken, komt er een kwieke, pezige man aanlopen onder een doorgang aan de andere kant van de kamer. Hij is bruinverbrand, draagt sandalen, en een bruine korte broek met een wit T-shirt, waarop de cryptische tekst staat: WIE STERFT MET HET MEESTE SPEELGOED, HEEFT

GEWONNEN. Afgaand op de brief van meneer Oswald moet hij de zestig gepasseerd zijn, maar hij lijkt minstens tien jaar jonger.

'Eh, bent u Simon Rudolph?' vraag ik, terwijl ik in zijn gezicht tevergeefs naar enige gelijkenis zoek met de jongen met die intense blik op de vervaagde foto.

'Om u te dienen,' antwoordt hij met een kleine buiging. 'En jullie zijn?'

'Mijn naam is Jeremy Fink, en dit is Lizzy Muldoun.' Lizzy geeft de man een knikje. Haar rode haar en haar sproeten zijn de kleurigste dingen in de kamer, naast de lamp die ik in mijn handen heb, en de foto van de zonsondergang.

'Ik ken mensen die met een zaklamp op reis gaan,' zegt meneer Rudolph met een lachje. 'Maar een hele lamp? En dan ook nog zo'n mooie als deze.'

Snel houd ik de lamp omhoog. 'Deze is van u. U hebt hem in 1958 verpand aan Ozzy Oswald.'

Meneer Rudolphs ogen worden steeds groter, en ik ben bang dat ze uit hun kassen zullen rollen. Hij doet een stap naar voren en neemt de lamp van me over. Hij laat zijn hand over het glas glijden en zegt almaar: 'Mijn moeders oude lamp! Niet te geloven, echt niet te geloven.' Ten slotte vraagt hij: 'Hoe komen jullie hieraan?'

'Wij, eh, *werken*, zeg maar, voor de kleinzoon van Ozzy,' leg ik uit. 'Hij wilde dat u hem weer terug zou krijgen.' Dit heb ik min of meer verzonnen, omdat ik geen idee heb *waarom* meneer Oswald deze voorwerpen laat terugbezorgen, maar het klinkt wel goed.

Hij zet de lamp op tafel en komt weer bij ons staan. 'Het is een prachtding, vind je niet?'

'Ja,' zeg ik geestdriftig. Ik kijk naar Lizzy, in de verwachting dat die ook staat te knikken. Maar in plaats daarvan kijkt ze om zich heen en bijt op haar lip. Ik realiseer me dat ze nog geen woord heeft gezegd sinds we hier over de drempel zijn gestapt. Ze ziet een beetje bleek. 'Gaat het?' fluister ik, terwijl meneer Rudolph om de lamp heen loopt en hem van alle kanten bewondert.

Ze fluistert terug: 'Er is hier niks. Het is hier zo leeg. Niets om mee te nemen.'

'Wat bedoel je, niets om mee te nemen?'

'Mijn handen jeuken. Dat betekent dat ik iets mee moet nemen, maar er is hier *niets om mee te nemen!*'

Ik kijk even op en hoop maar dat meneer Rudolph dit niet heeft gehoord, maar die is nog steeds betoverd door de lamp. 'Hier hebben we het later wel over,' sis ik, terwijl ik de envelop uit haar hand trek. Ik loop naar meneer Rudolph toe en overhandig hem de brief. 'Deze is ook van u. Hij is een beetje, uh, opengegaan.'

Hij neemt hem aan en schudt verbaasd zijn hoofd. 'Waarom heeft Ozzy hem niet doorverkocht? Ik heb tegen hem gezegd dat het een echte Tiffany-lamp was. Hij had er leuk aan kunnen verdienen.'

'Ik weet het niet,' zeg ik eerlijk. 'De spullen die kinderen naar zijn winkel brachten, verkocht hij nooit.'

'Echt waar?' vraagt hij, en schudt weer zijn hoofd. 'Die goeie ouwe Ozzy.'

Plotseling wordt Lizzy wakker en ze flapt eruit: 'Waar is dat zilveren horloge?'

Meneer Rudolph is even in verwarring, maar begint dan te glimlachen. 'Ah, het zilveren horloge. Ik heb in geen jaren aan dat horloge gedacht. Toen ik nog werkte, droeg ik het iedere dag. Al die lange jaren op de aandelenbeurs. Met iedere tik van het horloge nam mijn levenskracht af, en dat was een onomkeerbaar proces. Op de dag dat ik met mijn eerste miljoen naar huis ging, heb ik hem aan een dakloze man gegeven.'

Er valt een stilte in de kamer. Dan gilt Lizzy: 'Hebt u MILJOENEN DOLLARS? En toch is er van alles maar N ding in deze kamer?'

Meneer Rudolph lacht en zegt: 'Nu heb ik geen miljoen meer. Ik heb bijna al mijn geld weggegeven. Weet je, ik ben opgegroeid met geld. En daarna heb ik meer geld verdiend dan ik ooit had kunnen uitgeven. En weet je wat het mooie is? Ik ben nu veel gelukkiger. Alle problemen in het leven hebben te maken met gehechtheid. Als je alle dingen waaraan je gehecht bent, of die je nodig hebt, loslaat, dan komt er een soort vrede over je die niet te beschrijven is.'

Lizzy kijkt hem ongelovig aan. 'Maar hoe betaalt u dan uw rekeningen?'

Hij lacht weer. 'Ik heb niet gezegd dat ik *alles* heb weggegeven.'

'Wordt u het niet zat om steeds weer naar dezelfde dingen te kijken?' vraagt ze. Dat vroeg ik me ook al af. 'Zoals die foto. Hij is mooi hoor, maar, hoe zal ik het zeggen, verder is hier niets om naar te kijken.'

Hij schudt zijn hoofd. 'Ik word het nooit moe om ernaar te kijken. Wanneer elk object zijn plek heeft in een ruimte, en er grote, lege gebieden omheen zijn, dan ondergaat dat object een subtiele verandering, iedere dag weer. Als je ergens twintig exemplaren van hebt, kan één individueel object nooit die speciale betekenis krijgen. Bovendien, als je eenmaal iets hebt gevonden wat je mooi vindt, iets wat werkt, waarom zou je dan nog verder zoeken? Mensen denken altijd dat het gras bij de buren groener is. Ik heb lang geleden besloten dat ik geen tijd meer wilde verspillen aan het zoeken naar iets beters, en dat ik wilde genieten van wat ik had.'

'Staat dat ook op uw shirt?' vraag ik. 'Dat is toch een grapje? Sarcastisch bedoeld, zeg maar?'

Hij kijkt omlaag naar de tekst op zijn shirt en glimlacht. 'Ja. Dit is een van mijn favoriete uitspraken. En het trieste is, dat ik vroeger dacht dat het echt zo was. Maar als je doodgaat, kun je niets meenemen, dus wat heeft het dan voor nut om dingen te verzamelen? Ik verwacht niet dat kinderen van jullie leeftijd al zo tegen het leven aankijken, hoor. Het is iets wat je zelf gaandeweg moet ondervinden, als de tijd er rijp voor is.'

Ik ben blij dat hij dat zei, want ik heb geen zin om me schuldig te voelen over al mijn boeken, of mijn snoepverzameling, of mijn stripboeken of mijn andere spullen. Toch begrijp ik wel een beetje wat hij bedoelt.

'Jullie kennen die uitdrukking *go with the flow* toch wel, met de stroom meegaan?'

We knikken.

'Nou, zo wil ik dus mijn leven leiden. Als je het leven neemt zoals het komt, zonder anderen te willen veranderen, of te willen ingrijpen in situaties die buiten je macht liggen, dan heb je veel meer vrede met je leven.' Plotseling pakt hij de lamp op en geeft hem aan Lizzy. 'Hier,' zegt hij, 'neem jij deze maar mee.'

Haar mond valt letterlijk open. 'Ik? Waarom?'

'Ik heb al een lamp.'

We kijken alle drie naar het blauwe plastic lampje op tafel. Het ziet eruit als zo'n lamp die je voor vijf dollar in de winkel kunt kopen. 'Wilt u dan niet liever deze hebben?' vraagt ze. 'Die is toch veel mooier?'

Hij schudt zijn hoofd. 'De mijne is precies goed. Hij geeft licht. En dat is waar een lamp voor bedoeld is. Elk voorwerp is op zijn best als het precies doet waar het voor gemaakt is. Een lamp geeft licht. Een appel voedt en verfrist. Een stoel is perfect omdat hij is wat hij is: een stoel.'

'Daar begrijp ik helemaal niks van,' zegt Lizzy, en ze kijkt vol ontzag naar de lamp. 'Maar toch bedankt voor deze lamp!'

'Mag ik u iets vragen?' flap ik eruit.

Hij knikt met een glimlach. 'Zulke speciale gasten mogen alles vragen.'

'Is dat nou de zin van het leven? Wat u net zei?'

'Jeremy!' roept Lizzy uit. Ik wist dat ze zou protesteren bij deze vraag, maar ik kon niet anders. Als we die sleutels niet vinden, wil ik toch weten wat er in het kistje zit. Deze man weet duidelijk een hoop van het leven, en ik ben nog nooit een volwassene tegengekomen die dit soort dingen met me heeft gedeeld. Ik kan hier niet weg voordat ik meer weet over wat hij weet.

Meneer Rudolph kijkt me even schuin aan. Dan lacht hij en gebaart dat we hem moeten volgen, via de doorgang naar de volgende kamer. 'Dit is echt een bezoek vol verrassingen! Hier moeten we even voor gaan zitten, hoor.'

Ik werp een blik over mijn schouder naar de voordeur die nog steeds half openstaat, en ik hoop maar dat James het niet erg vindt om nog even te wachten. De kamer waar hij ons naartoe brengt ziet er hetzelfde uit als de kamer waar we net waren, alleen is deze veel kleiner, met grote gekleurde kussens in een kring. Midden in de kring staat de grootste wit-met-paarse bloem die ik ooit heb gezien.

'Hier mediteer ik altijd,' licht hij toe. 'En als ik gasten heb, gaan we hier altijd zitten. Pak maar een kussen en maak het je gemakkelijk.'

Lizzy zet de lamp voorzichtig achter zich en ploft dan neer op een rood kussen. Ik kies een geel, en meneer Rudolph neemt het witte. 'Kijk eens naar de bloem,' zegt hij. 'Wat zien jullie?'

'Uh, een bloem?' zegt Lizzy, en ze voegt daar dan snel aan toe: 'Een grote, wit-met-paarse, die heel lekker ruikt?'

Hij draait zich om naar mij. 'Jeremy? Wat vind jij?'

Ik staar naar de bloem en vraag me om onverklaarbare redenen af of hij misschien plotseling in iets anders zal veranderen, zoals een poes, of een luciferdoosje. Als dat niet gebeurt, zeg ik snel: 'Hetzelfde als Lizzy net zei.'

'Helemaal goed!' roept hij tot mijn verrassing uit. 'Het is een grote, wit-met-paarse, lekker ruikende bloem. Een orchidee om precies te zijn. Wacht heel even.' Hij staat op en loopt de kamer uit.

Lizzy buigt zich naar mij toe en fluistert: 'Waar zijn we mee *bezig*?'

'Dit is het volgende plan op onze lijst,' leg ik uit, en ik hoop maar dat ze het begrijpt. 'Misschien krijgen we mijn vaders kistje wel nooit open. Als ik er voor mijn verjaardag achter ben wat de zin van het leven is, dan is het iets minder erg als het kistje dicht blijft.' Ze geeft geen antwoord, maar knikt peinzend. 'Oké, ik snap het. Maar als deze vent het antwoord nou niet weet?'

'Dan vragen we het aan iedereen die we tegenkomen.'

Op dat moment komt meneer Rudolph weer terug. Tot onze verbazing heeft hij de foto van de zonsondergang onder zijn arm. Hij zet hem tegen de muur en gaat weer op zijn kussen zitten.

'Wel, wat betekent deze foto voor jullie? Lizzy, jij mag weer eerst.'

Lizzy zuigt haar wangen vol lucht, en blaast die dan langzaam weer uit. 'Wat hij betekent?' herhaalt ze. 'Ik denk dat deze foto betekent dat degene die hem heeft genomen, een goede fotograaf is. Het is een mooie foto.'

'Wat vind jij ervan, Jeremy?'

'Ik begrijp eigenlijk niets van kunst,' beken ik. 'Het is een mooie foto? Hij vrolijkt de kamer op?'

'Hoe voel je je erbij?' dringt meneer Rudolph aan.

'Eh, een beetje triest, geloof ik. Omdat het het einde van iets betekent, maar het is ook wel ontspannend, toch?'

'Lizzy?'

'Uh, ik krijg zin om naar het strand te gaan?'

Meneer Rudolph glimlacht. 'Oké, prima antwoorden. Voor mij betekent deze foto dat ik elk moment moet koesteren, omdat alles zo snel voorbijgaat. Eén minuut later, en het was donker geweest. De foto brengt me ook terug naar de dag waarop ik hem heb genomen, en herinnert me aan degene met wie ik daar toen was. Ik kan de schoonheid van deze zonsondergang met me meedragen, diep vanbinnen, en als ik een keer niet zoveel schoonheid om me heen heb, kan ik mijn innerlijke voorraad aanspreken. Zo zie je maar dat deze ene foto van een zonsondergang voor ons alle drie iets heel anders kan betekenen. Maar nu mijn echte vraag: wat denk je dat de foto betekent voor de bloem?'

Lizzy en ik vragen tegelijkertijd: 'Huh?'

'Precies!'

'Huh?' herhalen we.

Meneer Rudolph haalt de bloem uit de vaas. 'Voor een bloem heeft deze foto geen enkele betekenis. Dus als je vraagt naar de zin, de betekenis van het leven, is er niet één antwoord dat op alles en iedereen van toepassing is. Wat betekent een foto, of een zonsondergang, voor een bloem? Onze eigen perceptie, behoeften en ervaringen zijn bepalend voor alles wat we doen. Iedereen interpreteert een gebeurtenis, of een zonsondergang, op een andere manier.'

Hij is even stil en ik probeer zijn betoog te volgen. 'Dus eigenlijk,' zeg ik langzaam, me concentrerend op wat ik wil gaan zeggen, 'eigenlijk probeert u te zeggen dat het allemaal relatief is. Dat de betekenis van een zonsondergang, of van het leven zelf, dus voor iedereen anders is?'

'Precies,' zegt hij.

'Nou ja zeg!' roept Lizzy uit, en ze springt op. 'Ik geloof er niets van. Er moet ergens iets zijn wat voor iedereen hetzelfde betekent. Anders slaat alles nergens op.'

Meneer Rudolph glimlacht en hij staat op. 'Gelukkig hebben jullie nog heel lang de tijd om erachter te komen.'

'Niet zo lang als u zou denken,' mompelt Lizzy.

Als we langzaam de grote kamer weer inlopen, vraag ik: 'Maar zelfs als de zonsondergang voor iedereen een andere betekenis heeft, dan heeft hij toch hoe dan ook iets te betekenen?'

'Dat is een lastige vraag,' zegt meneer Rudolph, en hij hangt de fotolijst weer aan de muur. 'Die zonsondergang zal er altijd zijn, en even kleurrijk, of het nu op een bruiloft is of tijdens een oorlog. Dus je zou kunnen zeggen dat de zonsondergang zelf geen diepere betekenis heeft; die doet gewoon wat hij behoort te doen. Als de zonsondergang geen betekenis heeft, behalve de betekenis die wij eraan toekennen, hoe zit dat dan met een rotsblok? Of een vis? Of het leven zelf? Dat bijvoorbeeld een bankje in het park geen betekenis heeft, wil nog niet zeggen dat het ook geen *waarde* heeft.'

'Ik begin er hoofdpijn van te krijgen,' mompelt Lizzy.

We staan nu bij de deur en ik betwijfel of ik ook maar een stap dichter bij de inhoud van het kistje ben gekomen. Ik laat mijn schouders hangen.

'Misschien kan ik nog wat meer duidelijkheid scheppen,' zegt meneer Rudolph. 'Het is belangrijk dat je zeker weet op welke vraag je een antwoord zoekt. Soms denken mensen dat ze op zoek zijn naar de zin van het leven, terwijl ze eigenlijk willen begrijpen waarom ze hier zijn. Wat hun *doel* is, de bedoeling van het leven in het algemeen. En die vraag is veel eenvoudiger te beantwoorden dan de zin van het leven.'

Lizzy staat al bijna buiten. 'Is dat zo?' vraag ik, en ik grijp haar bij haar mouw om haar tegen te houden. Ik weet het niet helemaal zeker, maar volgens mij zie ik het puntje van een wit bloemblaadje uit haar zak steken.

'Jullie zijn hetzelfde als de lamp, de stoel en de bloem,' legt meneer Rudolph uit. 'Het enige wat je hoeft te doen is zo authentiek mogelijk zijn. Probeer erachter te komen wie je werkelijk bent, zoek uit *waarom je hier bent*, en dan zul je vanzelf ontdekken wat je doel is in het leven. En daarmee ook de betekenis, dus de zin van het leven.'

Waarom ik hier ben? Ik heb geen idee waarom ik hier ben. Zou ik dat dan moeten weten? Weet iedereen dat behalve ik? Wat is er mis met mij? Ik heb altijd al geweten dat er iets aan mij mankeerde.

'Ssst,' fluistert Lizzy. 'Je klinkt echt heel raar.'

Zei ik dat net allemaal hardop?

'Ik kan jou natuurlijk niet met lege handen naar huis laten gaan,

Jeremy,' zegt meneer Rudolph, die zo vriendelijk is om mijn gebazel te negeren. 'Dat zou niet eerlijk zijn.' Hij loopt naar de schaal en gooit de appel in de lucht. Dan gooit hij hem naar mij en ik weet hem nog net op tijd te vangen. Andere mensen, voor wie zulke dingen heel belangrijk zijn, zouden misschien jaloers zijn als hun vriendin een Tiffany-glas-in-loodlamp zou krijgen en zij alleen een appel. Gelukkig ben ik niet zo. Maar als Lizzy een reep chocola had gekregen en ik alleen een appel, *dan* zouden we echt een probleem hebben gehad.

Lizzy glipt de deur uit en loopt de gang in. Nu zou ik meneer Rudolph moeten bedanken omdat hij geprobeerd heeft om ons te helpen, maar ik kan de gedachte dat ik niet weet waarom ik hier op aarde ben, niet uit mijn hoofd zetten. Waarom besta ik? 'Uh, bedankt voor alles, voor uw tijd en zo, maar ik ben nog wel een beetje in de war, geloof ik.'

Hij glimlacht en geeft me een klopje op mijn schouder. Hij wijst naar de appel in mijn hand en zegt: 'Er was ooit een wijs man die zei dat we wel kunnen tellen hoeveel zaadjes er in de appel zitten, maar niet hoeveel appels er in een zaadje zitten. Weet je wat hij daarmee bedoelde?'

Ik schud mijn hoofd.

'Voordat een appelzaadje wordt geplant, weet niemand hoeveel appels er op een dag aan de boom zullen hangen. Het heeft allemaal te maken met potentieel, en dat potentieel is ergens verborgen, tot we het vinden en omarmen, ons doel vinden en onszelf planten zodat we kunnen groeien. Ik weet zeker dat je zult vinden wat je zoekt, Jeremy. Ik wens je veel zegen toe.'

Met die woorden sluit hij de deur, en ik blijf alleen achter. Ik knijp zo hard in de appel dat mijn nagels in de schil staan.

12 DE EXISTENTIËLE CRISIS

Lizzy rukt mijn gordijnen open en het felle daglicht valt mijn kamer binnen. Ik kreun. Ik heb het gevoel dat er een olifant op mijn borst zit. Ik wou dat ik onzichtbaar was. Als ik er niet achter kan komen waarom ik hier ben, neem ik toch alleen maar ruimte in beslag.

'Kom op,' zegt ze, en ze trekt aan mijn deken. 'Het is al elf uur.'

Ik schud mijn hoofd en grijp de bovenkant van de deken nog steviger vast. 'Ik kom er niet uit.' Als ik onzichtbaar was, kon ik misschien zien waarom andere mensen hier zijn; daar zou ik wel wat aan kunnen hebben. Maar de enige onzichtbare mensen die ik ken, komen voor in stripverhalen of hebben een onzichtbaarheidsmantel, zoals Harry Potter, dus ik vrees dat er op dat gebied niet al te veel te verwachten valt.

'Ik heb een chocolademuffin voor je,' zingt Lizzy, en ze zwaait de muffin voor mijn neus heen en weer.

'Hoef ik niet.'

Lizzy's blik glijdt van mijn bureau naar mijn bed. 'Is die bobbel naast je het kistje van je vader?'

Ik geef geen antwoord.

Ze komt dichterbij en voelt eraan. 'Het IS het kistje! Dus je slaapt er nu ook al mee?'

Hoe kan ik haar uitleggen dat ik met mijn vingers aan de tekst heb zitten voelen en toen in slaap ben gevallen? Ik ken alle rondingen van die letters inmiddels zo door en door dat ik ze exact zou kunnen kopiëren.

'Ik ga je moeder bellen op haar werk,' dreigt ze. 'Jij bent echt jezelf niet.'

'Je gaat je gang maar.'

'Dat zal ik zeker doen.'

Ze beent de kamer uit en komt even later weer terug met de draadloze telefoon aan haar oor.

'Hij wil gewoon zijn bed niet uit, mevrouw Fink,' zegt ze. 'Nee, ik weet ook niet waarom. Hij wil het niet zeggen.' Ze houdt de telefoon mijn richting uit. 'Ze wil met je praten.'

Ik schud mijn hoofd en gooi de krokodil over mijn gezicht.

'Hij wil de telefoon niet aanpakken. Oké, ik zal het vragen. Jeremy, je moeder wil weten of je ziek bent.'

Ik schud mijn hoofd.

'Nee, hij is niet ziek,' zegt ze. Dan pakt ze de krokodil op en gilt in mijn oor: 'Je moeder wil nu weten waarom je je bed niet uit wilt komen, en als je het niet vertelt, dan komt ze nu naar huis en dan sleurt ze je er eigenhandig uit!'

Ik kijk haar ongelovig aan.

'Oké, dat laatste heeft ze misschien niet gezegd, maar je kunt het me maar beter vertellen.'

Ik zeg, zo zacht dat Lizzy zich over me heen moet buigen om me te kunnen verstaan: 'Ik kan de wereld pas weer onder ogen komen als ik weet waarom ik hier ben.'

'Je maakt een geintje, zeker?'

Ik schud heftig van nee. 'Nee. Ik moet erachter zien te komen wat mijn doel is. Tot ik dat weet heeft het toch helemaal geen zin om op te staan?'

Lizzy herhaalt mijn woorden in de telefoon, en na een lange stilte zegt ze: 'Oké, ik zal het zeggen. Dag.' Ze legt de telefoon op mijn bureau en zegt: 'Je moeder zei tegen mij dat ik moest zeggen dat je best een existentiële crisis mag hebben – wat dat ook mag betekenen – maar pas als je uit bed bent. Ik weet zeker dat je je doel niet zult vinden zolang je daar blijft liggen met een krokodil op je gezicht. Opstaan!'

'Goed!' zeg ik. Ik duw de deken van me af en ga rechtop zitten. Ik heb dezelfde kleren aan als gisteren. Als ik depressief ben, word ik wat laks in dingetjes als mijn pyjama aantrekken. 'Maar beloof je dan dat je me vandaag met rust laat? Ik wil graag alleen zijn.'

'Sorry,' zegt Lizzy, terwijl ze de muffin op mijn schoot legt. 'We moeten over tien minuten in de hal staan.'

'Huh? Waar gaan we dan naartoe?'

'Samantha's huis. En nou opstaan!' Ze sleept me van het bed af en gunt me nauwelijks de tijd om mijn muffin te pakken voor die op de grond valt.

'Ik ga niet naar Samantha's huis!' zeg ik tegen haar. 'Ik ga vandaag uitzoeken waarom ik hier op aarde rondloop. Misschien zou jij hetzelfde moeten doen.'

'Ik weet wel waarom ik hier ben,' zegt Lizzy vanuit de deuropening.

'Echt waar? Jij wel?' Dat is toch niet eerlijk. Bij Lizzy gaat alles altijd veel gemakkelijker dan bij mij.

'Ik ben hier om jou op te halen omdat Samantha en Rick op ons zitten te wachten!'

Ik duw haar de gang in en draai de deur op slot. Ze bonkt hard op de deur. 'Kom op, Jeremy, luister nou even naar me.'

Ik houd mijn oren dicht, maar dat helpt niet. Nu zit ik hier dus opgesloten, terwijl ik heel erg nodig naar het toilet moet. Laat ik dan die muffin maar opeten.

Haar stem klinkt hooguit een beetje gedempt door de deur heen. 'Vanmorgen, toen je niet op mijn briefjes reageerde, ben ik beneden op het trapje gaan zitten.'

Ik kijk naar de muur en zie dat mijn poster van het zonnestelsel inderdaad iets van de muur af is geduwd. Ik heb haar blijkbaar niet horen kloppen toen ze de briefjes aankondigde.

Ze vervolgt: 'De tweeling was ook buiten, dus we raakten aan de praat. Van het één kwam het ander, en toen heb ik ze over jouw kistje verteld, en dat we de sleutels niet kunnen vinden.'

Na die woorden ruk ik de deur open en kijk haar woedend aan. Er vliegen stukjes muffin uit mijn mond als ik schreeuw: 'WAT heb je gezegd?'

Lizzy doet een stap achteruit om de halfgekauwde muffinbrokjes te ontwijken. 'Ik dacht dat je het niet erg zou vinden,' zegt ze. 'Nou ja, tot ik het ze verteld had, had ik me niet echt afgevraagd wat jij ervan zou vinden, maar ik ben blij dat ik het heb gedaan, want Samantha had een geweldig idee.'

Voordat ik antwoord kan geven zegt ze: 'Als we willen weten waar de sleutels zijn, zei Samantha, dan moeten we direct naar de bron gaan en het aan je vader vragen!'

Mijn maag trekt samen. 'Waar heb je het nou over? Heb je haar niet over het ongeluk verteld?'

'Ja, natuurlijk wel,' zegt ze ongeduldig. 'Samantha zei dat we een seance kunnen houden, zodat we het aan hem kunnen vragen. Ze heeft een ouijabord en zo.'

'Je bent niet goed wijs!'

Lizzy schudt haar hoofd. 'We kunnen toch een poging wagen? Verder hebben we alles al geprobeerd.'

'Maar Rick is zo'n lomperd. Weet je zeker dat je met hem om wilt gaan?'

'Misschien doet hij alleen zo lomp omdat hij eenzaam is. Meneer Rudolph bleek toch ook heel anders te zijn dan we hadden gedacht? Misschien geldt dat ook voor Rick. Gaan we nou?'

Ik leun tegen de muur van de gang. Stel nou dat Samantha gelijk heeft? Stel nou dat ik echt weer met mijn vader zou kunnen praten? Als ik daarvoor bij de tweeling langs moest was het dat wel waard. En om eerlijk te zijn was ik nog niet erg opgeschoten met het vraagstuk 'waarom ben ik hier'. Sinds James ons gisteren thuis had afgezet, heb ik ermee zitten worstelen, en ik ben op drie mogelijke antwoorden uitgekomen. Ik ben hier om mijn moeders zoon te zijn, of Lizzy's beste vriend, of om een heleboel snoep te eten. Maar deze opties hebben geen grootse uitstraling. 'Goed, ik zie je zo in het portiek, en dan gaan we samen naar binnen.'

'Cool,' zegt ze, en ze rent weg. 'Je zult er geen spijt van krijgen.'

Waarom heb ik daar zo mijn twijfels over?

Ik tref Lizzy aan op de bovenste traptrede, met haar gezicht in de zon. De kleine Bobby en zijn moeder zijn er ook, maar die zitten in de schaduw.

'Jeremy,' zegt Lizzy, 'zou je de vraag die je aan iedereen wilt stellen niet ook aan mevrouw Sanchez voorleggen?'

Nu we terug zijn in ons normale limoloze leven zonder terugbezorgde verpande voorwerpen, lijkt het wat gênant om mensen naar de zin van het leven te vragen.

'Doe nou maar,' dringt Lizzy aan. 'En daarna moeten we gaan.'

Mevrouw Sanchez wendt haar hoofd af van de kermende Bobby. Ze is net zijn haar aan het kammen. Ik begin niet over de zin van het leven maar vraag: 'Waarom zijn we hier? U weet wel, hier op aarde. Niet hier op de stoep, bedoel ik.'

Ze glimlacht, en lijkt niet verrast te zijn door mijn vraag. 'Weet je dat niet?' zegt ze. Ik schud mijn hoofd.

'Het is heel eenvoudig,' antwoordt ze. 'We zijn hier om anderen te helpen.'

Bobby kijkt op. 'Maar waarom zijn die anderen dan hier?'

'Stil toch, jongen,' zegt ze, en ze geeft hem met de kam een speels klopje op zijn hoofd. 'Wat jij allemaal niet voor onzin uitkraamt!'

Lizzy moet lachen, maar ik vond het eerlijk gezegd een hele terechte vraag. Zou het echt zo simpel zijn? Als iedereen iedereen zou helpen, dan zou er vrede zijn op aarde. Misschien *is* het wel zo simpel. Maar toch denk ik dat het niet helemaal klopt. Ik ben er helemaal voor dat mensen elkaar helpen, maar dat is meer een *goed idee*, en niet zozeer de reden waarom we hier zijn.

Hoewel het vandaag niet zo heet is buiten, voel ik me zweterig en plakkerig. Wanneer ben ik ook alweer voor het laatst onder de douche geweest?

Ik bedank mevrouw Sanchez en volg Lizzy de trap op naar het huis van de tweeling. Samantha doet de deur open. Ze is van top tot teen in het zwart gekleed. 'Voor de juiste sfeer,' legt ze uit, als ze onze blik over haar outfit ziet gaan. Zelfs haar ogen zijn zwart omrand.

Plotseling begint er bij mij een lampje te branden. 'Natuurlijk, eyeliner! Dát is dus eyeliner!'

Samantha kijkt me verbaasd aan en Lizzy geeft me een schop tegen mijn scheenbeen. Ben ik bezig om een van de belangrijkste levensvragen van de hele mensheid te beantwoorden, en dan kom ik niet verder dan een doorbraak op het gebied van make-up! Ik ben echt een stumper.

'Kom maar mee,' zegt Samantha, en ze gaat ons voor door de gang. 'We hebben het ouijabord in de kamer neergezet.' Zonder om te kijken vraagt ze: 'Waar komt die pindakaaslucht vandaan?'

Ik doe een snelle okselcheck. Jep, ik ben het. Ik moet me echt eens wat beter aan mijn doucherooster gaan houden.

Rick zit op ons te wachten. Hij is niet in het zwart. Maar hij draagt wel een cape. 'Vraag maar niets,' zegt hij. 'Moest van Samantha. Ze zei dat als ik hem niet om zou doen, en we daarna geen contact zouden krijgen met jouw vader, dat het dan mijn schuld zou zijn. Voor die druk ben ik gezwicht, vandaar dus. Hij hoort bij een oud Halloween-kostuum, dat je dus niet denkt dat ik *zomaar* een cape in mijn kast heb hangen.'

Dit is de langste speech die Rick ooit in mijn bijzijn heeft gehouden. En er zat helemaal niets onaardigs bij. Misschien had Lizzy toch gelijk.

Alle gordijnen zijn dicht, en Samantha doet de lampen uit en gaat dan in kleermakerszit op het tapijt zitten. Je zou echt niet zeggen dat het klaarlichte dag is. Lizzy, Rick en ik gaan bij haar op de grond zitten. Het ouijabord ligt in het midden. Het kleine plastic wijzertje staat op de hoek van het bord. Ik heb sinds de verjaardag van de jongen met wie ik op school altijd proefjes moest doen, geen ouijabord meer gebruikt. We probeerden toen contact te krijgen met de geest van George Washington, omdat hij de enige overleden persoon was over wie we het eens konden worden. We beschuldigden elkaar er allemaal van dat er vals werd gespeeld en dat er kinderen aan het wijzertje hadden gezeten. Twee kinderen gingen zelfs huilend naar huis. Ik hoop maar dat dit beter afloopt.

'We kunnen beginnen,' zegt Samantha op gedempte toon. 'Laten we elkaar een hand geven.' Met tegenzin pak ik Ricks hand vast, en met mijn andere hand die van Samantha. 'We gaan de geest oproepen van…' Ze fluistert naar opzij: 'Hoe heet je vader eigenlijk?'

'Daniel Fink,' fluister ik terug.

'We gaan de geest van Daniel Fink oproepen,' vervolgt Samantha. 'Meneer Fink, als u mijn stem kunt horen, geeft u ons dan alstublieft een teken.'

Ik hoor mijn eigen ademhaling, en de geluiden van het verkeer in de verte. Buiten toetert een auto, en Samantha zegt: 'Dank u wel! We zullen dit opvatten als teken van uw aanwezigheid en uw bereidheid om met ons te spreken.'

Ik doe mijn mond open om iets te zeggen, maar Lizzy kijkt me doordringend aan vanaf de andere kant van het ouijabord. Samantha laat mijn hand los, dus ik laat die van Rick ook los. Hij en Lizzy blijven elkaars hand vasthouden tot ik mijn keel schraap, waarna ze hem snel loslaat.

'Let goed op allemaal,' zegt Samantha. 'Leg nu voorzichtig je rechterwijsvinger en middelvinger op het wijzertje.'

We leunen allemaal naar voren en volgen haar instructie op. Ze

doet haar ogen dicht en begint zachtjes heen en weer te wiegen.
'O grote geest van Daniel Fink, we roepen u aan en vragen u om
onze smeekbede te verhoren. Zeg ons alstublieft waar we de sleutels kunnen vinden van het kistje dat u Jeremy hebt nagelaten.'
Minutenlang gebeurt er niets. Het is moeilijker dan je denkt om
je hand licht te laten rusten op een stukje plastic. Ik begin kramp
te krijgen in mijn linkerbeen. Ik probeer het voorzichtig te strekken, want ik wil niet dat de wijzer beweegt en dat ik dan van vals
spel word beschuldigd. Als mijn vader echt hier was, dan zou ik
zijn aanwezigheid toch wel voelen?
Alsof ze mijn gedachten kan lezen, fluistert Lizzy: 'Voel je iets?'
'Ja,' antwoord ik. 'Ik voel me compleet voor gek zitten.'
Rick hinnikt zacht. Dit is de eerste keer dat hij *om* mij lacht, in
plaats van mij of Lizzy uit te lachen.
'Ssst!' fluistert Samantha luid. 'Concentreer je nou!'
'Stel nou dat Jeremy's vader al gereïncarneerd is?' vraagt Rick.
'Voor hetzelfde geld is hij nu een jongetje van vijf. Misschien wel
Bobby Sanchez!'
'Hou je mond!' zegt Samantha, en ze kijkt hem dreigend aan. 'Jere-
my's vader is *niet* Bobby Sanchez!'
'Hoe weet je dat nou?' vraagt Rick.
Lizzy bemoeit zich er nu ook mee: 'Hij en Jeremy kunnen het heel
goed met elkaar vinden...'
'Dit is echt belachelijk,' zeg ik, en ik trek mijn hand terug van het
wijzertje. 'Zie je wel dat ik deze dag beter had kunnen gebruiken
om erachter te komen hoe ik onzichtbaar kan worden?' Ik heb
meteen spijt van mijn woorden. Wat *mankeert* mij? Waarom geef
ik mensen nou altijd een aanleiding om me uit te lachen?
Maar in plaats van me uit te lachen, zegt Rick: 'Wil je leren hoe je
onzichtbaar kunt worden? Ik kan het je wel laten zien, hoor.'
Samantha kreunt. 'Niet dat weer! Ik dacht dat je hier een nieuwe
start wilde maken. Dat je, je weet wel, *normaal* wilde zijn.'

'Let maar niet op haar,' zegt Rick, terwijl hij overeind springt. 'Ze is gewoon jaloers omdat zij het niet kan.' Hij loopt de gang in, de cape wappert achter hem aan.

Bij gebrek aan beter kijk ik hulpzoekend naar Lizzy. Ze haalt haar schouders op. 'Kan geen kwaad.'

'Dat zei je net ook over *dit* hier!' Ik wijs naar het bord.

'Zij kan er niets aan doen,' zegt Samantha. 'Misschien heb ik iets verkeerd gedaan.' Ze kijkt zo teleurgesteld dat ik me meteen schuldig voel.

'Nee hoor, je deed het prima,' zeg ik, en ik probeer het oprecht gemeend te laten klinken. 'Ik betwijfel alleen of het echt mogelijk is om met mijn vader in contact te komen. Maar bedankt voor het proberen. Je wilde me alleen maar helpen.' Ik ga snel achter Rick aan voordat ze antwoord kan geven.

Als ik de hoek om ben, hoor ik haar tegen Lizzy zeggen: 'Hij is zo'n schatje! Weet je zeker dat jullie niets met elkaar hebben?'

'*Heel* zeker!' antwoordt Lizzy zonder een moment te aarzelen.

Als ik niet midden in mijn existentiële crisis had gezeten, zou ik gebloosd hebben bij het woord 'schatje'. Ik heb existentialisme trouwens in het woordenboek opgezocht en dit is de definitie: *een analyse van het individuele bestaan in een ondoorgrondelijk universum, en de positie van het individu dat de primaire verantwoordelijkheid draagt voor zijn handelingen uit vrije wil, zonder enige zekerheid te hebben over wat goed is of slecht.* Ik moest de definitie twee keer lezen voor ik hem begreep. Dat één woord zo veelomvattend kan zijn!

Ricks slaapkamer is gemakkelijk te herkennen aan een grote sticker met een schedel erop en gekruiste beenderen eronder. Ik klop op de deur en hoop stiekem dat hij is verdwenen en niet in zijn kamer is. Waar ben ik mee bezig? Waarom vertrouw ik hem? 'Kom maar binnen, en doe je schoenen uit,' roept hij.

Aarzelend doe ik de deur open, en ik zie dat hij op de grond zit, omringd door boeken. Terwijl ik mijn sneakers uittrek, zie ik een kleurrijke poster met allemaal lijnen en vormen boven zijn bed hangen.

'Dat is een Sri Yantra-diagram,' legt Rick uit. 'De onderling verbonden driehoeken kunnen je in een staat van hypnose brengen. Dat is ook een onderdeel van onze training.'

Ik ga naast hem op de grond zitten en gluur naar de boektitels. *Mystiek voor dummies, Het holografische universum,* en *Nieuwe natuurkunde: anders dan je vader het geleerd heeft.* Mijn hart begint sneller te kloppen. Dit zijn boeken die ik *zelf* zou kunnen lezen! Nou ja, misschien niet dat over mystiek. Ik ben meer een wetenschappelijk type.

'Heb je deze allemaal gelezen?' vraag ik.

'Wel twee keer! Als je onzichtbaar wilt worden, moet je begrijpen wat de werkelijkheid inhoudt. Want je weet toch dat er niet zoiets bestaat als een objectieve werkelijkheid, neem ik aan? Een feitelijke, tastbare werkelijkheid?' Eerst vertelt meneer Rudolph me dat het woord *betekenis* geen betekenis heeft, en nu dit weer? Vertwijfeld vraag ik: 'Hoe kan het nou dat de werkelijkheid niet echt is?'

'Alles wat we denken te weten, is slechts een interpretatie van onze zintuigen,' legt hij geduldig uit. 'De geluiden die we horen zijn slechts golven in de lucht; kleuren zijn niets anders dan elektromagnetische straling; je smaakzin functioneert als gevolg van moleculen op een specifiek gebied van je tong. Kijk, als je ogen het infrarode deel van het lichtspectrum zouden kunnen zien, dan zou de lucht groen zijn en de bomen rood. Sommige dieren zien dingen op een heel andere manier dan wij, dus wie weet hoe zij kleuren zien. Niets is echt zoals we het waarnemen. Snap je dat?'

Ik knik weer, geschokt door alles wat hij me vertelt. Als ik er niet meer op kan vertrouwen dat de lucht blauw is, dan heb ik weinig hoop dat ik er ooit achter kom wat de zin van het leven is. Hoe kan ik de zin van het leven vinden in een wereld waarin de lucht net zo goed groen kan zijn? Of oranje?

Hij vervolgt: 'Materie, het spul waar we allemaal van gemaakt zijn, is eigenlijk een energiegolf, maar dan in een andere vorm. De elektronen die in ons lichaam rondzoemen zijn overal en nergens tegelijkertijd. Kijk eens naar je hand.'

Ik kijk omlaag naar mijn rechterhand.

'Als je een atoommicroscoop had, zou je alle atomen kunnen zien die samen de huid van je hand vormen. In het midden van elk atoom zit een kern, met neutronen, protonen en elektronen, ja?'

'Dat weet ik niet precies,' moet ik bekennen. 'We krijgen volgend jaar pas scheikunde.'

'Geloof nou maar dat het zo in elkaar zit. Maar het rare is, dat de rest van het atoom, de andere negenennegentig-komma-negennegen procent, leeg is. Tussen alle atomen zit een lege ruimte. Dus eigenlijk worden wij, en alle andere dingen, bij elkaar gehouden door niets.'

Ik staar zo geconcentreerd naar mijn hand dat mijn ogen beginnen te prikken.

'Als je echt beseft dat je slechts een energiegolf bent,' zegt hij op een toon die doet vermoeden dat hij bijna de clou gaat vertellen, 'dan kun je verdwijnen.'

Ik zet grote ogen op. 'Wanneer kan ik beginnen?'

'Nu,' zegt Rick. 'Ga vlak voor de poster staan, een klein stapje van de muur vandaan. Richt je blik op het midden van de afbeelding, maar ontspan je ogen zodat je een beetje scheel gaat kijken. Knik maar als je zover bent.'

Ik probeer mijn ogen te ontspannen, maar ze vallen steeds dicht als ik dat doe. Uiteindelijk kijk ik naar de poster alsof ik ergens naar kijk wat veel verder weg is, en dat gaat beter. Ik knik naar Rick.

'Mooi,' zegt hij. 'Visualiseer nu een wit licht, en stel je voor dat je je in dat licht bevindt. Het witte licht wordt steeds feller. Het begint alle objecten in mijn kamer te absorberen.'

'O ja?' vraag ik.

'Ja. Niet praten! Nu zie je jezelf steeds vager worden in het licht, totdat je het licht niet meer kunt zien.'

Ik word een beetje licht in mijn hoofd als ik me het witte licht om mij heen probeer voor te stellen. Het lijkt alsof de hele wereld zich binnen de poster bevindt, en de randen van de afbeelding beginnen te vervagen.

'Werkt het?' vraag ik opgewonden. 'Ben ik onzichtbaar?'

Rick schudt zijn hoofd. 'Nee. Ik kan je nog steeds zien. Hou vol.'

Ik blijf nog een paar minuten doorstaren, tot ik bang ben dat ik voorgoed scheel zal kijken. Ik slaak een diepe zucht en draai me dan aarzelend om. 'Hoe lang heb jij erover gedaan voor het je lukte?'

'Ik?' vraagt hij verbaasd. 'Ik heb het nog nooit geprobeerd.'

Ik kijk hem achterdochtig aan.

'Hé, ik heb nooit gezegd dat ik het kon, ik heb alleen gezegd dat ik het je kon *leren*.'

'Dan heb je al die boeken zeker ook niet gelezen!'

Hij haalt zijn schouders op. 'Gelezen, ingekeken, doorgebladerd, komt allemaal op hetzelfde neer.'

Ik trek snel mijn sneakers weer aan, verkeerd om, maar ik doe geen moeite om ze om te wisselen. Hoewel ik het antwoord eigenlijk niet wil horen, vraag ik: 'Al die dingen die je me net hebt verteld, over de werkelijkheid en zo, heb je die ook allemaal verzonnen?'

'Nee,' zegt hij ernstig. 'Ik zweer het. Dat is allemaal waar.'

Daar ben ik blij om, maar ik ben wel kwaad op hem omdat hij me, zij het heel even, heeft laten geloven dat hij me onzichtbaar kon maken. Zonder gedag te zeggen ga ik zijn kamer uit en ik struikel bijna over mijn voeten als ik door de gang ren. Als ik langs Samantha's kamer loop, hoor ik haar en Lizzy lachen. Ze zijn muziek aan het draaien.

Rick haalt me in als ik bijna bij de voordeur ben. 'Waarom zou *ik* nou in vredesnaam onzichtbaar willen zijn? Dat is toch iets voor kleine kinderen!'

Ik ben maar één jaar jonger dan hij, maar ik doe geen moeite om hem daaraan te herinneren. Het is mijn eigen schuld dat ik hem vertrouwd heb.

En misschien ook Lizzy's schuld. Zeker weten ook Lizzy's schuld.

13 DE TELESCOOP

Mary zet twee grote glazen limonade voor ons neer, en midden op de witte tuintafel zet ze een schaal koekjes met stukjes pinda en chocola erin. Als ze mijn blije gezicht ziet, knipoogt ze naar me. En dat terwijl ik ervan overtuigd was dat niets of niemand mij uit mijn depressie zou kunnen krijgen.

We zitten in de achtertuin van meneer Oswald, omdat de laden van zijn bureau worden leeggeruimd en ingepakt. Ik had geen idee dat er in Manhattan tuinen waren – naast de parken dan. Vanaf hier hoor je alleen maar gedempte straatgeluiden, en er zitten zelfs een paar vogels te tsjilpen in de lage bomen. Het is heel vredig.

'Mag ik jullie notitieboekjes zien?' vraagt meneer Oswald, en hij steekt zijn hand uit. Ik doe mijn rugzak open en geef hem mijn boekje. Lizzy haalt haar boekje uit haar zak en verontschuldigt zich voor de kreukels.

Het heeft me gisteravond mijn hele UvJ gekost om mijn gedachten over de gebeurtenissen bij meneer Rudolph op papier te krijgen. Wat hij allemaal had verteld, haalde ik steeds door elkaar met wat Rick had gezegd over dat op het kleinste niveau niets met elkaar verbonden is. Ik had de hele nacht het gevoel dat ik, als ik mijn ogen dicht zou doen, zou wegdrijven in een vacuüm van leegte. Ik weet dat ik mijn verslag van het bezoek beter meteen na thuiskomst had kunnen opschrijven, maar ik had het te druk met mijn identiteitscrisis. En daar ben ik nog steeds niet helemaal uit, hoe vredig het ook is om hier naar de rondfladderende vlinders te kijken.

Ik kijk naar meneer Oswalds gezicht terwijl hij Lizzy's notitieboekje leest. Soms glimlacht hij even, of hij knikt, of kijkt vragend. Ik gluur naar Lizzy, en ik zie dat ze zit te wiebelen en beurtelings haar plakkerige blote benen van de plastic stoel lostrekt.

'Heel goed, juffrouw Muldoun, zegt hij, en hij klapt het boekje weer dicht en geeft het terug aan Lizzy. 'Je hebt veel oog voor detail, vooral bij het beschrijven van hoe het eruitziet bij de mensen thuis.' Lizzy straalt als ze het boekje aanpakt. 'Maar,' voegt hij toe, 'misschien kun je de volgende keer iets meer aandacht besteden aan wat de mensen die jullie ontmoeten te vertellen hebben, en wat je daarvan vond. Goed?'

Lizzy knikt onzeker, nog zichtbaar blij met het complimentje dat hij haar eerst gaf.

'En ik hoop dat je blij bent met je nieuwe lamp,' voegt hij er glimlachend aan toe.

'O, ja,' zegt Lizzy opgetogen. 'Mijn vader heeft er een nieuwe gloeilamp in gedaan en het koordje vervangen, en hij doet het prima! Onze woonkamer is nu veel kleuriger.' Dan voegt ze er snel aan toe: 'Ik heb tegen meneer Rudolph gezegd dat hij hem zelf moest houden, echt waar.'

Meneer Oswald geeft haar een warme glimlach. 'Dat weet ik. Dat vertelde hij.'

'Hebt u meneer Rudolph dan gesproken?' vraag ik verbaasd.

Hij knikt.

'Zei hij, eh, nog iets over ons?'

'Alleen dat hij erg had genoten van jullie bezoek.'

'O, dan is het goed,' antwoord ik opgelucht. Misschien zou meneer Oswald het wel helemaal niet op prijs stellen als hij zou horen dat we hem naar de zin van het leven hadden gevraagd. Het past niet echt binnen onze functieomschrijving. Hij kan er ook niets aan doen dat we dit werk doen, in plaats van naar de sleutels van mijn vaders kistje te zoeken en te ontdekken wat de zin van het leven is. Als hij mijn boekje openslaat en wil gaan lezen, kan ik het niet laten om me bij voorbaat al te verontschuldigen. 'Sorry, maar het is niet echt een samenhangend verhaal geworden, meneer Oswald. Ik had een hoop om over na te denken.'

Zonder op te kijken, zegt hij: 'Je moet je nooit verontschuldigen voor de waarheid, meneer Fink. Er zijn geen goede of foute antwoorden.'

Dat ben ik niet met hem eens. Als er geen goede of foute antwoorden zouden zijn, zou iedereen op school tienen halen.

Lizzy slurpt haar laatste restje limonade op en zegt: 'Ik was bang dat Jeremy helemaal niets zou schrijven. Want hij zit in een existentiële crisis, weet u.'

Ik zou haar graag een schop willen geven, maar ze zit te ver weg. Meneer Oswald trekt zijn wenkbrauwen op. 'Is dat zo?'

Lizzy knikt. 'En toen heeft hij geprobeerd om onzichtbaar te worden.'

De verleiding is erg groot om mijn glas limonade over Lizzy heen te gooien, maar met geweld is immers nog nooit iets opgelost?

Meneer Oswald kijkt me aan. 'Je hebt het inderdaad druk gehad. Nou, eens even kijken wat we hier hebben.' Onder het lezen mompelt meneer Oswald: 'Dat is een heel interessant punt. En dit ook. Ik snap niet helemaal wat je hiermee bedoelt, maar ik begrijp waar je heen wilt. Hmm, ja, zo had ik er nog nooit tegenaan gekeken. Heel goed. Heel scherpzinnig.'

Ik krijg een rood hoofd als hij me het boekje teruggeeft. Ik stop het snel weer in mijn tas. Meneer Oswald wendt zich tot Lizzy. 'Juffrouw Muldoun, waarom ben jij hier?'

Lizzy zet haar handen op de leuning van de plastic stoel, alsof ze wil gaan staan. 'Eh, wilt u dat ik wegga?'

Meneer Oswald moet lachen. 'Nee, nee, natuurlijk niet, ik bedoel, waarom ben je *hier*?'

Lizzy doet nog een poging. 'Vanwege een klein misverstand in een kantoor?'

'Nee, nee, dat bedoel ik ook niet,' zegt meneer Oswald. 'Ik bedoel, waarom denk jij dat je hier op aarde bent, op dit moment in onze geschiedenis?'

'O,' zegt Lizzy. 'Ik weet het niet. Daar heb ik nog nooit over nagedacht.'

'Jeremy heeft er heel veel over nagedacht. Jij bent zijn beste vriendin, weet je zeker dat jij er niet een paar gedachten aan hebt gewijd?'

Lizzy schuift ongemakkelijk heen en weer in haar stoel. Ze speelt met het rietje in haar inmiddels lege glas.

'Ik weet het echt niet,' mompelt ze. Dan stopt ze plotseling met haar zenuwachtige gewiebel, en ze zegt: 'Als u zoveel weet, waarom vertelt *u* ons dan niet waarom we hier zijn?'

Ik krimp ineen bij Lizzy's brutale antwoord, maar meneer Oswald lacht en zegt: 'Lizzy, in mijn tijd zouden ze je een heethoofd hebben genoemd.'

'Bedankt,' zegt ze, en ze haalt diep adem. 'Denk ik.'

'Maar ik vrees dat ik die vraag niet voor jullie kan beantwoorden. Eigenlijk weet ik niet eens zeker of het wel de juiste vraag is.'

Dat klinkt logisch. Want toen ik meneer Rudolph naar de zin van het leven vroeg, zei hij hetzelfde. Dat ik de verkeerde vraag stelde. Hoe kan ik ooit antwoorden vinden als ik de vragen steeds door elkaar gooi? Op dit soort momenten zou ik mijn linkervoet willen verkopen voor een zakje zure beren.

Meneer Oswald wacht geduldig tot de hommel die rond zijn glas zoemt, weer wegvliegt. 'Als ik jou was,' zei hij, 'zou ik meer geïnteresseerd zijn in *hoe* we hier zijn. Waarom is er iets in plaats van niets? Als we *dat* zouden begrijpen, zouden we ook het waarom weten.'

Ik zink weg in mijn stoel. 'Maar hoe moet ik *daar* ooit achter komen?'

Hij gebaart achter zich, en James komt dichterbij met de kleine koperen telescoop. Ik vraag me af hoe lang hij daar al heeft gestaan.

'Het toeval wil,' zegt meneer Oswald, en hij pakt de telescoop aan en geeft hem aan mij, 'dat jullie vandaag iemand gaan ontmoeten die misschien wel antwoord kan geven op die vraag.'

Lizzy kreunt. 'Het is zeker te laat om alsnog afval te gaan prikken in Central Park?'

We zitten nog geen tien minuten in de auto, als James stopt voor het Museum of Natural History, en de auto netjes inparkeert.

'Iedereen uitstappen,' zegt hij over zijn schouder.

'Maar we moeten de telescoop toch terugbrengen naar…' Ik kijk op de envelop die op mijn schoot ligt. We hebben nog niet eens tijd gehad om hem open te maken. 'Naar Amos Grady? Die jongen uit Kentucky?'

James knikt. 'Tegenwoordig is het *doctor* Amos Grady, een bekende astronoom. Jullie gaan de telescoop bij hem terugbezorgen op zijn kantoor, in het museum.'

'Hé, ik ken deze plek,' zegt Lizzy, en ze kijkt naar de grote vlag die aan de gevel van het gebouw hangt. 'We zijn hier twee jaar terug met school geweest, naar die voorstelling in het planetarium. Ik viel in slaap en toen heb jij me zo hard geknepen dat ik een blauwe plek had! Weet je nog, Jeremy?'

Het kwam allemaal weer terug. 'Jij snurkte! Ik begrijp nog steeds niet hoe iemand in slaap kan vallen bij de geboorte van een ster in een melkwegstelsel ver van ons vandaan.'

'Ik begrijp niet hoe je daar *wakker* bij kunt blijven,' kaatst ze terug. 'En ik ben het zat om vanaf deze plek naar het museum te kijken!'

Voordat ik iets ga zeggen waar ik later spijt van krijg, pak ik de telescoop, die we in bubbeltjesplastic hebben ingepakt, en stap uit de auto. James gooit acht kwartjes in de meter. Lizzy stapt ook uit en geeuwt overdreven.

'Ze is echt hopeloos,' klaag ik tegen James als we de trap naar de hoofdingang oplopen.

175

Hij schudt zijn hoofd. 'Moet je je voorstellen hoe saai het leven zou zijn als iedereen dezelfde dingen interessant zou vinden. Stel nou dat iedereen een topkok zou willen zijn? Dan had je een overschot aan mensen die maaltijden klaarmaken, maar niemand om het voedsel te verbouwen, het naar de markt te brengen en het in de schappen te leggen. Ja toch?'

'Maar toch,' mopper ik. 'Het was toevallig wel een *nieuwe ster*.'

Het museum is vol met ouders die kinderen aan de hand mee-sleuren, of achter ze aan rennen om ze bij te houden. Een jonge-tje zit in kleermakerszit op de grond te jammeren dat hij daar de rest van de dag blijft zitten, als hij niet meer naar de dinosaurus-sen mag. James loopt naar de balie; wij blijven achter en kijken om ons heen.

Een moeder sleurt het schreeuwende dinosaurusventje achter ons langs. Met de zware telescoop in mijn armen, zeg ik tegen Lizzy: 'Zie je nou? *Dat* jongetje is tenminste enthousiast.'

Ze houdt haar oren dicht. 'Als ik zijn moeder was, zou ik hem hier lekker laten zitten.'

'Moeders laten hun kind niet zomaar ergens achter, alleen omdat het huilt.'

'O, is dat zo?' vraagt ze zonder me aan te kijken. 'En waarom zou-den ze hun kind dan *wel* achterlaten?'

Die had ik natuurlijk kilometers van tevoren moeten zien aan-komen. Ik denk zelden aan Lizzy's moeder, en Lizzy heeft het bijna nooit over haar. Ik voel me een sukkel.

'Sorry,' mompel ik, en ik probeer met mijn voet haar teen aan te tikken.

'Maakt niet uit,' mompelt ze terug.

James komt aanwandelen. 'Ik heb dr. Grady even gebeld met de telefoon van de bewaker. Hij verwacht ons in het laboratorium voor astrofysica, op de begane grond. Loop maar met me mee.'

James bestudeert een plattegrondje dat hij in zijn hand heeft en loopt naar de andere kant van de verdieping, naar een boog waar-boven ROSE CENTER staat.

Mijn hart maakt een sprongetje en ik struikel bijna over mijn eigen voeten als ik achter hem aan ren. We gaan naar een echt weten-schappelijk laboratorium! In het meest fantastische museum ter wereld!

'Ho, ho, nerdieboy,' hoor ik Lizzy achter me roepen. Ze neemt de telescoop van me over. 'Je doet zo wild dat je bijna dit ding liet val-len.'

Ik weet niet wat ik erger vind, dat ze me nerdieboy noemt, of zegt dat ik wild doe. 'Alle grote wetenschappers waren nerds,' zeg ik. 'Als Albert Einstein op voetbal had gezeten, zou hij dan de relativi-teitstheorie hebben bedacht, denk je?'

'Word ik geacht te weten wat dat is?'

'Ik kan het je nu niet uitleggen,' antwoord ik. 'Maar het is heel belangrijk!'

We gaan onder de boog door en komen in een grote open ruim-te met een hoge wenteltrap vol grafieken en diagrammen over het heelal. Het plafond en de muren van de ruimte zijn helemaal van glas. Totaal anders dan de rest van het museum.

'Hé, heb je die envelop nou bij je?' vraagt Lizzy als we achter James aan lopen.

Ik voel in mijn broekzakken tot ik hem heb gevonden. 'Niet te geloven, we waren bijna vergeten om hem te lezen.' Ik scheur hem aan de bovenkant open, waarbij de brief nog net heel blijft, en vouw het papier dan snel open. Ik lees de brief hardop voor, en probeer intussen tegen niemand op te botsen.

```
Oswalds Pandjeshuis
Datum: 3 april 1944
Naam: Amos Grady
Leeftijd: 15
Locatie: Brooklyn
Object dat wordt verpand: Telescoop
Persoonlijke verklaring van de Verkoper: deze
telescoop was vroeger van mijn grootvader.
Hij deed niets liever dan hier doorheen kij-
ken. Hij heeft hem aan mij nagelaten, in zijn
testament. Ik heb geld nodig voor het tenue
van mijn atletiekploeg. De spikes zijn heel
erg duur en mijn ouders kunnen ze niet beta-
len. Ik moet hardlopen om volgend jaar een
beurs voor de technische universiteit te kun-
nen krijgen. Mijn grootvader zou het wel
begrijpen. Dat weet ik zeker. Bijna zeker.
```

Op de foto staat een jongen met een flinke bos krullen, die de telescoop tegen zijn borst klemt. Ik tuur naar de foto. Volgens mij heeft hij tranen in zijn ogen.
Onder de foto staat:

```
Prijs: $45 (Vijfenveertig dollar)
Was getekend: Oswald Oswald, Eigenaar
```

Ik vouw de brief weer op en stop hem terug in de envelop. Ik wil niet dat Lizzy ziet dat de jonge Amos huilend op de foto staat.
'Hoe ziet hij eruit op de foto?' vraagt Lizzy. 'Is hij knap?'
Ik blijf stilstaan. James is al halverwege de zaal, maar ik neem aan dat hij wel bij ons in de buurt blijft. 'Waarom vraag je dat?'
Ze haalt haar schouders op. 'Atleten zijn meestal knap. Atleten en honkballers, die zijn altijd het knapst. Voetballers en hockeyers niet zo. Dat weet iedereen.'
'Houd er rekening mee,' zeg ik, 'dat deze atleet inmiddels de zeventig gepasseerd is.'

Lizzy snuift minachtend. 'Ik zei toch niet dat ik een date met hem wil.' Dan zegt ze: 'Niet bewegen, kijk naar de grond.'

Ik bevries ter plekke en kijk langzaam naar de grond, ik heb geen idee wat ik daar zal zien. Eerst zie ik alleen een paar knipperende rode cijfers: 8,15 kg. Ik blijk boven op een weegschaal te staan die is ingebouwd in de vloer. Aha! Dus ze kunnen *inderdaad* weegschalen onder de grond maken. Ik wist het wel!

'Wauw,' zegt Lizzy. 'Dat je mager was, wist ik, maar *zo* mager!' Ik zoek om me heen naar een toelichting bij de weegschaal, maar die zie ik nergens.

Er komt een man aan met een wilde witte haardos, die een witte laboratoriumjas draagt en een bril met ronde glazen. Hij heeft een klein huppeltje in zijn pas. Hij doet me denken aan een poster van Albert Einstein, die onze natuurkundeleraar in de klas had opgehangen. Tot mijn verrassing loopt James naast hem.

De oude man wijst naar de weegschaal en zegt: 'Zoveel zou je wegen als je op de maan zou staan. Minder zwaartekracht.'

Ik zet grote ogen op. 'Cool!'

'Laat mij het eens proberen,' zegt Lizzy. Ze geeft de telescoop aan mij en stapt zelf op de weegschaal. '7,7 kilo!' leest ze hardop.

'Als je op de zon zou staan,' zegt de oude man, 'dan zou je meer dan een ton wegen.'

'Wauw,' zegt Lizzy, en ze knikt goedkeurend. 'Dan zou niemand me ooit nog lastig durven vallen!'

James schraapt zijn keel. 'Dit is dr. Grady,' zegt hij. 'Dr. Grady, dit zijn Jeremy Fink en Lizzy Muldoun. Deze aardige doctor kon blijkbaar niet wachten tot we zijn lab hadden bereikt.'

Dr. Grady lacht schaapachtig. 'Vergeef me mijn ongeduld. Wij wetenschappers zijn een nieuwsgierig volkje. Ik kreeg een telefoontje dat er twee mensen onderweg waren die iets bij zich hebben dat van mij is, en tja, dan kan ik natuurlijk niet meer rustig in mijn kantoor blijven zitten.'

'Jullie weten hoe het werkt,' zegt James tegen Lizzy en mij. 'Ik wacht op jullie in de zaal van de dinosaurussen. Kom daar maar naartoe als jullie klaar zijn.'

'Tot zo, James,' antwoordt Lizzy. Ik zeg niets. Ik staar naar dr. Grady in zijn witte laboratoriumjas. Een echte wetenschapper! Wat zal hij veel weten over de wereld!

'Is dat het?' vraagt dr. Grady.

Blijkbaar ziet hij dat ik hem niet begrijp, want hij geeft een tikje tegen de telescoop in mijn armen.

'O!' roep ik uit, en ik krijg een rood hoofd. 'Ja, dit is het.' Ik geef hem de telescoop en hij gaat op een bankje zitten om hem uit te pakken. Als hij halverwege is stopt hij. Tot mijn verrassing en afschuw laat hij zijn hoofd in zijn handen zakken en begint te huilen. Lizzy's ogen lijken elk moment uit haar hoofd te kunnen rollen.

'Wat doen we nu?' fluistert ze zachtjes.

Ik schud mijn hoofd, volslagen in de war. Ik heb maar één keer eerder een volwassen man zien huilen, en dat was mijn vader, die naar een aflevering van *Kunst en Kitsch* zat te kijken, waarin iemand een oude koperen pan bij zich had die van Benjamin Franklin bleek te zijn geweest.

Maar dit is iets heel anders.

Na nog een laatste schok van zijn schouders veegt dr. Grady met de rug van zijn hand zijn ogen af. 'Het spijt me, kinderen,' zegt hij. 'Ik ben altijd al een huilebalk geweest. Daar ben ik op school meedogenloos mee gepest.'

Ik geef de envelop aan dr. Grady, en die pakt hem heel langzaam aan. Tijdens het lezen van de brief snikt hij nog wat na.

Ik ben nooit erg goed geweest in het troosten van mensen, en dat is mijn moeders schuld, omdat ik nooit een echt huisdier heb mogen hebben.

Dr. Grady steekt de brief in de zak van zijn jas en richt zijn aandacht weer op de telescoop. 'Ik had nooit durven dromen dat ik dit ding ooit nog eens terug zou zien,' zegt hij liefdevol. 'Nu moeten jullie me vertellen hoe hij in jullie bezit is gekomen.'

Net als ik antwoord wil geven, zegt Lizzy: 'We vertellen het onder één voorwaarde.'

Ik kijk haar boos aan. Wat denkt ze wel niet?

Dr. Grady lijkt het wel grappig te vinden. 'En welke voorwaarde is dat?'

'Dat u ons vertelt wat de zin van het leven is,' gooit ze eruit.

Ik schud mijn hoofd.

'Nee, wacht,' zegt ze. 'Ik bedoel het *doel* van het leven. Dat is wat ik bedoel, snapt u dat?'

Ik schud weer mijn hoofd. Dr. Grady's blik gaat van Lizzy naar mij en weer terug.

'Oké dan. Dûh!' zegt Lizzy. 'Ik bedoel, *waarom* zijn we hier? *Dat* wil ik weten.'

Ik zucht. 'Wat ze eigenlijk bedoelt, is: *hoe* zijn we hier? Waarom is er iets in plaats van niets? Meneer Oswald dacht dat u dat misschien wel zou weten.'

Hij zet grote ogen op. 'Leeft de Oude Ozzy nog? Onmogelijk! Hij was al stokoud toen ik nog een jongen was!'

'Nee, nee,' verzeker ik hem. 'Onze meneer Oswald is zijn kleinzoon.'

Dr. Grady staat op van het bankje. 'Wat een opluchting,' zegt hij. 'Ik dacht heel even dat de Oude Ozzy een tijdmachine had gebouwd.'

Ik spits mijn oren. Als er iemand is die zou kunnen weten hoe je een tijdmachine bouwt, dan is het dr. Grady wel.

'Doe maar,' zegt Lizzy, die zoals gebruikelijk mijn gedachten heeft gelezen. 'Vraag het hem maar. Dat wil je toch?'

'Wat wil je vragen?' zegt dr. Grady, terwijl hij de telescoop voorzichtig optilt. 'Iets wat belangrijker is dan hoe we hier met zijn

allen in deze uithoek van de Melkweg terecht zijn gekomen?'
Ik krijg de vraag niet over mijn lippen. Het klinkt ineens zo onnozel.

'Hij wil weten hoe je een tijdmachine moet bouwen,' verklapt Lizzy. 'Daar is hij al vijf jaar mee bezig.'

'Nou, niet echt mee bezig,' leg ik snel uit. 'Ik lees er vooral over. En dan vooral over teruggaan in de tijd. Niet over reizen in de toekomst. Want ik geloof niet dat dat mogelijk is.'

Hij glimlacht. 'Ik vrees dat tijdreizen op dit moment nog een puur theoretische kwestie is. Maar je hebt gelijk als je zegt dat alle bekende natuurwetten erop wijzen dat het reizen naar de toekomst waarschijnlijk onmogelijk is. Ik moet zeggen dat ik de mogelijkheid van reizen naar het verleden nog niet helemaal heb afgeschreven. Maar aangezien er vanuit het verleden geen mogelijkheid is om weer terug te keren naar de toekomst, zouden er twee versies van jou in het verleden rondlopen en niet één in het heden. In theorie natuurlijk. Heel verwarrend. En buitengewoon onpraktisch. Maar waarom zou een jongeman als jij zoiets eigenlijk willen?'

Mijn keel zit dichtgeschroefd. Gelukkig probeert Lizzy deze keer niet voor mij te antwoorden.

'Als jullie hier nou even wachten,' zegt dr. Grady vriendelijk, 'dan zet ik dit ding in mijn kantoor en zal ik jullie daarna een rondleiding geven. Dan kunnen we nog even doorpraten.'

Ik knik zwijgend, en we gaan op het bankje zitten. Mijn blik dwaalt omhoog naar een gigantische metalen bal die aan het plafond hangt, en waar DE ZON op staat. Er hangt een klein balletje naast. DE AARDE. Hoe kan ik die over het hoofd hebben gezien? Eén knip in de kabel en we worden verpletterd. Er hangt een bordje naast waarop staat: ONZE AARDE PAST MEER DAN EEN MILJOEN KEER IN DE ZON.

Ik voel me heel erg klein.

14 HET LEVEN, HET HEELAL, ALLES

'Gaat het een beetje?' vraagt Lizzy. 'Je ziet er een beetje wazig uit.
Nog waziger dan anders, bedoel ik. Ik hoop dat je het niet erg
vindt dat ik net over die tijdmachine begon. Heb jij trouwens iets
begrepen van dat hele verhaal?'
Ik ruk mezelf los van de modellen van de zon en de aarde, en haal
diep adem. 'Het komt erop neer dat hij heeft gezegd dat zelfs áls
ik een manier zou vinden om terug te gaan in de tijd, om mijn
vader te redden, dat ik hem dan toch niet echt zou kunnen redden. Want ik zou hem dan niet mee terug kunnen nemen naar het
heden. En als ik niet meer terug zou kunnen komen, dan zou mijn
moeder alleen achterblijven, zonder mijn vader *en* zonder mij.'
'Maar er zouden dan wel twee Jeremy Finks zijn in het verleden.
Dat zou wel leuk zijn, toch?'
Ik schud mijn hoofd. 'Eén versie van mij is genoeg.'
'Maar dan zou je de andere Jeremy je wiskundehuiswerk kunnen
laten maken, terwijl jij, de echte Jeremy, met mij zou kunnen rond-
hangen. Twee Jeremy's betekent twee keer zoveel mensen op aarde die met mij om willen gaan.'
'Ten eerste,' antwoord ik, 'vind ik wiskunde leuk. Maar bedankt dat
je me probeert op te vrolijken. En ten tweede ben ik niet de enige
die jou aardig vindt. Je vader vindt je bijvoorbeeld ook aardig.'
'Hij *moet* wel, ik ben zijn dochter.'
'En Samantha vindt jou volgens mij ook wel aardig.'
Lizzy haalt haar schouders op. 'Ik hoorde haar tegen Rick zeggen
dat ze me wel "gezellig" vindt.'

'Nou, zo erg klinkt dat toch niet?'

Lizzy trekt een lelijk gezicht. '*Honden* zijn gezellig.'

Ik haal mijn schouders op. 'Lang niet allemaal.'

Lizzy lacht. Op dat moment komt dr. Grady eraan. Hij heeft zijn witte laboratoriumjas uitgetrokken, maar hij lijkt nog steeds op Einstein. 'Kom op,' zegt Lizzy, en ze trekt me omhoog. 'Laten we maar eens uit gaan vinden hoe we in deze, hoe noemde hij het ook alweer? … uithoek van de Melkweg terecht zijn gekomen.'

'Ik heb nog eens nagedacht over je vraag, meneer Fink,' zegt dr. Grady, en hij legt zijn hand op mijn schouder. 'Er is toch een manier om in het verleden te kijken, wanneer je dat maar wilt. Ik vrees alleen dat dit niet helemaal is wat je zoekt, maar het is in elk geval een geschikt uitgangspunt voor het beantwoorden van je eerste vraag, hoe we hier zijn gekomen, en misschien vinden daarna we zelfs een antwoord op de *waarom*-vraag. Volg mij maar en houd in gedachten dat dit slechts de wetenschappelijke uitleg is, gebaseerd op wat we kunnen waarnemen en meten met onze huidige apparatuur.'

Hij brengt ons tot boven aan de wenteltrap. De meeste mensen lopen de route andersom, dus we lopen tegen de mensenmassa in. 'Ik neem aan dat jullie wel eens van een lichtjaar hebben gehoord?' vraagt hij. Ik knik. Lizzy knikt ook, maar ik verdenk haar ervan dat ze op elke vraag ja zou knikken, als ze maar niet naar de uitleg hoeft te luisteren. Volgens mij is dr. Grady ook niet overtuigd, want hij legt uit: 'Als een object, een ster bijvoorbeeld, zoals onze eigen zon, achthonderd lichtjaren van de aarde verwijderd is, betekent dit dat het licht dat dit object uitstraalt, er achthonderd jaar over doet voordat het onze ogen bereikt. Dus als je nu naar dat object kijkt, zie je het zoals het er achthonderd lichtjaren geleden uitzag, en niet zoals het er nu uitziet. Misschien bestaat het wel helemaal niet meer. Dus als je naar de sterrenhemel kijkt,' vervolgt dr. Grady, 'dan kijk je in het verleden.'

Hij wijst naar een kaart van de nachtelijke hemel, en ik herken een aantal sterrenbeelden die we op school hebben geleerd. Zijn blik valt op Lizzy, die haar gebit staat te bestuderen in het spiegelglas van een van de vitrines. 'Ik verveel je toch niet, hoop ik? We kunnen ook naar de museumwinkel gaan, als je dat leuker vindt.'

Ik wil Lizzy een schop geven, maar ze springt snel opzij. Ze valt bijna in een model van het zonnestelsel. 'Vertelt u alstublieft verder, dr. Grady,' dring ik aan.

'Goed dan. Handen uit de mouwen, dan geef ik jullie een spoedcursus in de geschiedenis van het heelal. Klaar?'

'Uh, we hebben korte mouwen,' wijst Lizzy hem terecht.

'Het is maar een uitdrukking, lieve kind. Zoals: "Het gaat om de reis, niet om de bestemming." Zal ik verdergaan?'

'Welke reis bedoelt u?' vraagt Lizzy.

'Nou, het leven natuurlijk.'

'O,' zegt Lizzy. 'Oké.'

Dr. Grady gaat een paar treden omlaag en wijst naar een citaat dat in de muur gegraveerd is. Hij leest het hardop voor: '"Het heelal is vreemder dan we bevatten, en vreemder dan we *kunnen* bevatten." Daarmee zijn we terug bij onze oorspronkelijke vraag: hoe komt het dat we in dit vreemde, nauwelijks te bevatten heelal terecht zijn gekomen? Om die vraag te kunnen beantwoorden, moeten we helemaal bij het begin beginnen. Ongeveer dertienkomma-zeven miljard jaar geleden was er niets wat we kunnen meten. Geen ruimte. Geen tijd. Toen, plotseling, was er iets. Dit iets wordt een singulariteit genoemd, een punt met een zo grote dichtheid, en zo heet, dat hij alle materie bevatte die ooit in het heelal te vinden zal zijn. Niemand weet waar dit iets vandaan kwam. Misschien zat er een Opperwezen achter, of kwam het uit een totaal ander universum waar we niets vanaf weten. Maar we weten *wel* wat er daarna gebeurde.'

Ik steek automatisch mijn vinger op. Lizzy lacht, en ik doe hem snel weer omlaag. 'De oerknal?'

'Precies!' zegt dr. Grady, handenwrijvend van opwinding. 'Maar die moet je niet zien als een knal of een explosie, want eigenlijk was het een gigantische *expansie*, alsof een onvoorstelbaar klein ballonnetje wordt opgeblazen tot een onvoorstelbaar grote ballon, die ook nu nog steeds groter wordt.'

Dr. Grady pauzeert even en strijkt met zijn handen over zijn haar. Niet dat het helpt, want het springt toch meteen weer omhoog. Lizzy begint zachtjes te neuriën. Ik geef haar een por in haar ribben. Ze werpt me een vuile blik toe, maar stopt wel met neuriën. Dr. Grady lijkt het niet te merken.

'Alle materie en alle energie in het heelal,' legt hij opgewonden uit, 'en ook wij, bevinden ons in deze ballon. De planeten, de sterren, jij en ik, we zijn allemaal ontstaan uit hetzelfde spul, uit diezelfde punt in de tijd, dertien-komma-zeven miljard jaar geleden. Het heelal is uitgedijd met een snelheid die vele malen hoger is dan de snelheid van het licht, en daarbij kwamen subatomaire deeltjes vrij en ontstonden er dingen als zwaartekracht en elektromagnetisme. Uit gassen en stofwolken ontstonden sterren, en uit brokstukken en ijs vormden zich planeten. Kunnen jullie het nog volgen?'

Ik knik, mijn hoofd tolt. Dus eigenlijk ben ik helemaal niet twaalf (bijna dertien) jaar geleden geboren? In het echt ben ik dus 13,7 miljard jaar geleden geboren? Dan heb ik nog een hoop verjaardagscadeaus te goed!

'Laten we nu iets dichter bij huis gaan kijken,' zegt dr. Grady vrolijk. Het is geweldig om naar iemand te kijken die iets met zoveel plezier doet. Mijn vader had dat ook, als hij in de stripboekenwinkel stond. Mijn moeder houdt van de bibliotheek en Lizzy's vader voelt zich helemaal thuis op het postkantoor. Ik vraag me af of ik ooit iets zal vinden waar ik zo door gegrepen word. Ik concentreer me weer op wat dr. Grady te vertellen heeft: 'Ons zonnestelsel is 4,5 miljard jaar geleden ontstaan. Daarna duurde het nog een miljard jaar voordat het oppervlak van de aarde was afgekoeld.

Het leven begon eigenlijk zodra het de kans kreeg. Uit de oersoep, die bestond uit een aantal eenvoudige chemische stoffen en gassen, vermengd met UV-straling en elektriciteit (bliksem), ontstonden de bouwstenen van het leven: aminozuren. Daarna kwamen er bacteriën, toen eencellige organismen, meercellige organismen, planten, ongewervelde dieren, gewervelde dieren, reptielen en zoogdieren, die zich in de loop van miljarden jaren allemaal hebben aangepast aan hun almaar veranderende omgeving.'

Er komt een groep studenten langs, in witte laboratoriumjassen, in het kielzog van een oudere dame die de vrouwelijke versie van dr. Grady zou kunnen zijn. Ze hebben allemaal een klembord bij zich. Lizzy stoot me aan en fluistert: 'Kijk, zo loop jij er over vijf jaar ook bij!'

'Heel grappig,' fluister ik terug. Maar als ze langslopen, kijk ik naar hun gezicht. Ze zien er enthousiast en stralend uit. Zo erg kan het niet zijn om er zo bij te lopen.

Dr. Grady wacht tot de groep ons gepasseerd is, en vervolgt dan zijn verhaal. 'Het is misschien niet zo'n aantrekkelijke gedachte dat we allemaal zijn voortgekomen uit hetzelfde spul als de amoebe, maar we hebben allemaal één gemeenschappelijke voorouder; ons DNA heeft dezelfde chemische structuur. Jij, ik, en de fruitvlieg hebben allemaal dezelfde blauwdruk voor het leven. Alle leven op onze planeet is met elkaar verbonden, en sommige mensen voelen dat ook echt zo, op een spiritueel niveau. *Als* er al leven bestaat op andere planeten, zal het zich waarschijnlijk heel anders hebben ontwikkeld dan bij ons. De kans dat ergens anders exact hetzelfde is gebeurd als bij ons, is vrijwel nihil.'

'Hoe komt dat?' vraag ik.

'Dat zal ik je vertellen,' zegt dr. Grady. 'Wij zijn hier, omdat in de loop van miljarden jaren talloze variabelen op hun plaats zijn gevallen, die elk net zo goed een andere weg hadden kunnen gaan. In wezen zijn we een prachtige gelukstreffer, net als de miljoenen andere soorten met wie we de aarde delen. Onze cellen zijn opgebouwd uit atomen en stofdeeltjes uit verre melkwegstelsels, en afkomstig van miljarden levende organismen die de aarde bevolkten voordat wij er waren.'

Hier pauzeert hij even en veegt een traan uit zijn oog. Lizzy en ik kijken beleefd de andere kant op.

'Zo, nu hebben jullie dus de wetenschappelijke verklaring voor *hoe* we hier zijn gekomen,' zegt dr. Grady, en hij schraapt zijn keel. 'Zoals je kunt zien, is hiermee ook de *waarom*-vraag beantwoord. Natuurwetenschappers zeggen dat we hier zijn omdat de zwaartekracht ervoor zorgt dat we niet wegdrijven in de ruimte. En in de meest simpele biologische bewoordingen zijn we hier omdat de vroegste bewoners van onze planeet – bacteriën – dat mogelijk hebben gemaakt. Ons lichaam zou niet kunnen functioneren zonder het werk dat zij voor ons verrichten, in de lucht om ons heen, op onze huid en in onze organen. Wij denken dat we de sterkste soort zijn hier op aarde, maar het tegendeel is waar. We zouden geen dag overleven zonder bacteriën, terwijl bacteriën zich zo goed kunnen aanpassen dat ze er nog zullen zijn als de zon is uitgedoofd. Bacteriën en kakkerlakken!'

Ik zie dat Lizzy onrustig zit te wiebelen. Ze denkt nu ongetwijfeld aan alle bacteriën die haar lichaam bevolken. Op de een of andere manier had ik verwacht dat het antwoord op de waarom-vraag wat meer, hoe zal ik het zeggen, *glamour* zou hebben.

Lizzy begint zich te krabben. Er verschijnen lange rode striemen op haar armen.

'Ik vrees dat ik iets te lang ben doorgegaan,' zegt dr. Grady, en hij kijkt op zijn horloge. 'Ik hoop dat ik jullie niet heb overdonderd.'

'Nee, het was geweldig,' zeg ik, en ik meen het oprecht. Ik zou nog duizend vragen willen stellen, maar ik weet vrij zeker dat Lizzy me dan vermoordt. 'O ja,' zeg ik, want ik moet opeens denken aan Lizzy's afspraak: 'Uw telescoop is afkomstig van…'

Hij steekt zijn hand omhoog om me te onderbreken. 'Ik ben van gedachten veranderd. Laat het maar een raadsel voor me blijven waarom hij na vijftig jaar weer bij me terug is gekomen. Ik ben mijn hele leven al bezig om rationele verklaringen te vinden voor de mysteries van het leven.'

'Oké,' zeg ik met een glimlach. En zachtjes voeg ik eraan toe: 'Mag ik misschien... nog een keer langskomen?'

'Natuurlijk,' zegt hij, en grinnikend slaat hij me op mijn schouder. 'En dat mag ook zonder dat je iets voor me meebrengt.'

We geven elkaar een hand en ik kijk naar Lizzy. 'Zullen we maar gaan?'

Ze knikt heftig.

'Gaat het, Lizzy?' vraagt dr. Grady met een bezorgde blik.

Lizzy knikt weer. 'Met mij gaat het weer prima zodra ik onder een *hele* hete douche heb gestaan.'

Hij lacht. 'Vergeet niet dat bacteriën vriendelijke organismen zijn, de meeste althans. Je moet ze niet allemaal willen wegwassen of wegkrabben.'

Lizzy doet snel haar handen in haar zakken en probeert niet meer te krabben. Ik weet dat ze niet overtuigd is. We lopen in de richting van de doorgang die naar de dinosaurussen leidt, en naar James.

'Je moet nooit vergeten,' zegt dr. Grady, als we de zaal inlopen, 'dat hoe immens groot het heelal ook is, en hoeveel er ook is dat we nooit zullen weten, er maar één Jeremy Fink is, en één Lizzy Muldoun. Eén Amos Grady. Dat maakt ieder van ons speciaal en zo uniek dat het ons bevattingsvermogen te boven gaat. Waarom we hier zijn? Ik ben van mening dat we hier zijn omdat we de loterij van de evolutie hebben gewonnen. We zijn hier, omdat dit, voor zover wij weten, de enige plek is waar we *kunnen* zijn.'

'Dus eigenlijk probeert u te zeggen,' zegt Lizzy, die door haar broekzakken heen aan haar benen krabt, 'dat we hier zijn omdat we hier zijn?'

'Precies!' zegt dr. Grady.

Lizzy knijpt even in mijn arm. 'Kun je hiermee uit de voeten, Jeremy? Of blijf je nog even in je existentiële crisis hangen?'

Mijn hoofd tolt nog van alles wat dr. Grady heeft verteld. Maar het tolt op een positieve manier. 'Weet je, ik heb gewoon tijd nodig om dingen op een rijtje te zetten,' antwoord ik. 'Ik kan niet zo snel knopen doorhakken als jij.'

'Inderdaad.' Lizzy begint nu aan haar buik te krabben terwijl we verder lopen. 'Toen we zes waren, gingen we met Jeremy's ouders een ijsje eten. Hij twijfelde zo lang tussen chocola en vanille, dat op een gegeven moment de winkel dichtging, en hij helemaal geen ijs had.'

Ik zucht. Ik heb nog liever dat Lizzy haar tijd verdoet met het wegkrabben van haar huidlagen. Dr. Grady grinnikt en zegt: 'Het kan een levenslange zoektocht zijn om uit te vinden waarom we hier zijn en wat de zin van alles is. Op een dag, als jullie oud zijn, en getrouwd, dan zullen jullie terugkijken op...'

'AAAAH!!' schreeuwen we in koor.

'Wij gaan niet *trouwen!*' roep ik.

'Tenminste, niet met elkaar!' voegt Lizzy daaraan toe.

Op dat moment doemt er een levensgroot dinosaurusskelet voor ons op. Dr. Grady, die zonder twijfel zo snel mogelijk van gespreksonderwerp wil veranderen, zegt: 'Als er geen meteoor was ingeslagen op aarde, en deze jongen hier niet was uitgestorven, dan zouden de zoogdieren nooit groter zijn geworden dan een grote rat of een klein varken. Dan zouden jij en ik hier niet zijn. Dus voor ons heeft het goed uitgepakt.' Hij kijkt liefdevol omhoog naar de dinosaurus. 'Voor hem iets minder, helaas. Kijk, daar is jullie vriend,' zegt dr. Grady, en hij wijst naar James. James staat achter een van de gigantische voorpoten van de dinosaurus. Hij leunt over het hek en bekijkt hem van zo dichtbij dat hij het dier bijna met zijn neus aanraakt.

'Hij is niet echt,' zegt dr. Grady als we naar hem toe lopen. 'Niet?' zegt James, duidelijk teleurgesteld.

Dr. Grady schudt zijn hoofd. 'Maar zijn andere poot wel.'

James loopt naar de andere poot en bekijkt hem weer nauwkeurig. Ik loop achter hem aan. 'Ik had niet gedacht dat jij een dinoliefhebber zou zijn.'

James knikt. 'Mijn vader verzamelde vroeger fossielen en botten. Hij heeft één keer een weekdier gevonden van meer dan een miljoen jaar oud.'

'Wauw!' zeg ik, onder de indruk. 'Mijn vaders grootste vondst was een kraslot ter waarde van vijfentwintig dollar, in een boek dat hij op straat had gevonden.'

'Hé,' zegt James, en hij maakt een hoofdbeweging. 'Wat is er met Lizzy aan de hand?'

Ik draai me om en zie Lizzy in de hoek van de zaal staan. Ze staat als een bezetene aan haar hoofd te krabben. Ze heeft haar paardenstaart uitgedaan en haar haar staat nu alle kanten op. 'O. Dat komt doordat dr. Grady ons heeft verteld dat er op ons hele lichaam bacteriën leven, van top tot teen, aan de binnenkant en aan de buitenkant.'

'Laten we haar dan maar snel naar huis brengen,' zegt James.

Ik kijk om me heen om dr. Grady gedag te zeggen, en ik zie dat hij druk in gesprek is met een vader en zijn twee zoontjes. Hij zwaait naar me en salueert als we weggaan.

In de auto op weg naar huis zit Lizzy ineengedoken op de bank; zo af en toe gaat er een siddering door haar lijf. Ik besef dat ik me een stuk beter voel. De donkere wolk die zo zwaar op me drukte, is weg. Meneer Oswald had gelijk. Het helpt inderdaad om te weten hoe we hier zijn gekomen. Ook al is de reusachtige omvang van het heelal totaal overweldigend, en zijn wij daar maar een nietig onderdeeltje van, ergens biedt het troost om inzicht te hebben in onze plek in dit grote geheel. En ik word helemaal enthousiast van de gedachte aan alle UvJ's die ik nog aan dit onderwerp kan wijden. De verleiding is groot om Lizzy te kwellen met een samenvatting van alles wat we vandaag gehoord hebben, maar ik besluit haar te ontzien.

En toch – hoeveel we deze week ook hebben geleerd, over het leven, het heelal, over alles, toch betwijfel ik of ik ook maar één stap dichter bij de waarheid in het kistje ben gekomen. Ik pak een flesje frisdrank uit de minikoelkast. Als ik de dop eraf wil schroeven krijg ik plotseling een geweldig idee, iets wat ik meteen had moeten bedenken op de dag dat het kistje arriveerde. Het ligt zo voor de hand!

Ik buig me naar Lizzy toe en schud haar heen en weer. Ze kreunt. Ik vat dat op als een teken dat ze luistert.

'Wat zou je ervan vinden om naar Atlantic City te gaan?'

Ze doet één oog open. 'Zijn er bacteriën in Atlantic City?'

'Nee,' lieg ik.

'Oké,' zegt ze, en ze doet haar oog weer dicht. Dan doet ze het weer open. 'Hoe komen we in Atlantic City?'

'Ik verzin wel wat,' antwoord ik. Ik wacht tot ze gaat vragen *waarom* we naar Atlantic City gaan, maar dat doet ze niet.

Tegen de tijd dat mijn moeder uit haar werk komt, heb ik nog steeds geen plan bedacht. Ik had het grootste deel van de middag voor het aquarium zitten kijken hoe Fret achter Kat aanzat. Hond en Hamster zwommen er rustig tussendoor, ze leken het wel grappig te vinden. De vissen hebben me duidelijk niet op een goed idee gebracht. Ik heb vele malen overwogen om bij Lizzy aan te kloppen en haar hulp in te roepen, maar zij was bezig haar doucherecord aller tijden te verbreken. Bovendien is zij altijd al degene die de plannen maakt. Ik moet er toch *één* zelf kunnen bedenken?

Mijn moeder klopt op de deur en komt mijn kamer in. Ze draagt een button met LEZEN IS WINNEN erop. 'Hoe was je dag vandaag?' vraagt ze, terwijl ze een slokje van haar ijsthee neemt.

'Heel goed,' vertel ik. 'We zijn naar het Museum of Natural History geweest!'

'Jullie hebben het maar zwaar te verduren met die taakstraf.'

Ik grijns. 'Het is niet alleen maar leuk hoor. Vandaag in de limo was de Coca Cola op. En toen moest ik Pepsi drinken.'

'Je vindt Pepsi toch lekkerder?'

'Weet ik, maar het gaat erom dat ik niet kon *kiezen*.'

Ze schudt haar hoofd. 'O ja, voor ik het vergeet, tante Judi heeft zondag een expositie in Atlantic City. Misschien willen Lizzy en jij met ons mee?'

Ik hoor haar de woorden uitspreken, maar ik kan ze niet verwerken. Zoveel geluk heb ik nog *nooit* gehad.

'Zei je nou Atlantic City?' vraag ik met ingehouden adem.

'Ja, dat zei ik. De expositie is in een van de casino's op de boulevard. Ze proberen hun imago te verbeteren door kunstenaars uit de buurt te ondersteunen.'

Ik kan het nog steeds niet geloven, en ik zeg: 'Zei je nou boulevard?'

Ze loopt naar me toe, duwt mijn haar opzij en tuurt in mijn oor. 'Begin jij een gehoorprobleem te ontwikkelen of zo?' Ik schud mijn hoofd en mijn haar glijdt weer op zijn plek.

'Wil je nou mee of niet?'

Ik knik enthousiast.

'Tja, dus zo gaat het leven met een tiener eruitzien,' zegt ze met een zucht. Dan woelt ze door mijn haar alsof ik vijf ben, en ze trekt de deur dicht.

15 DE BOULEVARD

Lizzy heeft de salontafel opzijgeschoven en staat haar hoelahoep-act te oefenen.

Ik pak een banaan van de fruitschaal en gooi die naar haar toe. Ze vangt hem met gemak. 'Ik kan nog steeds niet geloven dat je het voor elkaar hebt gekregen,' zegt Lizzy, terwijl ze de banaan begint te pellen. Uit de cd-speler komt de begeleidende muziek. Het had haar uren gekost om het ultieme hoelahoepnummer te vinden: '*You spin me right round baby right round. Like a record baby right round, round, round.*'

'Eerlijk gezegd is dat niet mijn verdienste,' antwoord ik. 'We hebben het geheel en al te danken aan tante Judi en haar expositie.'

Lizzy schudt haar hoofd. 'Toch heb jij er een rol in gespeeld. Vraag me niet hoe, maar toch is het zo.'

Ik heb altijd graag willen geloven dat ik over magische krachten beschikte, maar die illusie heb ik een paar jaar geleden laten varen, nadat ik twee uur lang naar een lepel had zitten staren om hem krom te buigen. Het enige resultaat was dat ik een gigantische koppijn had, en dat ik me heel erg stom voelde.

Lizzy gooit de bananenschil over haar schouder, en stoot daarbij per ongeluk met haar arm tegen de hoepel. Die valt meteen op de grond. 'Argh,' zegt ze, en ze raapt hem op en begint opnieuw. 'Ik leer het nooit. En we zijn nog geen stap dichter bij het openmaken van dat kistje. Maar na morgen misschien wel.'

'Hoezo dan?'

Lizzy raapt de hoepel weer op en zet hem tegen haar middel.

'We vragen het gewoon aan die waarzegster, zodra we haar hebben gevonden.'

'*Als* we haar vinden,' antwoord ik, en ik realiseer me dat Lizzy dus al die tijd heeft geweten wat ik van plan was. Dit plan is eigenlijk één grote gok. Die waarzegster was immers al een oude vrouw toen mijn vader bij haar kwam. Ze is nu dertig jaar ouder. Nu gooi ik de voetbal naar Lizzy, maar die laat hem uit haar handen glippen. We zullen vaker moeten oefenen als we die snickers willen winnen.

De volgende ochtend maakt mijn moeder me ijselijk vroeg wakker. 'Tante Judi kan hier elk moment zijn,' zegt ze, en ze doet de gordijnen open. Ik kreun en trek de krokodil over mijn ogen. Nooit geweten dat de zon *zo* vroeg op was.

Ze pakt de krokodil op en legt hem op mijn bureau, naast het kistje van mijn vader. Dan pakt ze een korte broek en een T-shirt uit mijn la en gooit die op mijn bed.

'Ik kan me tegenwoordig zelf aankleden, hoor, mam,' zeg ik terwijl ik mezelf omhoog hijs.

'Sorry,' zegt ze, maar als je het mij vraagt meent ze er niets van. 'We hebben haast.' Ze leunt voorover en stompt met haar vuist op de muur. Dan tilt ze de poster van het zonnestelsel op. 'Opstaan, Lizzy!' schreeuwt ze door het gat.

Ik kijk haar geschokt aan, en ben meteen klaarwakker. '*Wist* jij dat?'

Ze lacht. 'Ik ben een moeder. Moeders weten alles.'

'Is dat zo?' Dat hoor ik voor het eerst.

'Natuurlijk,' zegt ze, en ze houdt mijn T-shirt en broek omhoog om me te laten opschieten. 'Dus ik weet ook dat jij en Lizzy, als we in Atlantic City zijn, een smoes gaan verzinnen om er even tussenuit te knijpen, en dan op zoek gaan naar die waarzegster waar je vader op zijn dertiende verjaardag is geweest.'

Mijn mond valt open. Ze buigt zich naar me toe en duwt mijn kin omhoog.

'Ben jij helderziend of zo?' vraag ik, zodra ik weer een woord kan uitbrengen.

Ze glimlacht geheimzinnig, maar geeft geen antwoord. Dan bonkt ze nogmaals op de muur en duwt de poster opzij.

Uit de verte klinkt Lizzy's gedempte stem. 'Ja, ja! Ik ben er al uit! Sjonge zeg!'

Twintig minuten later zitten Lizzy en ik op de achterbank van tante Judi's stationcar. We worden bijna geplet, want op de achterbank staan ook tien in schuimrubber verpakte beeldhouwwerken. De auto ruikt naar oude koffie en zweetvoeten.

'Ik mis James,' fluistert Lizzy. Ik knik instemmend. Deze auto is niet eens van mijn tante. Ze deelt hem met alle kunstenaars die bij haar in het pand werken. Hij is zo oud dat er nog een ouderwetse 8-track cassettespeler in zit. En dan heb ik het over *jaren zestig*-oud. Het mag een wonder heten als we New Jersey halen zonder dat de motor oververhit raakt of alle vier de wielen eraf draaien en alle kanten op rollen. Het verbaast me eigenlijk dat mijn moeder onze levens riskeert in dit ding, maar ze ziet er niet uit alsof ze zich daar al te veel zorgen over maakt. Ze leunt met haar arm uit het raam en haar haren waaien alle kanten op. Anders dan ik vindt zij het heerlijk om de stad uit te gaan. Ik ben altijd bang dat het water uit de Hudson River de tunnel in zal stromen. Ik moet echt een keer een UvJ wijden aan hoe de tunnels gebouwd zijn.

'Zal ik een muziekje opzetten?' roept tante Judi over haar schouder.

Ik ril bij de gedachte. Muziek die je op een 8-track kunt draaien wil ik vast niet horen. Aan de andere kant, als er geen muziek aanstaat, dan zullen we moeten meegenieten van de discussies tussen mijn moeder en tante Judi, over 'de rol van de kunstenaar in de huidige samenleving'. Ik buig naar voren en vraag: 'Waar kunnen we uit kiezen?'

Tante Judi zoekt tussen de cassettes op haar schoot. 'Bread, KC and the Sunshine Band, of de Jackson 5.'

Lizzy en ik wisselen een spottende blik. 'Even voor ons begrip,' zeg ik, 'ik neem aan dat dat popgroepen zijn?'

Zij en mijn moeder schieten in de lach. 'Ja, natuurlijk,' zegt tante Judi.

'Verras ons maar,' zegt Lizzy met rollende ogen.

Even later schettert de discomuziek uit de oude speakers. *I want to put on my my my my my boogie shoes.* Ik zink zo diep mogelijk weg in de achterbank en geef me over aan wat ongetwijfeld een heel lange rit zal worden.

'Hoezo kunnen zij niet naar binnen?'

Lizzy en ik krimpen ineen tegen de muur. Als mijn moeder haar stem verheft, wat ze zelden doet, dan duiken de mensen in elkaar. Maar niet de bewaker bij de ingang van het casino. Hij vouwt zijn vlezige armen voor zijn brede borst.

'Kinderen onder de achttien jaar worden niet toegelaten in het casino,' buldert hij.

'Ze gaan toch niet *gokken*,' houdt ze vol. 'Mijn zus is hier voor een kunstexpositie. We hoeven alleen maar door het casino heen te lopen om daar te komen!'

Hij schudt zijn hoofd en kijkt om zich heen. 'Ik zie geen kunst.'

'Zij is via de leveranciersingang naar binnen gegaan,' zegt mijn moeder, nu duidelijk geïrriteerd. 'We moeten nu naar haar toe.'

Hij schudt weer zijn hoofd. Als mijn moeder toch al weet dat we een smoes gaan verzinnen om hier weg te komen, dan kunnen we het net zo goed nu meteen doen, bedenk ik me. Ik trek aan haar mouw. 'Uh, Lizzy en ik gaan wel langs de boulevard wandelen en op het strand zitten. Zullen we hier over een paar uur weer afspreken?'

Ze zucht en kijkt ons allebei lang aan. 'Goed dan,' zegt ze na een tijdje. 'Maar wees voorzichtig. Blijf bij elkaar. Heb je je brood bij je?'

Ik klop op mijn rugzak en knik.

'Dan zien we jullie hier weer om twaalf uur, voor de lunch, afgesproken?'

'Maakt u zich geen zorgen, mevrouw Fink,' zegt Lizzy, en ze legt een arm om mijn schouders. Ze moet op haar tenen gaan staan. 'Ik zal zorgen dat hem niets overkomt.'

'En wie zorgt ervoor dat *jou* niets overkomt?' vraagt ze met een zucht.

'Wie, mij?' vraagt Lizzy. 'Ik heb mijn lastige periode achter me gelaten.'

Terwijl mijn moeder nog nadenkt over een passend antwoord, haasten Lizzy en ik ons naar de uitgang en rennen de boulevard op. Omdat het nog pas negen uur is, is er nog bijna niemand. We passeren het ene na het andere casino, en talloze hotdog- en T-shirtkramen. De meeste zijn nog dicht. 'Waar is iedereen?' vraagt Lizzy.

'In bed,' antwoord ik.

'Of naar de kerk.'

Ik haal mijn schouders op. 'Ja, zou kunnen.'

'Misschien moeten wij dat ook doen.'

Ik blijf staan. 'Naar de kerk?'

Lizzy wijst naar een oud houten gebouw vlak bij het strand. SPIRITUELE KERK VAN ATLANTIC CITY. IEDEREEN IS WELKOM. DE DIENST BEGINT OM 9:30 UUR.

'We zijn precies op tijd,' zegt ze, en ze trekt me mee naar het gebouw. Zo te zien was de kerk hiervoor een T-shirtwinkel!

Ik houd haar tegen. 'Meen je het serieus? Ik ga daar echt niet naar binnen, hoor!'

199

'Waarom niet?'

'Om te beginnen ben ik halfjoods. Wij komen niet in de kerk.'

'*Iedereen is welkom*, dat staat er toch?' zegt Lizzy, wijzend naar het bordje. 'Jij dus ook.'

'Waarom wil je daar zo graag naar binnen?' vraag ik achterdochtig. 'Heb je soms iets goed te maken?'

'Heel grappig. Ik wil het gewoon proberen. Door al dat gedoe over het heelal ben ik nieuwsgierig geworden, meer niet. Wat is nou het ergste dat er kan gebeuren?'

'Ik weet het niet. Ze zouden ons kunnen wegjagen met hooivorken en fakkels.'

Achter ons zegt een vrouw: 'Die hooivorken gebruiken we al jaren niet meer, hè Henry?'

'Zeker weten,' antwoordt een mannenstem. 'Behalve die ene keer. Maar die vent had het er dan ook naar gemaakt.'

Ik krimp in elkaar en draai me langzaam om. Achter ons staat een ouder echtpaar hand in hand te grinniken.

'Sorry voor wat mijn vriend net zei,' zegt Lizzy terwijl ze naar hen toe loopt. 'Hij komt niet zo vaak buiten de deur.'

'Maak je geen zorgen,' zegt de vrouw. 'We wilden jullie niet voor gek zetten. We zijn niet meer helemaal honderd procent, moet je maar denken. Als jullie onze dienst eens willen proberen, schroom dan niet. Jullie kunnen helemaal achterin gaan zitten, dan voel je je niet zo ongemakkelijk als je halverwege weer weg wilt.'

'Wat vind je ervan?' vraagt Lizzy.

Ze kijkt me zo hoopvol aan dat ik geen nee kan zeggen. 'Goed dan.' Ik stop mijn handen in mijn zakken. 'Maar dan moet je me wel beloven dat je met me meegaat als ik weg wil.'

'Beloofd,' zegt Lizzy, en ze trekt me mee naar de open deur. Zodra ik over de drempel ben, ontspan ik me een beetje. Zo bedreigend ziet het er niet uit. Door de hoge ramen achterin zie ik het brede strand met daarachter de oceaan. Voor een klein podium zijn ongeveer twintig rijen klapstoelen neergezet. Er zitten misschien vijftien mensen. Ik zie geen kruisen of andere religieuze symbolen. Dan verschijnt er plotseling, als uit het niets, een vrouw in een fladderende witte jurk voor ons, die me een bijbel in de hand drukt. Ik kijk verrast op, maar ze is al doorgelopen naar de volgende.

'Waarom heb jij er geen gekregen?' vraag ik aan Lizzy, die met lege handen staat.

'Ze zei dat we samen moeten doen,' zegt ze, en ze wijst naar twee stoelen op de achterste rij. 'Kom, we gaan zitten.'

Ik volg haar als verdoofd. 'Wanneer zei ze dat dan?'

Lizzy zucht. 'Nou, vlak voordat ze dat boek aan je gaf.'

Ik schud mijn hoofd en ga op een van de harde plastic stoelen zitten. De zaal vult zich met mensen van alle rangen en standen. Mensen met een jurk of een pak aan, een man in een haveloze broek en zonder schoenen, een surfer compleet met surfboard, en een paar tiener-goths. Iedereen groet elkaar alsof ze elkaar al jaren kennen. Sommige mensen glimlachen naar ons, en we lachen terug alsof we niet anders gewend zijn. Ik doe de bijbel open, en zie dan tot mijn verrassing dat het helemaal geen bijbel is. Het is een liedboek!

Ik zeg tegen Lizzy: 'Wat voor kerk *is* dit eigenlijk?'

Ze haalt haar schouders op. 'Al sla je me dood.'

Ik zak onderuit op mijn stoel. Even later zegt de dominee, of hoe hij ook mag heten, dat we moeten gaan staan en naar bladzijde drie van het boek moeten gaan. Ik verwacht daar een religieus gezang te vinden, maar in plaats daarvan staat op bladzijde drie de tekst van het nummer *The Wind Beneath My Wings*. Ik kijk nog een keer en houd het boek dan schuin zodat Lizzy het kan zien. Mijn moeder is een grote fan van Bette Midler, en ik heb de film *Beaches* vaker gezien dan goed is voor een jongen.

Lizzy giechelt en fluistert: '*Did I ever tell you you're my hero?*'

Ik antwoord met de volgende regel van het nummer: '*You're every-thing, everything, I wish I could be.*'

'Echt?' vraagt ze, en ze kijkt op van het boek.

Ik vorm *nee* met mijn mond en schud mijn hoofd.

Als de hele gemeente zingt over hoger vliegen dan een adelaar, ben ik ontroerd. Ik raak echt een beetje in vervoering bij het horen van dit lied, gezongen door deze groep mensen, in deze kerk op het strand. Je kunt je niet voorstellen dat er tien meter verderop mensen blackjack zitten te spelen of aan de fruitmachines hangen, terwijl er via de airco extra zuurstof wordt verspreid om te zorgen dat de gokkers geen slaap krijgen.

Misschien gaan mensen daarom wel naar de kerk. Om het gevoel te hebben dat ze ergens bij horen, om te ontsnappen aan de dagelijkse sleur waarin mensen meestal niet zomaar in groepsgezang uitbarsten. Ik ben nog pas tien minuten binnen, maar ik voel het nu al. Ik voel ook dat Lizzy aan mijn shirt trekt. Ik besef dat ik de enige ben die nog staat, dus ik ga snel zitten.

De dominee begint te praten. Hij verwelkomt alle oude en nieuwe gezichten. Dan zegt hij: 'De mensheid is het oog waardoor de geest van God zijn of haar creatie bekijkt. Laten we vandaag, op deze prachtige zondagochtend, het venster zijn waardoor wij zicht krijgen op het oneindige. Want daarin ligt onze ware aard. We zijn spirituele wezens met een aards leven. Als ons leven hier voorbij is, keren we terug naar de bron. Wat is leven? Leven is liefde. Maar maak niet de fout om te denken dat liefhebben gemakkelijk is, want dat is het niet. We moeten ook van onszelf houden, niet alleen van andere mensen. We moeten alert zijn. Ga niet slaapwandelend door het leven. Geniet er met volle teugen van, want niemand zal hier levend uitkomen.'

Er wordt gelachen bij deze laatste zin. Lizzy buigt zich naar me toe en zegt: 'Wauw, dat was diep.'

Ik knik. Ik denk na over wat hij zei over terugkeren naar de bron.

Is mijn vader daar nu ook? In de bron? Zoals ik nooit echt over de zin van het leven had nagedacht, heb ik me ook nooit echt afgevraagd wat er met je gebeurt als je dood bent. Zelfs toen Lizzy mij vorige week overhaalde om aan die seance mee te doen, dacht ik er niet goed bij na. Zouden we echt reïncarneren, zoals Rick zei? Bestaan er echt een hemel en een hel, en zijn die niet verzonnen om de mensen bang te maken? Of is het einde gewoon het einde, zoals een leeg scherm, over en uit, bedankt, het was leuk? Wedden dat de zin van de dood alles te maken heeft met de zin van het leven? Dit had ik echt veel eerder moeten bedenken.

De dominee staat nog steeds te praten. 'Nu is het tijd voor genezing. Iedereen die aan onze healing wil deelnemen, kan op de stoelen daar links gaan zitten. Onze healers putten uit de levenskracht van het heelal. Zij kunnen iedereen helpen die in fysieke, mentale of emotionele nood verkeert. Ze staan klaar om u te helpen.' Hij wijst naar een tiental stoelen die apart staan van de andere stoelen. Achter iedere stoel staat een man of een vrouw. Hier en daar staan mensen op en lopen door de menigte naar hen toe.

Ik kijk hoe de stoelen een voor een worden bezet. Ik kijk naar Lizzy om te zien wat zij hiervan vindt, maar tot mijn grote ongeloof zit ze niet meer op haar plek! Was dit healinggedoe de druppel voor haar en is ze hem gesmeerd zonder iets tegen mij te zeggen? Ik kijk verwilderd om me heen en vind haar uiteindelijk op de laatste plek die ik had verwacht: op een van de stoelen voor een vrouwelijke healer. Mijn mond valt open. De healer moet een jaar of zestig zijn, met grijs en bruin haar dat helemaal tot haar middel komt. Ze heeft haar handen op Lizzy's schouders gelegd en fluistert iets in haar oor. Lizzy heeft haar ogen dicht, en haar handen liggen gevouwen op haar schoot. Ik moet twee keer knipperen om zeker te weten dat ik geen spoken zie.

Even later beweegt de vrouw haar handen van Lizzy's schouders naar haar kruin, en dan weer terug naar haar schouders. Links en rechts van haar doen de andere healers hetzelfde. Sommigen hebben ook hun ogen dicht. Er staat een rij mensen op hun beurt te wachten. De mensen staan een voor een op uit hun stoel en bedanken de healer, waarna iemand anders gaat zitten. Ik zou er een moord voor doen om te weten wat er nu door Lizzy heen gaat. En waarom ze daar überhaupt is gaan zitten! Ik maak voorzichtig, zonder geluid te maken, een hoekje van mijn boterhampakketje open en begin aan een boterham te knabbelen, terwijl ik ondertussen gefascineerd toekijk.

Eindelijk mag Lizzy haar ogen weer opendoen, en kan ze haar healer bedanken. Snel loopt ze tussen de rijen door naar onze stoelen, achter in de zaal. 'Kom mee,' zegt ze, en ze pakt mijn arm vast, waardoor mijn brood op de grond valt. Gelukkig zat het nog grotendeels ingepakt. Ik buk om het op te rapen.

'Kom op nou! We gaan!' zegt Lizzy. Haar stem klinkt dringend.

'Huh? Waarom? Wat was dat nou allemaal, daar vooraan?'

'Laten we nou maar gewoon gaan,' zegt ze. En zonder nog langer op me te wachten, loopt ze naar de deur. Ik schuif snel mijn brood weer in mijn rugzak, en glip achter haar aan. Het liedboek laat ik op mijn stoel liggen. Ik vind het een beetje onbeleefd om midden in de dienst weg te lopen, maar misschien hebben de meeste mensen het niet gemerkt.

Lizzy loopt buiten te ijsberen. Ik heb geen idee wat er in haar omgaat. Ze lijkt niet echt in de war of boos, of kalm of nadenkend, of wat dan ook.

'Lizzy?'

Ze blijft staan.

'Waarom wilde je nou weg? En waarom ging je naar voren?'

Ze geeft geen antwoord.

'Gaat het wel goed met je?' vraag ik een tikje bezorgd. 'Waarom had je een healing nodig? Hoe voelde het?'

'Het gaat prima met me,' zegt ze. 'Maak je geen zorgen. Ik heb alleen totaal geen zin om erover te praten, oké?'
'Maar…'
Ze schudt haar hoofd.
In stilte lopen we in dezelfde richting als eerder die ochtend. Om de zoveel meter gluur ik even opzij, maar Lizzy kijkt strak voor zich uit. De meeste winkels zijn nu open, en het is inmiddels een stuk drukker op de boulevard. We worden ingehaald door een groep gehaaste zakenmensen met een badge om hun nek. Er wandelen wat gezinnen en ik zie een paar stelletjes hand in hand lopen. We lopen naar een vrouw toe die achter een tafel zit, maar zij blijkt voor vijf dollar tijdelijke tatoeages te verkopen, en geen voorspellingen.
'Wil je er een?' doorbreekt Lizzy de stilte.
'Ik val vandaag van de ene verrassing in de andere met jou.'
'Ik ga het doen.'
'Waarom?'
'Waarom niet? Hij gaat er na een week alweer af.'
Daar valt niets tegenin te brengen. We lopen naar het bord waarop alle verschillende ontwerpen te zien zijn. 'Wat vind je van deze?' vraagt ze, en ze wijst naar een paar Chinese symbolen. De Engelse vertaling staat eronder. Ik buig voorover om het te lezen. LEVEN.
'Is dat niet toepasselijk?' vraagt ze. 'Zo midden in onze zoektocht naar de zin van het leven?' 'Waar wil je hem hebben?'
'Op mijn bovenarm, denk ik.'
'Zoals een zeeman?'
'Vertrouw mij nou maar,' zegt ze, en ze rolt haar mouw op tot boven haar schouder. 'Ik ga er heus geen "MAMA" op zetten, in een groot hart.'
'Zijn jullie er klaar voor?' vraagt de tatoeëerster, terwijl ze haar kauwgom laat knallen. De tatoeages op haar eigen armen zijn volgens mij niet tijdelijk.

205

'Het gaat alleen om haar,' zeg ik snel, en ik stap opzij en wijs naar Lizzy.

'Welke heb je uitgekozen?' vraagt ze.

Lizzy wijst aan welke ze wil.

'Ah, leven,' zegt de vrouw met haar lijzige Texaanse accent. 'Dat is een goede keus.' Ze gebaart naar Lizzy dat ze op de stoel moet gaan zitten. Dan veegt ze Lizzy's arm schoon met een tissue. 'Even het zweet eraf halen,' legt ze uit. 'We moeten een mooi schoon oppervlak hebben.' Dan pakt ze een heel dun kwastje, en een flesje henna. Terwijl ze elke paar seconden naar het ontwerp kijkt, begint ze het met fijne verfstreken na te schilderen.

Ik schraap mijn keel. 'Weet u toevallig of er hier ook ergens, uh, waarzeggers zitten?'

'Wat voor waarzegger zoek je?' vraagt ze. 'We hebben hier waarzeggers die de toekomst voorspellen met kaarten, en iemand die een voorwerp dat van jou is vasthoudt, en dan zegt met wie je gaat trouwen. En we hebben ook gewone handlezers.'

'Handlezers,' zeg ik.

'Jeremy!' schreeuwt Lizzy. 'Val die mevrouw niet lastig terwijl ze met mijn tatoeage bezig is!'

De vrouw lacht. 'Maak je geen zorgen, schat. Ik doe dit al zoveel jaar dat ik ondertussen zou kunnen tapdansen en een ei bakken, zonder uit te schieten. Maar wat voor handlezer zoeken jullie dan?'

Ik besef dat ik eigenlijk nauwelijks iets van haar weet. 'Nou, ze moet heel oud zijn. Heel erg oud.' De vrouw lacht weer, en deze keer schiet ze toch een beetje uit met haar kwastje. Ze maakt snel een hoek van een papieren zakdoekje nat, en herstelt het. Lizzy kijkt me kwaad aan.

'Oud vergeleken met mij?' vraagt ze. 'Of oud vergeleken met jullie? Kinderen van jullie leeftijd vinden mensen van boven de veertig al oud.'

206

'Oud vergeleken met iedereen,' zeg ik. 'En ze heeft een accent. Russisch of zoiets.'

De vrouw legt de laatste hand aan Lizzy's tatoeage en doet een stapje achteruit om het resultaat te keuren. 'Russisch, zei je? Flinke bos haar? Grote...' Ze zwijgt even en zegt dan: 'Tanden. Grote tanden. Klinkt dat bekend?'

'Ik weet het niet,' zeg ik eerlijk. 'Mijn vader heeft het nooit over haar tanden gehad.'

Ze giechelt. 'Ga maar eens kijken in het winkeltje net voorbij de Tropicana, een paar casino's verderop. Volgens mij spreken ze daar iets raars dat op Russisch lijkt.'

Ik wil haar bedanken voor de informatie, maar dan zegt Lizzy: 'Mevrouw, u weet vast heel veel van het leven, door uw werk hier, toch?'

Ik voel dat ik een kleur krijg, maar ik probeer Lizzy niet te beletten de inmiddels bekende vraag te stellen.

'Ik heb alles al gezien, schat. Waarom vraag je dat?'

'We zijn bezig met een zoektocht naar de zin van het leven,' legt Lizzy uit. 'We hebben een soort deadline.'

De vrouw brengt met het fijne kwastje nog één laatste krul aan op Lizzy's arm, en doet dan weer een stap terug om haar werk te bewonderen. Ze knikt tevreden en zegt: 'Vijf dollar alsjeblieft.'

Lizzy gaat staan en draait haar arm om de tatoeage te kunnen bekijken. 'Cool.' Ze graaft in haar zak en geeft de vrouw een verkreukeld vijfdollarbiljet.

'De zin van het leven,' zegt de vrouw, terwijl ze het biljet langs haar shirt gladstrijkt. 'Dat is heel simpel. Gods liefde geeft zin aan het leven. Ik volg gewoon het pad dat Hij heeft uitgezet in de Heilige Schrift. Meer hoef ik niet te weten. Je volgt gewoon Zijn richtlijnen, als een soort routekaart door het leven, rechtstreeks naar de hemel. Je hoeft je nooit af te vragen of je wel de juiste keuzes maakt, want het staat allemaal geschreven in het Boek.'

Ze lijkt nog meer te willen zeggen, maar inmiddels is er een gezin van zes personen met camera's om hun nek om de tafel komen staan.

'Maar hoe weet u nou of u de juiste godsdienst volgt?' vraagt Lizzy. 'Het juiste pad?'

De vrouw trekt haar wenkbrauwen op alsof die vraag haar nooit eerder is gesteld. Dan glimlacht ze. 'Het is niet iets wat ik met mijn hoofd weet, lieverd. Ik voel het in mijn hart.'

'Maar...' Lizzy wordt onderbroken door een zwerm luidruchtige studenten, die samendrommen bij de tatoeages en elkaar uitdagen om de lelijkste te nemen.

'Uh, bedankt voor alles,' roep ik naar de vrouw, en ik pak Lizzy bij haar arm voor ze nog meer opdringerige vragen kan stellen.

De vrouw kijkt op van haar nieuwe klanten en knikt naar ons. 'Geen dank hoor, schat. Dat jullie maar een mooie voorspelling mogen krijgen.'

Als we weglopen zegt Lizzy: 'Ik begrijp gewoon niet hoe het kan dat er zoveel verschillende godsdiensten zijn, en dat iedereen denkt dat die van hem de ware is.'

'Ik weet het niet. Daarom zijn er waarschijnlijk ook zoveel oorlogen.'

Ze geeft geen antwoord. Ze heeft haar hoofd gedraaid om haar tatoeage te bewonderen. Ik moet haar bijsturen, om te voorkomen dat ze tegen iedereen aan botst.

'Vind je het niet vervelend dat niemand kan lezen wat er staat?' vraag ik. 'Behalve Chinezen dan.'

Ze schudt haar hoofd. 'Ik weet toch wat het betekent? Dat is genoeg. Ik kan haast niet wachten om mijn vader uit zijn vel te zien springen, tot ik hem vertel dat het maar tijdelijk is.'

We lopen langs de Tropicana, en precies zoals de dame net zei, staan we voor een winkeltje waarop staat: HANDLEZEN VIJF DOLLAR.

We maken geen van beiden aanstalten om naar binnen te gaan.

'Volgens mij kost alles op de boulevard vijf dollar,' zegt Lizzy grinnikend.

Ik sta nog steeds beweginloos. 'En als ze er nou niet is? Of, erger nog, als ze er nou wel is? Wat moet ik dan zeggen? Dat mijn vader misschien voorzichtiger had geleefd, als zij die voorspelling niet had gedaan?'

'Geloof jij dat echt?'

Ik haal mijn schouders op. 'Een beetje misschien.'

'Ik dacht dat je aan haar zou vragen waar de sleutels zijn.'

'Ja, dat ook.'

'We hoeven niet naar binnen, als je dat niet wilt.'

Ik haal diep adem en duw de deur open voor ik van gedachten verander. 'Als ik het niet probeer, zal ik het nooit weten.' We komen in een ruimte die bekleed is met roze-en-oranjekleurige zijden wandkleden. Op een tafel in het midden staat wierook te branden. Op de planken staan kristallen bollen in alle maten. Een kralengordijn scheidt de hoofdruimte van een andere kamer, daarachter.

'Wow, dit is echt een bizarre plek,' zegt Lizzy. 'Ik stel voor dat we het kort houden.'

Ik loop in de richting van het kralengordijn. 'Uh, hallo? Is daar iemand?'

Ik hoor geritsel achterin. Iemand steekt een hand met lange, felroze gelakte nagels door het gordijn. Ik deins achteruit en bots bijna tegen Lizzy op, die een kristallen bol in haar handen heeft. De vrouw die aan de hand vastzit, is niet ouder dan dertig. Ze ziet er ook niet uit alsof ze grote tanden heeft.

'Dat ies kein spielkoet,' zegt de vrouw, en ze pakt de bol uit Lizzy's handen en zet hem terug op de plank. 'Wel, wielen joelie ein handlezing?' Ze kijkt ons verwachtingsvol aan.

We schudden ons hoofd. 'Ik denk dat we hier verkeerd zijn,' zeg ik, en ik wil naar de deur lopen.

'Onzin!' roept ze uit. 'Niemand komt per ongeloek bij Madame

Zaleski's Handleeshaus. Het zain de hogere krachten, zai hebben joelie hier gebracht.'

Haar naam, Madame Zaleski, komt me bekend voor. Mijn vader moet haar naam een keer genoemd hebben.

'Bent *u* Madame Zaleski?' vraag ik.

Ze maakt een buiginkje. 'Om u te dienen. Koet, wie gaat er eerst?'

'Maar u kunt haar niet zijn,' zegt Lizzy, en ze kijkt de vrouw onderzoekend aan. 'U zou minstens negentig jaar moeten zijn!'

De vrouw knijpt haar ogen tot spleetjes. 'Vind jai dat ik negentig jaar oud laik?'

'Nee, nee, natuurlijk niet,' zeg ik, en ik werp Lizzy een boze blik toe. 'Heeft er misschien nog een andere mevrouw Zaleski op de boulevard gewerkt? Ongeveer dertig jaar geleden?'

De vrouw krijgt een zachte blik in haar ogen. 'Ah, grootmoeder. Zai heeft mai alles geleerd wat ik weet. Heel erg, wat zai met haar hebben gedaan.'

Lizzy en ik kijken elkaar aan. 'Uh, wat hebben ze dan met haar gedaan?' vraag ik.

'Zai hebben haar van de boulevard wekkejaagd, dat hebben zai gedaan! Na twintig jaren!'

'Waarom?' vraagt Lizzy.

De vrouw wuift de vraag weg met een handbeweging. 'Over een klainigkeit! Een niets! Zai zaiden dat zai de mensen bangk maakte. Dat zai bai iedereen hetzelfde voorspelde.'

Er loopt een rilling over mijn rug. Met moeite vraag ik: 'Wat vertelde ze hun dan?'

Ze wuift weer met haar hand. 'Zai zeggen dat zai alle mannen vertelde dat zai zouden sterven als zai veertieg jaar oud waren.'

De rilling verspreidt zich nu over mijn armen en benen.

Lizzy pakt mijn arm vast. Stevig. Zo stevig dat ze mijn bloedvaten afknijpt. Ik kies mijn woorden voorzichtig. 'Dus u bedoelt te zeggen dat uw grootmoeder een oplichtster was? Dat niet iedereen tegen wie ze dat zei ook echt doodging op zijn veertigste, of, zeg maar, negenendertigste?'

'Natuurlijk gingen ze niet dood op hun veertigste,' zei ze. 'Maar grootmoeder was geen oplichtster. Ze vond het alleen leuk om de dingen een beetje door elkaar te gooien. Het wordt saai als je elke keer dezelfde dingen vertelt. "Je zult de man van je dromen tegenkomen in een trein!" "Je krijgt twee kinderen, een jongen en een meisje." "Je zult verre reizen maken." Lees de kleine lettertjes maar.' Ze haalt twee visitekaartjes uit de zak van haar lange rok en geeft ons er elk een. Op het kaartje staat: ALLEEN VOOR AMUSEMENTSDOELEINDEN.

Lizzy kijkt op van haar kaartje en roept: 'Hé! Waar is uw accent gebleven?'

De vrouw haalt haar schouders op. 'Wil je nou een handlezing of niet? Ik heb over een paar minuten een nagelbehandeling.'

'Nou, weet u, ik denk dat we deze keer maar overslaan,' zegt Lizzy. 'Kom op, Jeremy. Wegwezen hier.'

Ik geloof niet dat ik mijn benen nog kan bewegen. Ik zou willen schreeuwen. Mijn ogen beginnen te branden van de ingehouden tranen, maar ik weiger te gaan huilen waar deze vrouw bij is. Ik kijk haar recht in de ogen en zeg: 'Mijn vader heeft sinds zijn dertiende gedacht dat hij op zijn veertigste dood zou gaan. Daar heeft hij zijn hele leven naar geleefd. Hij is een paar maanden voor zijn veertigste verjaardag overleden.' Lizzy legt haar hand op mijn arm, maar ik schud hem van me af. 'Uw grootmoeder heeft een vloek over hem uitgesproken!'

De vrouw krimpt ineen. Dan zegt ze: 'Ik vind het heel erg voor je. Maar mijn grootmoeder heeft hem niet vervloekt. Hooguit gezegend.'

'Dat moet u me even uitleggen,' gromt Lizzy.

'We leven allemaal alsof er nooit een einde aan zal komen. Als je weet dat het leven eindig is, ziet het er anders uit.'

'Ja, korter!' zegt Lizzy. 'Jeremy, kunnen we nou weg hier?'

'Nog één ding,' zeg ik. 'Waar zijn de sleutels van het kistje dat mijn vader me heeft nagelaten?'

'Jeremy!' zegt Lizzy. 'Je gelooft toch zeker geen woord meer van wat ze zegt?'

Ik geef geen antwoord. De vrouw doet haar ogen dicht. Gedurende die ene seconde grijpt Lizzy een wierookstaafje van de stapel en laat het in haar zak glijden. Het kan me niet eens schelen.

Mevrouw Zaleski doet haar ogen weer open. Alsof ze in trance is, zegt ze: 'Jai bent al heel dicht bai de sloitels geweest die jai zoekt. Jai zult ze vinden, maar het zal viel werk zain.' Ze schudt haar hoofd alsof ze het leeg wil maken. Dan houdt ze haar hand op en zegt: 'Vijf dollar alsjeblieft.'

'Dat *meent* u toch zeker niet!' zegt Lizzy. 'U mag blij zijn dat we geen aangifte doen! Kom op, Jeremy.'

Ik laat me door Lizzy naar de deur leiden. De vrouw doet geen poging om ons tegen te houden. We steken de boulevard over, en lopen langs een paar houten stoelen het strand op. Lizzy mompelt de hele tijd: 'Je moet maar lef hebben!' en: 'Aan het eind had ze dat stomme accent weer terug!' en: 'En *toch* moeten we haar aangeven!'

Als we ongeveer halverwege het strand zijn, plof ik neer in het zand. Het voelt warm onder mijn handen. Lizzy gaat naast me zitten. 'Gaat het wel? Je hebt helemaal niets gezegd.'

Het zand begint voor mijn ogen te zwemmen, en ik veeg snel mijn tranen weg. 'Het was gewoon een ongeluk,' zeg ik zacht.

'Wat was een ongeluk?'

'De dood van mijn vader. Hij was dus niet voorbestemd om zo jong te sterven. Het was gewoon een ongeluk.'

Lizzy geeft geen antwoord. Ik zie hoe ze haar hand vol zand schept en het tussen haar vingers laat wegglijden. 'Maakt dat het makkelijker of juist moeilijker?'

'Ik weet het niet. Anders, denk ik. Nu wil ik helemáál weten wat er in het kistje zit. Maar wat er ook in zit, ik hoop dat er ook een brief bij zit. Ik wil weten wat hij dacht toen hij me het kistje naliet.'

'Dat weet je al. Zelfs als we de sleutels nooit vinden. Je weet al wat hij dacht.'

'Is dat zo?'

Ze knikt.

'Maar weet je wat ik niet weet?' vraag ik.

Ze schudt haar hoofd.

'Ik weet niet waarom jij naar voren liep om genezen te worden.'

'Ik ook niet,' antwoordt ze.

'Echt niet?'

Ze knikt. 'Weet jij altijd waarom je iets doet?'

'Ja.'

'Nou, ik niet.'

'Maar hoe was het dan?'

'Het was… anders. Ik voelde… stilte. Alsof het voor heel even stil was in mijn hoofd.'

We zeggen een poosje niets. Ik zie twee kinderen een zandkasteel maken bij het water. Even later is het al voor de helft weggespoeld door het tij. Maar ze lijken het niet erg te vinden. Ze beginnen gewoon weer opnieuw.

'Wat vind jij van wat die waarzegster zei?' vraag ik. 'Dat we al heel dicht bij de sleutels zijn geweest? Wat betekent dat? Bij ons thuis? De vlooienmarkt? De winkel? Ik hoop niet dat ze toch in Harolds kantoor liggen, want daar kunnen we nu niet meer naar binnen.'

'We moeten helemaal niets geloven van de onzin die die vrouw heeft uitgekraamd. Ze wilde gewoon vijf dollar verdienen. Kom mee,' zegt Lizzy en ze staat op en begint het zand van haar benen te kloppen. 'Laten we eens proberen of we een casino in kunnen komen en een paar dollar kunnen verdienen!'

'Je zei toch tegen mijn moeder dat je je lastige periode achter je had gelaten?'

'Ach joh, in Europa mag je al op jongere leeftijd gokken. Heb ik op tv gezien.'

'We zitten in New Jersey, weet je nog?'

Ze haalt haar schouders op. 'Dan praten we toch met een buitenlands accent.'

'Als het maar geen Russisch is!'

'Volgens mij *was* het niet eens Russisch,' zegt Lizzy. 'Kom. Wie er het eerste is.'

Voor ik kan reageren, begint ze in de richting van de boulevard te rennen. Ik kan het nauwelijks geloven, maar ze heeft me toch een beetje opgevrolijkt. Ik zie haar rennen, met haar zwaaiende paardenstaart. Ik weet dat ik haar met mijn absurd lange benen makkelijk kan inhalen, zelfs met haar voorsprong. Maar ik doe het niet. Want dat hebben beste vrienden voor elkaar over.

16 DITJES EN DATJES

Natuurlijk lukte het ons niet om een casino binnen te komen. Liz-zy heeft alleen een poging gewaagd met de enige zin die ze nog had onthouden van de Franse les van afgelopen jaar. '*Bonjour. Je ne comprend pas anglais*,' zei ze tegen de bewaker bij Bally's, maar hij lachte haar in haar gezicht uit. Nadat we met mijn moeder piz-za hadden gegeten, heeft ze ons via de leveranciersingang de expo-sitie van tante Judi binnengesmokkeld. Ik dacht altijd dat mijn tantes kunstwerken raar waren, maar vergeleken met wat hier ten-toon werd gesteld, waren haar beeldhouwwerken volstrekt nor-maal.

De rit naar huis was een stuk comfortabeler, omdat tante Judi vier beelden had verkocht aan de een of andere hoge pief van de poli-tie, die net vijfduizend dollar had gewonnen met roulette. 'Je moet altijd inzetten op je geboortedatum,' had de man me geadviseerd, terwijl hij een dikke sigaar stond te paffen. 'Dat is altijd je geluks-getal.' Ik zei dat ik het zou onthouden.

Nu zit ik weer in mijn kamer, en probeer mijn gedachten over de gebeurtenissen in het museum op te schrijven. Dit is al het derde UvJ dat ik eraan besteed. Dr. Grady heeft ons zoveel verteld, en ik wil zeker weten dat ik het goed verwoord in mijn notitieboekje. Mijn eerste pogingen zijn in de prullenbak geëindigd, maar uit-eindelijk is dit het resultaat:

In het museum heb ik geleerd dat het heelal veel gigantischer is dan ik dacht. Elke dag doven er zonnen uit en ontstaan er nieuwe. Ook onze zon zal ooit uitdoven. In het licht van de eeuwigheid zijn wij nog vrij nieuw hier, en we mogen van geluk spreken dat we hier zijn. In de hele geschiedenis zal er maar één Jeremy Fink bestaan (tenzij ik dat plan met de tijdmachine uitvoer, want dan zijn er twee versies van mij, maar dat zie ik niet zo snel meer gebeuren), en ook maar één exemplaar van alle andere wezens. Ik voel me nu meer verbonden met Hond en Kat en Hamster en Fret, ook al zijn het vissen en ben ik een mens. Op een diep, chemisch niveau zijn we allemaal met elkaar verbonden. We bevinden ons in het heelal, en het heelal zit in ons. Maar zelfs als we hier alleen maar zijn omdat we hier zijn, betekent dat naar mijn idee nog niet dat we niet hoeven na te denken over ons doel in het leven. Daar ben ik nog steeds niet uit, maar ik heb niet meer het gevoel dat ik het per se nu, op dit moment, moet weten. Ik denk dat ik nog best even kan afwachten hoeveel appels ik in me heb. (Dat laatste heb ik van meneer Rudolph, waar we pas waren.)

De volgende ochtend, net als ik me sta aan te kleden, gaat de telefoon. Mijn moeder neemt op. Even later komt ze naar me toe als ik in de badkamer mijn tanden sta te poetsen. 'Dat was James,' zegt ze. 'Meneer Oswald voelt zich niet zo lekker. James zei dat hij ons over een paar dagen zal bellen om door te geven of meneer Oswald weer in staat is om jullie op het werk te ontvangen.'

Ik haal mijn tandenborstel uit mijn mond, die nog vol schuim zit. 'Gaat het wel goed met hem?'

'Hij zei dat het niets ernstigs was. Je hoeft je vast geen zorgen te maken. Nu hebben jullie wat meer tijd om voor de jaarmarkt te oefenen. We vertrekken over een week.'

Ik zet grote ogen op. 'Over een week al?'

Ze knikt. 'De jaarmarkt valt vroeg dit jaar, dus oma en ik hebben onze reis daaraan aangepast. Sorry, ik dacht dat je de data wel in je hoofd had.'

Ik schud mijn hoofd. 'Maar dat betekent dat ik daar mijn verjaardag vier.'

'Vind je dat erg?' vraagt ze, en ze geeft me een handdoek om mijn mond af te vegen.

'Het betekent dat ik nog minder tijd heb om de sleutels van pappa's kistje te zoeken.'

'Ben je daar nou nog steeds mee bezig?' vraagt ze bezorgd. 'Je laat je zomer daar toch niet door verpesten? Dat zou je vader niet gewild hebben.'

Ik schud snel mijn hoofd. 'Nee, het verpest mijn zomer niet. Het is alleen… anders. Meer niet.'

'Ik moet nu naar mijn werk,' zegt ze. 'Vergeet niet dat de dingen soms vanzelf op hun plaats vallen. Je hebt niet alles onder controle.'

'Dat weet ik, mam. Heus, dat weet ik heel goed.'

'Dat is mooi, want vandaag krijg je havermoutpap als ontbijt. Ik ben onze afspraak dat je elke week iets nieuws moet eten, echt niet vergeten. Hij staat op het fornuis. Havermout met perzik. Ik weet zeker dat je het lekker vindt!'

Mijn maag knort uit protest.

'En als je het in de vuilnisbak gooit, kom ik daar zeker achter.'

Ik zet een wanhopige blik op. 'Omdat moeders alles weten, zeker?'

'Precies,' zegt ze, terwijl ze voor de spiegel haar button van vandaag opspeldt: LEZEN IS NIET ALLEEN ESSENTIEEL, HET IS OOK LEUK. 'En haal het niet in je hoofd om je pap aan de vissen te voeren.'

Als ze is vertrokken, dwing ik mezelf om te gaan zitten en een paar lepels van de smurrie uit de pan te nemen. Ik bijt in een stukje perzik en moet bijna kokhalzen. Ik *moet* het uit mijn mond halen. Perzik is een van mijn favoriete mentossmaken. Waarom krijg ik een echte perzik dan niet weg? Vastbesloten om het niet meteen op te geven, pak ik nog een stukje perzik, veeg met mijn servet de stukjes havermout eraf, en stop het in mijn mond.

Tien seconden later komt mijn maag in opstand, en zeg ik, geknield voor het toilet, vaarwel tegen mijn eerste havermoutervaring. In het toilet ziet het er precies hetzelfde uit als voor ik het at. Dat kan toch nooit goed zijn.

Ik ga terug naar mijn kamer en vind daar een briefje van Lizzy.

Zullen we om twaalf uur buiten afspreken om te oefenen? Sinds ik de vaas van mijn oudtante heb gebroken, mag ik van mijn vader niet meer in de woonkamer hoelahoepen.

Ik krabbel *Oké* en stop het briefje weer terug in het gat. Ik plof op mijn bed neer met een stripboek, maar voor ik het opensla beginnen de woorden van de waarzegster door mijn hoofd te spoken. Stel nou dat de sleutels gewoon hier in huis zijn, binnen handbereik? Ik heb ons huis immers nooit echt goed doorzocht? Mijn moeder zei dat ze hier niet waren, en ik geloofde haar, maar stel nou dat ze het mis had? Er is maar één manier om daarachter te komen. Ik gooi mijn stripboek aan de kant.

Ik begin in de keuken en trek de laden zo ver mogelijk open. Onder alle afhaalmenu's vind ik diverse buttons, paperclips en Post-it-blokjes. Kralen in alle soorten en maten. Knikkers, postzegels (geen oude), en een oude ansichtkaart van mijn oma, van een uitstapje naar de grootste wolhal ter wereld, en verschillende tictacs. Ik vind drie sleutels, maar ik herken ze als de voordeursleutels van mijn vaders winkel.

In de woonkamer zijn geen laden, maar ik kijk achter de gordijnen en onder de salontafel en achter de boekenplanken. Als ik onder Meuk voel, stuit mijn hand op iets zompigs. Ik pak het vast en haal een oranje spekpaashaasje tevoorschijn dat daar al jaren moet hebben gelegen. Zelfs *ik* durf het niet meer te eten. Het enge is eigenlijk dat het er nog perfect uitziet. Stoffig, maar verder prima. Dr. Grady had dus ongelijk. Als de wereld ten onder gaat, zijn er alleen nog bacteriën, kakkerlakken én spekhaasjes.

Het voelt niet goed om mijn moeders kamer te doorzoeken. Ik wil naar binnen lopen, maar stap dan snel weer terug. Ik kan het niet. Ik moet haar op haar woord geloven als ze zegt dat ze hier niet zijn.

Ik duw een briefje door de muur en vraag aan Lizzy of ze ook bij haar thuis wil zoeken. Mijn moeder vertelde immers dat het kistje daar ook een tijdje had gestaan? Ze schrijft terug dat ze zal kijken. Twintig minuten later trek ik een opgerold briefje uit de muur, met daarin twee sleutels.

Deze lagen alle twee in een bakje op mijn vaders ladekast. Wat denk je?

Ik draai de sleutels rond in mijn hand. Ze zijn denk ik iets kleiner dan de sleutels die we zoeken, maar het is het proberen waard. Ik ga achter mijn bureau zitten en schuif het kistje naar me toe, maar zelfs zonder het te proberen kan ik al zien dat ze zeker te klein zijn. Toch probeer ik ze, rol ze dan weer in het papier en duw ze terug. Een briefje is niet nodig.

Om twaalf uur zie ik Lizzy buiten op de stoep. De hoelahoep zoemt rond haar middel en ze heeft haar oude kunstgrasrokje aan. Het is nu veel korter dan toen ze acht was. Ze is de afgelopen week erg vooruitgegaan. Haar rekwisieten liggen naast haar op een handdoek. Ik pak de voetbal en gooi die naar haar. Deze keer vangt ze hem netjes op.

'Het publiek is uitzinnig,' zegt ze, en ze houdt de bal boven haar hoofd terwijl ze met haar heupen blijft draaien.

Dan komt Rick aanlopen, met aan beide kanten een bungelende boodschappentas. Ik ben hem sinds dat onzichtbaarheidsgedoe niet meer tegengekomen. Lizzy ziet hem niet, omdat ze de andere kant op kijkt, en ik wil haar niet afleiden. Lizzy gooit de bal naar me terug en ik vang hem op. Misschien loopt hij gewoon langs zonder iets te zeggen en merkt ze helemaal niets. Te mooi om waar te zijn.

'Wat zijn jullie in vredesnaam aan het doen?' vraagt Rick, en hij probeert zijn lachen in te houden.

'Wat denk je zelf?' zegt Lizzy.

'Ik denk dat je staat te hoelahoepen. Met een soort grasrokje aan.'

'En wat dan nog?' vraagt Lizzy met haar kin in de lucht. 'Hoelahoepen is toevallig de nationale sport van Hawaï.'

'Ik weet niet beter dan dat we hier in Amerika zijn,' zegt Rick.

'Hawaï *is* in Amerika!' wijs ik hem terecht.

'Je weet heus wel wat ik bedoel,' zegt hij, maar hij draait zich om en begint de trap op te lopen. Voordat hij naar binnen gaat, roept hij nog: 'Succes met de Trekker Trek!'

'Ik zal het nog één keer herhalen,' schreeuwt Lizzy, 'we doen NIET mee met de Trekker Trek!' Haar hoelahoep valt op de grond en wiebelt nog even na voordat hij stil blijft liggen.

'Wacht maar tot we hebben gewonnen,' zegt ze met haar handen in haar zij, 'dan zal het lachen hem wel vergaan.'

'Hij moet niet denken dat hij ook maar één snickers van ons

krijgt,' antwoord ik. Ik raap de hoepel op en geef hem aan Lizzy. 'Zo, laat nu maar eens zien hoe je die banaan pelt.'

De twee daaropvolgende dagen oefenen we de act vrijwel non-stop, tot Lizzy klaagt dat ze een rode striem rond haar middel heeft. Als James ons donderdagochtend opbelt om te zeggen dat hij ons komt ophalen, hebben we de act helemaal onder controle.
'James!' zegt Lizzy, als we op de koele achterbank gaan zitten. 'We hebben je gemist!'
'In de limo was het ook niet meer hetzelfde zonder jullie,' antwoordt hij, terwijl hij optrekt.
'Hoe gaat het met meneer Oswald?' vraag ik.
'Hij zegt altijd dat hij "oude botten" heeft. Het kost hem soms moeite om veel op pad te zijn. Maar hij voelt zich alweer veel beter. Hij kijkt ernaar uit om jullie weer te zien.'
Dat is fijn om te horen. Lizzy glimlacht ook. We hebben het geen van beiden met zoveel woorden gezegd, maar ik ben meneer Oswald in ieder geval als een soort grootvader gaan beschouwen.
'En, wat gaan we vandaag terugbezorgen?' vraagt Lizzy.
James haalt zijn schouders op. 'Ik krijg mijn opdracht tegelijk met jullie.' En na deze woorden sluit hij het schuifraam.
Ik leun achterover en kijk naar buiten. Ik word meestal nerveus van de drukte in straten als Fifth Avenue, maar vandaag heb ik er geen last van. Na alles wat ik heb geleerd, over dat iedereen met elkaar verbonden is, voel ik meer warmte voor mijn medemens. Ik knabbel tevreden aan een boterham.
Ik word opgeschrikt uit mijn gemijmer als Lizzy zegt: 'Jeremy? Ik heb iets gedaan wat ik je nooit heb verteld.'
Ik laat de boterham op mijn schoot vallen. En ik laat in gedachten alle dingen die Lizzy gedaan zou kunnen hebben de revue pas-

seren. Zou ze het kistje open hebben gekregen? Of iets heel groots hebben gestolen? Een jongen hebben gezoend? Rick! Wedden dat ze met Rick heeft gezoend! Maar wanneer dan, na de seance? Of na de opmerking over de Trekker Trek?

'Het heeft te maken met Mabel Billingsly,' zegt ze. 'De vrouw van het *Winnie-de-Poeh*-boek.'

Ik haal opgelucht adem. 'Wat is er met haar?'

'Weet je nog dat meneer Oswald tegen me zei dat ik meer aandacht moet besteden aan wat mensen zeggen en wat ik daarvan vind?'

Ik knik, al heb ik geen idee waar dit verhaal heen gaat, maar ik ben blij dat het niet eindigt met dat zij en Rick hebben gezoend. Niet dat ik het erg zou vinden als ze met iemand zou zoenen, maar wel met hem.

'Nou, die avond heb ik het telefoonnummer van mevrouw Billingsly opgezocht, en haar opgebeld.'

'Echt waar?'

Ze knikt. 'En ik heb gevraagd wat volgens haar de zin van het leven is.'

'Dat meen je niet.'

'Wel hoor.'

'Wat zei ze toen?'

'Dat is dus het gekke,' zegt Lizzy, en ze neemt een slokje frisdrank en zet het blikje dan weer terug in de bekerhouder. 'Ze zei dat vriendschap de zin van het leven is. En dat terwijl ze haar beste vriendin zestig jaar geleden is kwijtgeraakt toen ze dat boek verkocht, maar toch was dat voor haar het allerbelangrijkst.'

'Wauw.'

'Ja. Dus ik zat te denken, als we nou proberen om die oude vriendin op te sporen, die met die grappige naam, misschien kunnen we ze dan weer bij elkaar brengen.'

'Bitsy,' zeg ik. 'Ze heette Bitsy Solomon.'

'Ja! Bitsy! Wat vind je ervan?'

'Ze is een paar jaar geleden overleden,' zeg ik zacht.

'O,' zegt Lizzy met een frons. En dan: 'Hoe weet je dat?'

Ik vertel haar wat ik op internet heb gevonden, en dat Bitsy haar stichting had genoemd naar de ketting die ze allebei om hadden.

'Wauw,' zegt Lizzy. 'Zou mevrouw Billingsly dit weten?'

'Waarschijnlijk wel.'

We blijven allebei een poosje stil, en dan zegt Lizzy: 'Je begrijpt zeker wel wat dit allemaal betekent, hè?'

Ik schud mijn hoofd.

'Dit betekent dat als jij me kwaad maakt en we daardoor geen vrienden meer zijn, dat je dan over zestig jaar spijt hebt dat je me kwaad hebt gemaakt.'

Ik maak een blikje frisdrank open. 'Ik zal het in mijn achterhoofd houden.'

'Dat is je geraden,' zegt ze, en ze draait zich naar het raam om naar buiten te kijken. Wat ze de rest van de rit blijft doen.

Meneer Oswald doet de deur voor ons open. Hij draagt vandaag voor het eerst een gewone broek, een overhemd en een witte hoed met een rand. Hoewel hij er iets breekbaarder uitziet dan de vorige keer dat we hier waren, ziet hij er in deze kleren veel beter uit dan in zijn gebruikelijke pak. Natuurlijker, zal ik maar zeggen. Lizzy verrast ons door hem om de hals te vliegen.

Hij lacht. 'Waar heb ik dat aan verdiend?'

Lizzy geeft geen antwoord en laat hem niet los.

'Heus,' zegt hij, 'ik ga niet dood hoor! Mijn oude botten hadden gewoon een paar dagen rust nodig.'

Ik bevrijd meneer Oswald uit Lizzy's omhelzing, en hij strijkt zijn overhemd glad. Als we achter elkaar naar binnen lopen, zie ik dat nu vrijwel het hele huis is ingepakt. De planken in zijn kantoor staan echter nog steeds vol spullen. Ik ben benieuwd wat we vandaag gaan bezorgen. De oude wereldbol? Een honkbalhandschoen?

'Notitieboekjes?' vraagt hij.

We halen onze boekjes tevoorschijn en geven ze aan hem. Hij pakt ze aan en gaat in zijn grote leren stoel zitten. Tot mijn verrassing slaat hij alleen de eerste bladzijde open, schrijft er iets in, en schuift ze dan weer naar ons toe. Ik doe mijn boekje open en zie dat hij zijn naam en de datum erin heeft gezet.

'Gaat u ze niet lezen?' vraag ik.

Hij schudt zijn hoofd en vouwt zijn handen. 'Jullie gedachten over het leven mogen jullie voor jezelf houden. Jullie hebben noch mij, noch iemand anders nodig om je te vertellen hoe het moet.'

'Is dat zo?' zegt Lizzy. 'Maar als de taakstrafpolitie er nou om vraagt?'

'Waarschijnlijk doen ze dat helemaal niet,' zegt meneer Oswald. 'Maar daarom heb ik ze voor de zekerheid getekend.'

'Meneer Oswald?' vraag ik, en ik stop mijn notitieboekje in mijn rugzak.

'Ja, Jeremy?'

'Heeft mijn moeder u verteld dat we zaterdag naar New Jersey vertrekken? Ik hoop dat u dat niet erg vindt. Het spijt me dat we dan niet kunnen werken.'

Hij glimlacht, maar het is een droevige glimlach. 'Dit is onze laatste dag samen.'

'Huh?' zeggen Lizzy en ik allebei tegelijk.

'Mijn verhuizing vindt eerder plaats dan ik had verwacht. Ik moet voor mijn vertrek nog een hoop losse eindjes afhandelen.'

Mijn maag krimpt ineen. Ik weet dat ik blij zou moeten zijn omdat we onze vrijheid terug hebben, maar ik voel alleen een soort verlies.

'Geen ritjes meer in de limo?' zegt Lizzy.

'Ik ben bang van niet,' antwoordt meneer Oswald. 'Maar als blijk van waardering, omdat jullie het zo goed hebben gedaan, mogen jullie allebei iets uitkiezen van mijn planken. Wat je maar wilt.'

Lizzy staat al bijna naast haar stoel.

Ik wil ook opstaan, maar aarzel dan. 'Maar moeten deze dingen dan niet worden teruggebracht naar de mensen die ze tijdens hun jeugd hebben verpand?'

Meneer Oswald schudt zijn hoofd. 'De telescoop was het laatste. De andere voorwerpen zijn in de loop der jaren via de traditionele weg in mijn bezit gekomen. Toe maar, ga maar kijken.'

Lizzy loopt regelrecht naar de enge blauwogige pop. Dat krijg je dus als je vader je met auto's laat spelen in plaats van poppen. Meneer Muldoun zweert dat hij serieus heeft geprobeerd om haar met een Barbie te laten spelen, maar dat ze die het raam uit heeft gesmeten. Mijn blik gaat alle planken langs, maar ik kan niets vinden wat ik echt nodig heb. De oude platenspeler is best cool, en er staat een reusachtig woordenboek op een standaard, ook heel verleidelijk.

'Vind je het moeilijk?' vraagt meneer Oswald, en hij loopt naar me toe.

'Ik kan gewoon niet kiezen.'

'Wat dacht je van die koffer?' oppert hij, en hij wijst naar een harde koffer op de onderste plank. 'Die kun je mooi gebruiken als je op reis gaat.'

Ik had hem nog niet eerder opgemerkt. Ik buk me om hem beter te bekijken. Het is zo'n ouderwetse koffer, bedekt met stickers uit exotische havens overal ter wereld. Eerst denk ik dat hij gewoon zo uit de fabriek is gekomen, maar nadere inspectie wijst uit dat de stickers allemaal echt zijn. Er staan data op van de jaren twintig tot vijftig van de vorige eeuw. Hij is echt heel erg cool. Ik zou er boeken of strips in kunnen doen. Van alles eigenlijk. 'Bedankt!' zeg ik tegen hem. 'Hij is prachtig.' Ik pak de handgreep vast en verwacht dat ik hem gemakkelijk van de plank kan pakken. Maar als ik hem probeer op te tillen, val ik bijna voorover.

'O, natuurlijk!' zegt meneer Oswald. 'Sorry. Ik was even vergeten dat die koffer vol ditjes en datjes zit. Die heb ik gevonden in de oude meubels die ik in de loop der jaren heb opgekocht.'

Lizzy vraagt: 'Ditjes en datjes?'

'Kleine rommeltjes zoals veiligheidsspelden, potloden, knopen, sleutels. Van die dingen die de neiging hebben om zich op te hopen achter in een lade. Ik vind het altijd moeilijk om iets weg te gooien.' Lizzy en ik kijken elkaar opgewonden aan, terwijl meneer Oswald grinnikt en zegt: 'Je hoeft maar één blik op mijn huis te werpen en je weet het eigenlijk al. Ik zal vragen of James de koffer even leegmaakt, en dan zijn jullie...'

'Nee!' roepen Lizzy en ik in koor.

Meneer Oswald doet een stap achteruit.

Ik leg het snel uit. 'Als u het goedvindt, mag ik de ditjes en datjes die erin zitten dan houden?'

'Natuurlijk mag dat, maar waarom?'

Ik wil het hem uitleggen, maar kijk eerst even naar Lizzy. Die knikt, dus ik zeg: 'Herinnert u zich dat kistje nog dat ik heb laten zien? Met al die sleutelgaten?'

'Natuurlijk. Dat was een heel interessant kistje. Bijzonder.'

'Nou, we hebben eigenlijk nog maar een week om de sleutels te vinden.'

'En jij denkt dat ze misschien in de koffer zitten?' Hij kijkt bedenkelijk.

'We hebben de sleutels uit de halve stad al geprobeerd,' zegt Lizzy.

'Dus het is het proberen waard.'

'Neem ze dan vooral mee. Als verzamelaar heb ik altijd bewondering voor een mooie zoektocht. Ik wed dat je vader er ook zo over dacht, Jeremy, te oordelen naar wat je me over hem hebt verteld.' Hij slaat me op de schouder. 'Ik heb bewondering voor zoveel toewijding. Een leven lang op zoek naar één postzegel. Gewone mensen vinden zoiets misschien een frustrerende aangelegenheid, maar dat is het niet. Aan het zoeken zelf beleef je ook plezier. Het is spannend.'

Ik knik. 'Zo dacht hij er ook over. Weet je nog, Lizzy?'

Ze glimlacht. 'Daarom wilde hij ook dat we zelf een verzameling zouden beginnen.'

Meneer Oswald drukt op de intercom en vraagt of James een karretje wil meebrengen. Als we zitten te wachten, zegt hij: 'Maar begrijp me niet verkeerd, vinden wat je zoekt is natuurlijk ook prachtig. Hoe moeilijker je ergens aan kunt komen, hoe bevredigender het is als je het uiteindelijk vindt.'

James komt binnen en meneer Oswald vraagt hem of hij de koffer naar de auto wil brengen. James zet hem op het karretje. 'Zal ik de pop ook meenemen?' vraagt hij aan Lizzy met een nauwelijks verholen glimlach.

'Nee hoor, hoeft niet,' zegt ze. Maar als ze ons allemaal ziet kijken met een blik van 'ach, is het geen schattig gezicht, hoe ze met die pop in haar armen zit?' gooit ze hem snel boven op de koffer. 'Hij was toch wel zwaar.'

'Bedankt voor alles, meneer Oswald,' zeg ik, en ik steek mijn hand uit.

Hij schudt hem stevig. 'Het was me een genoegen om met jullie samen te werken. Ik hoop dat jullie zullen vinden wat je zoekt. In meer dan één opzicht.'

Lizzy geeft hem ook een hand. 'Ik hoop dat u het naar uw zin zult hebben, daar in Florida. Misschien komt u wel een aardige dame tegen om u gezelschap te houden.'

'Lizzy!' roep ik uit.

Meneer Oswald lacht alleen maar. 'We zullen zien, we zullen zien.'

Tijdens de rit naar huis is het stil in de auto. We drukken nog gauw even op alle knoppen die we nog niet geprobeerd hadden, en zetten voor de eerste keer de tv aan. We krijgen alleen sneeuw. Ik zeg tegen Lizzy: 'Wist je dat er van de straling van de oerknal ook een beetje in je tv zit?'

'Waar heb je dat nou weer geleerd?'

'Ik heb pas het een en ander gelezen over het heelal. Tijdens het UvJ.'

'Dat is interessant,' zegt ze.

Ik zet grote ogen op. 'Meen je dat nou?' Lizzy heeft, voor zover ik het me kan herinneren, nog nooit gezegd dat ik iets interessants vertelde. James zet de auto voor ons huis, maar we stappen geen van beiden uit. Ik blijf de deur van de koelkast maar open- en dichtdoen, en Lizzy zit te frunniken aan haar armleuning. Maar James doet beide achterportieren open en dan zit er niets anders op.

We kijken toe hoe hij de koffer uit de limo tilt en hem op de stoep zet. Hij geeft Lizzy haar pop. Voordat ze hem aanpakt, gluurt ze om zich heen om te controleren of er geen bekenden staan te kijken.

'We zullen je missen, James,' zegt ze. 'Je bent een man van weinig woorden.'

Hij grinnikt. 'Van naar mezelf luisteren ben ik nooit iets wijzer geworden.'

'Ga jij met meneer Oswald mee naar Florida?' vraag ik.

'Voor een tijdje. Ik help hem tot hij op orde is. Verder zal hij me daar niet nodig hebben. Ik wed dat hij over een maand of twee een zaakje heeft opgezet op een antiekmarkt of een vlooienmarkt of zo. Hij kan het niet laten. Hij ontmoet graag andere verzamelaars. Dat zit in zijn genen.'

'Ik weet wat je bedoelt,' zeg ik. 'Het zit ook in de mijne.'

'Gedraag je, oké?' zegt James tegen Lizzy. Hij wil haar een hand geven, maar zij omhelst hem. De pop wordt bijna geplet. Ze moeten allebei lachen.

Ik geef hem een hand. 'Bedankt voor alles, James. En blijf uitkijken naar die weekdierfossielen.'

'Altijd,' zegt hij, en hij geeft een tikje tegen zijn pet.

We kijken de limo na tot hij aan het eind van de straat is en om de hoek verdwijnt. Ik kijk naar de koffer. Die krijgen we met geen mogelijkheid de trap op. 'Zullen we al die spullen hier uitzoeken?

Dan bewaren we alleen de sleutels. Die zullen we vast wel kunnen tillen.'

'Je bedoelt dat we de ditjes van de datjes moeten scheiden?' zegt ze, en ze zit al op haar knieën naast de koffer.

'Neem jij de ditjes,' zeg ik. 'Dan neem ik de datjes.'

'Jij krijgt *altijd* de datjes,' zegt ze op een zeurtoontje.

'Ben jij er nou nooit bang voor dat we naar het gekkenhuis worden gebracht als de mensen ons zo zouden horen?'

'Ja, voortdurend,' zegt ze, en ze zet de grote pop voorzichtig op de onderste trede, zodat het net lijkt alsof ze over ons waakt. 'Voortdurend.'

17 MIJLPALEN

Tijdens het uitzoeken van alle spullen uit de koffer komt de halve buurt langs. Mevrouw Sanchez zegt dat we er hongerig uitzien en brengt taco's voor ons mee. Ik doe net of ik de mijne opeet, maar ik stop hem stiekem in mijn tas en neem in plaats daarvan een boterham met pindakaas. Bobby vraagt of hij met Lizzy's pop mag spelen, en met tegenzin stemt ze ermee in dat hij hem mee naar boven neemt. Ik vind het wel van karakter getuigen dat ik haar nog niet met die pop gepest heb. Dat was heus niet gemakkelijk. Behalve de dingen die meneer Oswald had genoemd, vinden we in de koffer ook nog zes dollar en tweeëndertig cent aan muntgeld, twee vingerhoeden, achttien roestige spijkers, een oud horloge met een gebarsten wijzerplaat, talloze lipjes van oude frisdrankblikjes, diverse propjes aluminiumfolie, drie lekkende batterijen en een heleboel dode kevers.

Als er alleen nog sleutels in de koffer zitten, is hij licht genoeg om hem te kunnen tillen. 'Hoeveel zouden het er zijn?' vraag ik, en ik sta een paar meter voor onze voordeur stil om uit te rusten.

'Tweehonderd?' schat ze.

Ik knik. 'Minstens. Daar zijn we uren mee bezig. Dagen.'

'We zullen ze mee moeten nemen naar je oma.'

'Als we vanavond beginnen, dan kunnen we het morgen misschien wel afkrijgen.'

Lizzy schudt haar hoofd. 'Ik voel me niet zo lekker. Die taco is niet helemaal goed gevallen, als je begrijpt wat ik bedoel. Maar je kunt wel vast zonder mij beginnen.'

Ik schud mijn hoofd. 'We kunnen wel tot morgen wachten. De sleutels die we nodig hebben zitten ertussen of niet, daar verandert niets meer aan.' Ik til de koffer weer op en sleep hem het laatste stuk naar boven, bonkend tegen elke trede. 'Als je iets nodig hebt, mijn moeder heeft een apotheek aan maagmiddeltjes in haar medicijnkastje.'

'Bedankt,' zegt ze met een zachte kreun. 'Ik ga gewoon even liggen.'

Een paar uur later zitten mijn moeder en ik in de keuken een potje te kaarten, als Lizzy aanklopt. Ze houdt haar buik vast en ziet lijkbleek. 'Mevrouw Fink? Ik geloof dat ik uw hulp nodig heb.'

Mijn moeder springt op en leidt Lizzy de badkamer in. Ik hoor ze praten, maar ik kan niet horen wat ze zeggen. Ik wil ze niet storen, maar ik maak me wel zorgen. Lizzy is nooit ziek. Net als ik heeft ze een ijzeren maag. Als ik de hoek om loop naar de badkamer, zie ik nog net hoe mijn moeder Lizzy een klap op haar wang geeft. Als ze haar hand weghaalt, zie ik een rode afdruk. Dan omhelst mijn moeder haar en beginnen ze allebei te lachen. Lachen!

Mijn mond valt open van afschuw. Mijn moeder heeft me nog nooit geslagen en ik weet dat meneer Muldoun Lizzy ook nog nooit geslagen heeft. 'Mam! Wat doe je nou? Ik weet niet wat Lizzy heeft misdaan, maar zo erg kan het toch niet zijn! En ze is nog ziek ook!'

'Jeremy, er is niets aan de hand,' zegt Lizzy, terwijl ze een traan wegveegt.

Ik voel het bloed naar mijn wangen stromen. 'Hoe bedoel je, niets aan de hand? Mam, waarom heb je haar geslagen?'

'Och, lieverd,' zegt mijn moeder teder. 'Het is een oud gebruik wanneer een meisje, eh, voor de eerste keer, uh…' Mijn moeder aarzelt en kijkt naar Lizzy, onzeker over hoe ze verder moet gaan. 'Ik ben ongesteld geworden!' roept Lizzy. 'Feliciteer me maar. Nu ben ik een vrouw!'

Echt, als de vloer nu zou opensplijten en mij zou verzwelgen, zou ik daar geen enkel bezwaar tegen hebben. Ik weet niet waar ik moet kijken. Ik weet nog dat de meisjes op school toen ze tien waren een film te zien kregen over 'wanneer je een vrouw wordt', terwijl wij jongens buiten moesten gaan trefballen. En afgelopen jaar heb ik wel eens gefluister gehoord over meisjes die een 'ongelukje' hadden gehad onder schooltijd, en dan hun trui om hun middel moesten doen. Maar verder kan ik niet zeggen dat ik er echt iets van begrijp. Lizzy beleeft hier een mijlpaal, zonder dat ik er deel van uitmaak. Ik begin me een beetje te veel te voelen, dus ik stap achteruit en mompel: 'Uh, gefeliciteerd dan maar, uh, geweldig, oké, dag!'

Mijn moeder doet de badkamerdeur dicht en ik hoor dozen open- en dichtgaan. Ik weet wel dat mijn moeder haar 'vrouwendingen' onder de wastafel bewaart, maar ik heb er nog nooit ook maar een blik op geworpen. Ik zit in mijn kamer en hoor de voordeur dichtgaan. Even later klopt mijn moeder op de deur.

'Ik kom even checken of alles goed met je gaat,' zegt ze, en ze gaat naast me op het bed zitten.

Ik laat mijn stripboek zakken en knik onzeker. 'Het is gewoon vreemd, of zo.'

Ze knikt. 'Ik weet het. Jullie worden zo snel groot. Jij bent al langer dan ik, en nu dit met Lizzy.' In haar ogen staan tranen. 'Waar blijft de tijd? Nog even en je zit op de universiteit.'

Als ze zo sentimenteel wordt als nu, valt er niet met haar te praten. Ik blijf strak naar het stripboek op mijn schoot kijken, terwijl zij maar doorgaat over hoe de tijd vliegt. Eindelijk heeft ze de hint begrepen. Ik krabbel een berichtje aan Lizzy, om sorry te zeggen voor mijn vreemde gedrag, maar als ik het briefje in het gat steek, wil het er niet doorheen. Ik prop het er nogmaals in, maar het lukt nog steeds niet. Ik trek het papier weer terug en kijk in het gat. Geen wonder dat er niets doorheen wil. In plaats van de achterkant van de poster die er normaal hangt, zie ik nu alleen een prop aluminiumfolie. Ik klop twee keer op de muur, maar ze geeft geen antwoord. Ik overweeg om haar een e-mail te sturen, maar we mailen eigenlijk nooit naar elkaar. De koffer die bij de deur staat, lonkt. Als Lizzy toch op een andere zender afstemt, kan ik net zo goed vast met de sleutels aan de gang gaan. Ik kniel en maak het slot open. Maar als ik de koffer opendoe, weet ik dat ik niet verder zal gaan. We zijn hier vanaf het begin samen mee bezig geweest. Het zou niet eerlijk zijn. Daarom begin ik maar vast mijn spullen in te pakken voor de vakantie.

De volgende dag is het al bijna lunchtijd als Lizzy langskomt. 'Hoi,' zegt ze. Ze staat tegen mijn bureau geleund en ziet er niet anders uit dan anders. Ze ziet mijn ingepakte tas op het voeteneind van mijn bed staan.

'Al ingepakt?'

'Jep. En jij?'

'Nee.'

Ik ben het niet gewend dat er zo'n ongemakkelijke sfeer tussen ons hangt, en ik hoop dat het snel voorbij gaat.

'Uh, sorry voor het aluminiumfolie,' zegt ze.

'Geeft niet.'

'Ik heb gewoon even wat privacy nodig, denk ik. Even maar.'

'Dat begrijp ik wel.'

'Mooi.'

Plotseling voel ik me weer verlegen, net als gisteravond. Ik moet zorgen dat ik niet meteen in mijn schulp kruip. 'Voel je je, uh, al wat beter?'

Ze knikt. 'Een beetje kramp nog, maar wel beter. Je moeder heeft me echt goed geholpen. Mijn vader ging uit zijn dak. Hij ging rondjes rennen door de woonkamer. Dat was best grappig.'

'Ja, mijn moeder is ook een beetje van slag. Over dat we ouder worden en zo.'

233

'Genoeg gepraat over serieuze dingen,' zegt ze, en ze gaat naast de koffer op de grond zitten. 'Aan het werk.'

Opgelucht dat we er niet meer over hoeven te praten, pak ik snel mijn kistje van het bureau en ga naast haar zitten. Vanaf de bodem van de koffer staren sleutels in alle soorten en maten ons aan. Van messing en koper, zilver- en goudkleurige, en zelfs een paar doorzichtige. Groot en klein en dik en dun. Sommige zijn zo roestig dat ze bijna uit elkaar vallen in onze handen, terwijl andere eruitzien alsof ze vorig jaar gesmeed zijn. We stoten steeds tegen elkaar aan als we de sleutels in de gaten proberen te passen, maar als we het om de beurt zouden doen, zou het veel te veel tijd kosten. Maar weldra komen we in een ritme, en nu stoten we hooguit eens per vier of vijf sleutels met onze ellebogen tegen elkaar. Mijn moeder heeft vandaag vrij en komt gegrilde kaasboterhammen brengen. We pauzeren alleen om naar het toilet te rennen. Om vier uur gebeurt het wonder. Een van mijn sleutels past helemaal in het gat. Ik pak Lizzy's arm vast en ze verstijft.

'Doe dan,' zegt ze. 'Draai hem dan om.'

Ik haal diep adem en draai de sleutel naar rechts. Er gebeurt niets.

'De andere kant op,' zegt ze. 'Draai hem de andere kant op.'

'Dat komt me bekend voor,' mompel ik, en ik moet terugdenken aan het kantoor van Harold Folgard, maar ik doe wat ze zegt. En hij draait! Hij draait heel soepel. Ik hoor een *klik* als binnenin een mechanisme op zijn plaats valt. We kijken elkaar blij en opgewonden aan. Dan springen we op en beginnen te juichen. Gillend doen we een rondedans rond de stapel afgekeurde sleutels. Mijn moeder komt binnen en doet ook mee. Ik kan echt niet geloven dat we er een gevonden hebben, nadat we al op zoveel plaatsen hebben gezocht. Onze theorie klopte dus: als we maar genoeg sleutels zouden zoeken, dan zouden we er misschien een vinden die paste. En die hebben we nu!

Als we klaar zijn met springen en gillen, werpen we ons weer gretig op de koffer. 'Pas op dat je niet te snel gaat en er eentje over-slaat,' waarschuw ik.

'Maak je geen zorgen, ik doe heel voorzichtig. Zoek eens naar sleutels die lijken op de sleutel die past.'

Dat was een lange, zilverkleurige. We proberen alle sleutels die er ook maar een klein beetje op lijken, maar die passen geen van alle. Om zes uur roept mijn moeder ons naar de keuken om te komen eten. Voor mij een hamburger en voor Lizzy een vegaburger. Meneer Muldoun eet ook mee. Hij en mijn moeder hebben een grotemensenmaaltijd. Een groene paprika gevuld met een soort prutje van rijst met tomaat en gehakt.

'En, wat gaat u doen als Lizzy weg is?' vraag ik aan Lizzy's vader.

'O, je kent dat wel,' zegt hij tussen twee happen door. Ik weet zeker dat hij alleen maar doet alsof hij het lekker vindt. 'Wilde feestjes, dansen tot de zon weer opgaat, dat werk.'

'En ik maar denken dat je me zult missen,' zegt Lizzy.

'Natuurlijk ga ik je missen,' zegt hij. 'Maar ik ben blij dat jullie even de stad uit gaan. Iedereen heeft zo nu en dan wat frisse lucht nodig.'

'Nou, met al die koeien is de lucht daar anders helemaal niet zo fris,' klaagt Lizzy.

'Er zijn helemaal geen koeien bij mijn oma's pension!'

'Maar het ruikt er wel vreemd.'

'Dat zijn de katten! Jij houdt toch van katten!'

'Ik houd van mijn eigen kat,' corrigeert ze me. 'Niet van alle katten. Hoeveel heeft jouw oma er wel niet? Iets van twaalf of zo?'

Ik knik. 'Twaalf katten, twaalf kamers. Alleen kattenliefhebbers komen bij haar logeren.'

'O ja, pap, je raadt nooit wat er gebeurd is,' zegt Lizzy, die al geen belangstelling meer heeft voor de katten.

'Ik geef het op.'

'We hebben één sleutel van Jeremy's kistje gevonden!'

Hij kijkt me aan en grijnst. 'Dat is geweldig.'

'Inderdaad! En we hebben er nog een heleboel om te proberen!'

'Jullie mogen wel weer verdergaan als je wilt,' zegt mijn moeder. 'Maar eet wel eerst je bord leeg.'

Vijf minuten later zitten we weer op onze knieën voor de openstaande koffer. En weer vijf minuten later vinden we onze tweede sleutel. Lizzy's hand trilt als ze hem omdraait en hij van het slot schiet. Deze keer blijven we kalm, maar mijn hart gaat als een gek tekeer. De tweede sleutel is kort en gedrongen. Hij lijkt totaal niet op de eerste.

'Misschien zitten ze er allemaal wel bij,' zegt ze schor. 'Misschien kun je het kistje toch openmaken op je verjaardag.'

'Ik weet het,' fluister ik, en ik realiseer me dat ik nooit heb durven geloven dat het echt zou kunnen gebeuren.

'Nou, waar wachten we op?'

Twee uur later zie ik bijna scheel en kan ik elk moment flauwvallen. Toch ga ik gestaag verder. Maar dan klopt mijn moeder op de deur en zegt dat Lizzy misschien beter naar huis kan gaan.

'Maar we moeten er nog ongeveer twintig, mam.'

'Goed dan, maar de trein vertrekt morgen om negen uur vanaf Penn Station, dus we moeten vroeg op.'

Als we nog acht sleutels te gaan hebben, vind ik de derde. Hij glijdt zo in het slot. Daarna proberen we verwoed de andere acht. Maar er is er niet één die ook maar tot halverwege het laatste sleutelgat komt.

Het is voorbij. Ik kan niet geloven dat het voorbij is. Ik staar hulpeloos naar de afgedankte sleutels die kriskras door elkaar liggen.

'Balen, zeg,' zegt Lizzy.

Ik zeg niets. Ik pak het kistje op met de drie sleutels die uit de gaten steken, en schud ermee, alsof dat zou helpen. Ik probeer het deksel op te tillen. Ik ruk en trek, maar er is geen beweging in te krijgen.

'Wat doen we nu?' vraagt Lizzy.

Ik kijk naar de stapel afgewezen sleutels en knarsetand tot mijn kiezen er pijn van doen. 'Misschien kunnen we ze allemaal nog een keer proberen. Deze keer gaat het sneller, omdat we nog maar één gat over hebben.'

'Vanavond kan ik echt geen sleutel meer zien,' zegt Lizzy. 'Maar misschien kun je het tijdens je UvJ doen?'

Ik ben zo moe dat ik tijdens het UvJ alleen maar wil slapen. Maar ik knik. 'Oké, prima.'

'Ik moet nog inpakken,' zegt Lizzy, en ze staat langzaam op. 'Dan zie ik je morgen, voor dag en dauw.' Ik grom en dwing mezelf om alle sleutels nog een keer in het overgebleven sleutelgat te passen. Ze passen geen van alle. Ik ben inmiddels de uitputting nabij.

In een laatste poging probeer ik of de drie passende sleutels in het overgebleven gat passen. Niets.

Ik ben zo teleurgesteld dat ik het gevoel heb dat ik helemaal leeg ben vanbinnen. Ik krabbel een berichtje en steek het in het gat. Het aluminiumfolie is weg. Eén ontbrekende sleutel op de dag voor vertrek is bijna nog erger dan vier ontbrekende sleutels. Misschien *is* het wel erger. Het afgelopen etmaal was een aaneenschakeling van hoogte- en dieptepunten. En nu wil ik deze achtbaan verlaten.

De volgende ochtend stop ik alle spullen die ik had ingepakt in de nieuwe koffer. Die ziet er veel volwassener uit dan die oude canvas tas. Buiten hoor ik de taxi toeteren die ons naar het station zal brengen. Terwijl mijn moeder me naar buiten jaagt, zeg ik nog snel even de vissen gedag. Lizzy staat al op de stoep. Ze heeft het briefje van gisteravond in haar hand, met het bericht dat ik de laatste sleutel niet heb gevonden. Ze kijkt op en ik zie bezorgdheid in haar ogen.

'Gaat het?'

Ik knik en probeer dapper te glimlachen. Wat moet ik anders? Als ik niet lach, moet ik huilen. Ik kijk toe hoe de taxichauffeur onze bagage in de kofferbak legt. 'We hebben gedaan wat we konden, toch?'

Lizzy verfrommelt het briefje en stopt het in haar zak. 'Zeker weten. Dat telt toch ook? Kom, laten we proberen om er een leuke week van te maken bij je oma. Je moet met de stroom meegaan, zei meneer Rudolph, weet je nog wel?'

'Ik weet niet of me dat gaat lukken,' zeg ik eerlijk.

'Denk aan de funnel cake,' zegt ze.

Ik glimlach, en deze keer is het echt. 'En eten op stokjes. Eten is altijd lekkerder als het op een stokje zit.'

'Zo mag ik het horen,' zegt ze, en mijn moeder duwt ons achter in de taxi.

Als we op het station aankomen, leidt mijn moeder ons naar het enorme elektronische bord waarop vermeld staat op welk perron alle treinen aankomen en vertrekken. Onze trein gaat naar Dover, New Jersey, en doet er ongeveer anderhalf uur over. Er gaat ook een trein naar Chicago, en een naar Miami, en er staat zelfs een trein naar Los Angeles op het bord. Onze trein vertrekt over zes minuten, en we moeten zo ongeveer het hele station door rennen. Lizzy heeft haar hoelahoep over haar schouder gehangen, maar die danst alle kanten op waardoor ze tegen iedereen aan stoot. Om de zoveel meter roept ze: 'Sorry!' of: 'Oeps, pardon!'

We halen onze trein en hebben zelfs nog twee minuten over. We leggen onze koffers in het bagagerek boven ons hoofd, maar de hoelahoep is te breed. Lizzy legt hem op de grond onder onze bank, en we moeten allemaal onze voeten erin zetten om te zorgen dat hij niet naar de volgende rij glijdt. Lizzy moppert dat ze dat rotding gaat verbranden zodra alles achter de rug is. Ik herinner haar eraan dat hij van plastic is, en dus niet goed zal branden, en dat er waarschijnlijk ook nog giftige stoffen bij zullen vrijkomen.

Ze mompelt iets wat ik niet kan verstaan, en geeft een schop tegen het ding.

Mijn oma wacht ons op. Ik heb haar maanden niet gezien, maar ze lijkt geen minuut ouder. Na het ongeluk van mijn vader is ze in één nacht tien jaar ouder geworden. Sindsdien is ze hetzelfde gebleven. Mijn oma is net als dat paashaasje dat ik had gevonden. Zij zal er altijd zijn.

Voor we haar kunnen tegenhouden gooit ze onze bagage in haar busje. Mijn oma heeft al zo vaak de bagage van haar gasten naar het pension gesjouwd, dat ze echt heel sterk is geworden. Ze glimlacht als ze de hoelahoep ziet. 'Zien jullie al uit naar de talentenjacht?' vraagt ze aan Lizzy.

Ik verwacht een snauw van Lizzy, maar die slaagt erin een glimlach tevoorschijn te toveren, en ze knikt. 'Jeremy heeft er heel veel zin in, hè Jeremy?'

Ik zit inmiddels al in het busje. 'O ja, heel veel,' mompel ik.

'Waarom geloof ik dat nou niet?' vraagt mijn oma aan mijn moeder, terwijl ze de achterdeur van het busje dichtgooit.

Als we drie kwartier later aankomen bij Pension Het Kattenpootje, ben ik een beetje wagenziek. Die landelijke wegen nekken me altijd. In de stad zijn de straten recht en bijna overal vlak. Lizzy en ik strompelen het busje uit. Zij ziet ook een beetje bleek. Mijn moeder vraagt of ze zich wel goed voelt, en ik hoor haar fluisteren dat ze een beetje buikpijn heeft. Mijn moeder zegt dat ze haar een paracetamol zal geven, en dat het erbij hoort en over een paar dagen over zal zijn. Ik realiseer me dat het weer over vrouwendingen gaat, en niet over wagenziekte. Ik pak mijn koffer en loop snel het pension in. Ik word begroet door zes katten, in verschillende posities. Sommige zitten zich te wassen, er liggen er een paar te slapen, eentje rent rond met een wollen speelgoedmuis en een andere gebruikt een stoelpoot als krabpaal. Maar mijn lievelingskat zit er niet tussen.

Mijn oma komt achter me aan naar binnen. 'Ik heb KitKat al naar jouw kamer gebracht.'

Oma's zijn echt geweldig!

Ik sleep mijn spullen de trap op die naar de kamer leidt waar ik altijd slaap als ik hier ben. Mijn moeders kamer ligt ertegenover, en Lizzy's kamer grenst aan de mijne, met een deur ertussen. KitKat is lang en bruin, en ligt op mijn kussen op me te wachten. Hij spint als ik hem aai, maar hij gromt niet zoals Zilla. Oma's katten zijn normale katten, geen prehistorische monsters die als kat verkleed zijn. Op mijn nachtkastje staat een familiefoto van een eerdere logeerpartij in haar pension. Het was een paar jaar nadat het werd geopend, ik was toen drie. KitKat was nog maar een babypoesje, en ik mocht van oma een naam verzinnen. Ik kijk weg van het lachende gezicht van mijn vader op de foto.

Ik moet nu eerst al mijn kleren uitpakken, anders voel ik me hier niet thuis. Ik stop mijn spullen in de laden en hoor mijn moeder en Lizzy de trap op komen. Mijn moeder stelt voor dat Lizzy even een paar uur gaat liggen. Ik wil niet ongevoelig overkomen, maar als Lizzy deze hele week ziek is, dan wordt het een saaie bedoening.

De koffer is nu leeg, op een paar dingen na die ik zorgvuldig in krantenpapier had verpakt. Eerst pak ik mijn vaders kistje uit en zet het op het nachtkastje naast de foto. Ook al kan ik het niet open krijgen, ik kon het niet over mijn hart verkrijgen om het thuis te laten. Dan pak ik de appel uit die ik van meneer Rudolph heb gekregen, en die inmiddels een tikje zacht is geworden, en leg hem op het bureau, naast de kopie van *Instructies voor de verzorging en het voeden van uw tijdelijke kat*, die oma in elke kamer heeft neergelegd.

Ik ga op de rand van het bed zitten en aai KitKat. De afwezigheid van elk geluid is verpletterend. Het duurt altijd even voor ik eraan gewend ben. Buiten zie ik een echt wild hert aan een struik knabbelen. Het verschil met onze straat kon niet groter zijn.

Ik houd mijn oor tegen de deur naar Lizzy's kamer, maar ik hoor niets. Ze ligt zowaar midden op de dag te slapen. Zelfs toen we nog heel klein waren, weigerde Lizzy altijd om een middagslaapje te doen. Dan moet ze zich dus wel echt rot voelen. Ik ben blij dat ik een jongen ben, en niet voor het eerst.

Ik verveel me nu al, en ik ga naar beneden om te zien of ik een kandidaat kan vinden voor een potje kaarten. Tijdens de jaarmarkt is het pension van mijn oma meestal zo goed als volgeboekt, en in de gemeenschappelijke ruimte is altijd wel iemand te vinden die gezelschap zoekt. Maar nu niet. Het is er uitgestorven, op de katten na, en ik zie dat Lizzy's hoelahoep tegen de muur staat. Kan mij het schelen, er is toch niemand in de buurt. Ik doe de hoepel rond mijn middel, ga midden in de kamer staan en begin cirkels te maken met mijn heupen.

Ik ben hier best goed in! Ik ben een natuurtalent! De hoepel draait rond en rond, en de kleine kraaltjes die erin zitten, zoemen mee op het ritme. Ik buig mijn knieën, blijf intussen met mijn heupen draaien, en de hoepel bevindt zich nu maar dertig centimeter van de grond. En hij zoemt nog steeds rond en rond. Langzaam kom ik weer omhoog, en de hoepel gaat met me mee. Na een paar minuten voelt het alsof mijn wagenziekte weer terugkomt. Ik laat de hoepel rond mijn bovenbenen draaien, dan rond mijn knieën, mijn kuiten, tot hij op de grond valt. Achter me klinkt een luid applaus en er wordt gefloten. Ik draai me om en struikel daarbij over de hoepel.

Lizzy, mijn moeder en mijn oma staan te klappen. Ik krijg een vuurrode kop, maar weet er toch een onhandige buiging uit te persen.

Lizzy loopt naar me toe en pakt haar hoelahoep. 'Hoe lang verberg jij dit geheime talent al voor me?'

'Ja, dat zou ik ook wel eens willen weten,' zegt mijn moeder.

'Ik dacht dat jij lag te slapen,' zeg ik verwijtend tegen Lizzy.

'Misschien had ik *jou* moeten opgeven voor de talentenjacht,' zegt mijn oma.

'Rustig nou maar,' zeg ik, en ik loop achteruit naar de voordeur. 'Ik stond alleen een beetje te klooien, verder niet. Je mag meteen weer vergeten wat je hier gezien hebt.'

'Toe, doe het nog eens, Jeremy!' roept Lizzy, en ze rolt de hoelahoep naar me toe.

'Wacht even, dan pak ik mijn videocamera,' zegt mijn moeder, klaar om naar boven te rennen.

Ik zie mijn kans schoon en ren zo hard ik kan naar de voordeur. Ik hoor gelach achter me. Als je wordt uitgelachen door een meerderheid van vrouwen, kun je je maar het beste zo snel mogelijk uit de voeten maken.

18 DE JAARMARKT

De volgende ochtend maakt mijn oma ons vroeg wakker. Het is de eerste dag van de jaarmarkt, en ze moet haar zelfgemaakte jam afgeven, en uitzoeken welke tafel ze toegewezen heeft gekregen voor de tafeldekwedstrijd. 'En waarom hoeft mijn moeder nergens aan mee te doen?' mopper ik als ik mijn roerei zit te eten. Normaal gesproken zou ik het niet in mijn hoofd halen om eieren te eten, maar de roereieren van mijn oma eet ik wel, omdat ze er altijd mini-M&M's doorheen doet. Mijn moeder weigert dit thuis te proberen.

'Je moeder heeft geen weddenschap verloren,' antwoordt mijn oma, en ze schenkt wat sinaasappelsap in voor Lizzy, die zit te geeuwen. 'Jullie wel.'

'We hebben ons lesje wel geleerd,' zegt Lizzy. 'Wij doen nooit meer mee aan een weddenschap. Mogen we nu weer naar bed? Ik dacht dat het vakantie was.'

Mijn oma schudt haar hoofd. 'Morgen kunnen jullie uitslapen. Zodat jullie dinsdag op de dag van de wedstrijd zo fris als een hoentje zijn.'

'Waar komt dat vandaan?' vraag ik.

'Waar komt wat vandaan?' vraagt mijn oma, die tegenover me zit.

'Fris als een hoentje, wat u net zei.'

'O dat. Geen idee eigenlijk.'

Tussen twee happen ei door werpt Lizzy me een vermoeide blik toe. 'Zelfs in de vakantie moet hij alles weten. Het is gewoon een *uitdrukking*, meer niet.'

'Uitdrukkingen komen toch *ergens* vandaan,' mompel ik.

'Een hoen is een kip,' klinkt een mannenstem vanachter een krant, aan de tafel naast ons.

'Dank u wel,' zeg ik tegen hem, blij dat iemand me begrijpt.

Als antwoord ritselt hij even met zijn krant.

Ik zeg tegen Lizzy: 'Het is toch prettig om te weten hoe het zit?'

'Ik zou het vooral prettig vinden om nu in mijn bed te liggen.'

'Hé, waar is mijn moeder?' vraag ik.

Mijn oma staat op en schenkt voor ze antwoord geeft eerst nog een rondje koffie in voor de andere gasten. 'Ze doet even wat boodschappen voor me, zodat ik jullie naar de jaarmarkt kan brengen. En nou opschieten en je bord leegeten, anders zijn alle suikerspinnen uitverkocht.'

Die oma van mij weet wel hoe ze mensen moet motiveren!

Als mijn oma de toegangsprijs heeft betaald en we door de poort lopen, adem ik diep in. Funnel cake. Suikerspin. Fudge. Hotdogs met een krokant laagje. Zo moet het in de hemel ongeveer ruiken. Ik blijf even staan als we langs een kraampje komen dat er dit jaar voor het eerst is. Ecn man met een rood schort voor doopt een twinkie, een met room gevuld sponscakeje, in het deeg dat ze ook gebruiken voor de funnel cake. Een twinkie met een krokant laagje! Het water loopt me in de mond. Ik veeg mijn kwijl af aan mijn T-shirt.

'Later,' belooft mijn oma.

Als hij de twinkie aan het gelukkigste meisje in het heelal heeft gegeven, prikt de man een stokje in een snickers en doopt die in het deeg. *Een snickers met een krokant laagje! Die man is geniaal!*

Ik laat me pas meesleuren als mijn oma met haar hand op haar hart en op alles wat haar lief is heeft gezworen dat ik er, voordat we naar huis gaan, van elk eentje mag hebben.

Onderweg naar de plek waar we de jampotten moeten afgeven, komen we langs de varkensraces en de Trekker Trek. Op beide attracties is een hoop publiek afgekomen, om de strijdende partijen aan te moedigen. Lizzy pakt een foldertje waarop de starttijden voor elke race staan. 'Dit geef ik aan Rick als we weer thuis zijn,' zegt ze, en ze stopt het in haar zak. 'En dan zeg ik dat we *zowel* de varkensrace als de Trekker Trek hebben gewonnen!'

Mijn oma duwt ons gehaast langs een paar kraampjes waar mannen in kostuums door een megafoon staan te brullen: 'Komt dat zien, de Kleinste Vrouw ter Wereld! Ze is hier! En ze is echt! Je kunt zelfs met haar praten! Slechts vijftig cent voor een onvergetelijke ervaring!'

'Kom kijken naar het Grootste Paard ter Wereld! Helemaal uit Amish Country! Je kunt je echt niet voorstellen hoe groot het is!'

'Oma, Amish Country ligt hier toch maar iets van een uur vandaan, in Pennsylvania?' vraag ik, en ik ga wat langzamer lopen. 'Zal ik dat tegen hem zeggen?'

'Ik denk dat hij dat wel weet,' zegt mijn oma. 'Die mensen vertellen de grootste onzin om een paar dollar te verdienen.'

'O, u bedoelt net zoals die vrouw die vorig jaar ons gewicht heeft geraden?' vraagt Lizzy.

'Precies,' zegt mijn oma.

'Aha!' reageren Lizzy en ik tegelijkertijd.

'Dus u *geeft toe* dat het bedrog was!' roep ik uit. 'En toch bent u met ons die weddenschap aangegaan!'

Mijn oma bijt op haar lip. 'Oké, oké, ik wist dat het oplichterij was. Maar geloof me nou maar als ik zeg dat jullie me na het optreden dankbaar zullen zijn.'

Lizzy zet haar handen in haar zij. 'En ik maar denken dat oma's aardig en liefdevol waren. Maar nee hoor, in plaats daarvan neemt ze haar kleinzoon en haar zo goed als geadopteerde kleindochter in de maling door ze een weddenschap te laten verliezen!'

'Ach ja,' zegt mijn oma, 'maar soms moeten oma's iets doen wat hun het beste lijkt voor hun kleinzoon en hun zo goed als geadopteerde kleindochter, en hun ogen openen voor nieuwe ervaringen. Want alleen zo leer je waartoe je allemaal in staat bent. En nu opschieten, want anders bederft mijn jam.'

Met tegenzin slepen we onszelf achter mijn oma aan, en gaan de tent van de Ambachten en Kookkunsten in. Er staan tafels vol tomatensauzen, allerlei soorten jam, koekjes, quilts, voederplanken en taarten. Sommige inzendingen hebben al een beoordeling gehad. Daar hangt een lintje aan waarop staat *Uitstekend, Heel goed, Goed* of *Redelijk*. Ik zie nergens staan *Uh* of *Matig* of *Het smerigste dat ik ooit heb geproefd*. Ik wacht tot oma zich heeft aangemeld bij de grote tafel, waarna ze een sticker met nummer 22 op haar potten plakt. Als ze haar jam tussen de andere potten heeft gezet, vraag ik of hier ooit wel eens iemand verliest.

Ze schudt haar hoofd.

Ik wil net gaan vragen waarom je aan een wedstrijd mee zou doen als toch iedereen wint, maar ik word afgeleid door drie Aziatische meisjes die giechelend naar Lizzy wijzen. Ik loop snel naar Lizzy toe en trek haar weg bij de reuzenpompoenen die ze staat te bewonderen. 'Uh, vraag me niet waarom, maar die meisjes staan naar je te wijzen.'

Ze draait zich om. 'Wie dan?'

Ik hoef al geen antwoord meer te geven, want het groepje loopt naar haar toe. De meisjes duwen elkaar naar voren en doen dan giechelend weer een stap terug. Eindelijk stapt er een op Lizzy af. 'Jij bent zeker dol op knollen!' zegt ze, en ze barst uit in een nieuwe giechelbui.

Lizzy staart haar aan en gluurt naar de tafel met pompoenen. Er liggen nergens knollen. 'Huh? Wat bedoel je?'

Het meisje wijst naar Lizzy's arm. 'Jouw tatoeage! Daar staat "knol".'

'Niet waar,' zegt Lizzy boos. 'Er staat "leven".'

De meisjes hangen nu over elkaar heen van het lachen. We kijken elkaar bezorgd aan.

'Of niet?' vraagt Lizzy met een klein stemmetje.

De meisjes schudden hun hoofd. Lizzy rolt snel haar mouw naar beneden en probeert de tatoeage te bedekken. Ze pakt mijn arm. 'Kom Jeremy, wegwezen hier.'

We laten de meisjes voor wat ze zijn, maar als we buiten staan, horen we ze nog steeds lachen. Het kost me heel wat zelfbeheersing om niet ook te gaan lachen.

'Nou, nu weten we het zeker,' zegt Lizzy. 'Op de boulevard van Atlantic City is echt *niemand* te vertrouwen.'

'Helpt het als we een gefrituurde snickers op een stokje gaan eten?'

'Misschien.'

Terwijl we staan te wachten tot mijn oma naar buiten komt, likt Lizzy aan haar vinger en wrijft over de tatoeage. Hij wordt wat vlekkerig, maar hij is nog steeds zichtbaar. Zoals beloofd blijven we staan bij de nieuwe kraam, en mijn oma koopt voor ieder van ons twee soorten snoep. Met een gefrituurde twinkie in de ene hand en een gefrituurde snickers in de andere kan zelfs Lizzy niet lang kwaad blijven.

'Ik weet niet eens hoe knollen eruitzien,' moppert ze, als we op een bankje gaan zitten, terwijl mijn oma naar het tafeldekevenement gaat voor haar opdracht. 'Hoe kan ik nou van knollen houden als ik niet eens weet hoe die dingen eruitzien?'

'Je hebt helemaal gelijk,' zeg ik. Ik neem eerst een hapje van de twinkie, en dan van de snickers. Ze smaken net zo lekker als ik had verwacht.

'Trouwens, deze tatoeage zou toch na een week weg zijn? Nou, er is nu een week voorbij!'

'Maak je geen zorgen. Je hebt hem zo vlekkerig gemaakt dat niemand meer kan zien of er nou "leven", "knol" of "Hup Yankees" heeft gestaan.'

'Zweer je het?'

'Ik zweer het.'

'Want anders laat ik je hoelahoepen als we weer bij het pension zijn.'

'Heel grappig.'

'Ik meen het, hoor, je was echt goed.'

Ik eet het laatste restje snickers op en gooi het stokje in de vuilnisbak. 'Weet ik.'

De rest van de dag oefenen we onze act, en het grootste deel van de volgende dag ook. Lizzy kan de bal nu met haar ogen dicht opvangen. Misschien had mijn oma gelijk, en is de talentenjacht toch niet zo heel erg.

De presentator schraapt zijn keel en roept in de microfoon: 'Jullie worden beoordeeld op presentatie, zelfvertrouwen, originaliteit en amusementswaarde.'

Lizzy buigt zich naar me toe. 'En hoe zit het met mijn knappe verschijning? Tellen ze die niet mee?'

'Ssst!' We zitten samen met de andere deelnemers op de voorste rij. Ik wil niet dat de juryleden zich al aan ons ergeren voordat de show zelfs maar begonnen is. De presentator vervolgt met het voorstellen van de juryleden: een kale Broadway-producer, een talentscout en een man die jingles zingt in reclamespotjes. Iedereen klapt, en ik kijk intussen naar onze concurrenten. Het joch aan mijn andere kant zit in zijn neus te peuteren, en het meisje naast hem kauwt op een pluk haar. Aan het einde van de rij zitten de drie meisjes die naar Lizzy's tatoeage wezen, gekleed in balletpakjes met bijpassende glitterlaarzen. Ik geloof dat Lizzy ze nog niet gezien heeft, en dat is maar goed ook. Ze kan wel zeggen dat ze niet zenuwachtig is, maar ze zit de hele tijd aan de nepgrassprieten van haar rokje te pulken.

'En nu gaan we kijken naar een dans op de discoklassieker "It's Raining Men", door de drie zusjes Su!'

Iedereen klapt als de drie meisjes het trapje naar het podium beklimmen. Lizzy knijpt haar ogen tot spleetjes en zakt weg in haar stoel. De muziek begint, hapert eerst een beetje en speelt dan zoals het hoort. De meisjes hebben een act met paraplu's en doen het lang niet slecht. Het publiek begint mee te zingen. Ik draai me om en zwaai naar mijn moeder en oma die op de derde rij zitten. Mijn moeder zit startklaar met haar videocamera. Ik kan niet geloven dat ik dit echt moet doen. Bijna had ik de dertien gehaald zonder op een podium te hoeven staan. Dit gaat in tegen alles wat me heilig is. Maar gelukkig zijn we er bijna vanaf, en Lizzy doet tenslotte het zware werk.

De meisjes zijn klaar, buigen net iets te vaak, als je het mij vraagt, en gaan dan weer zitten. Daarna is een jongen met een viool aan de beurt, gevolgd door een broer en zus die samen een duet zingen. De violist was nogal pijnlijk, maar de zangers waren niet slecht. Ik stoot Lizzy aan. 'Hierna zijn wij!'

Ze knikt; ze ziet een beetje bleek.

'En nu dames en heren, graag uw aandacht voor Lizzy Muldoun, de beste hoelahoepster van de oostkust. Zij wordt geassisteerd door haar vriend Jeremy Fink.'

Het publiek klapt beleefd als we het podium op klimmen. Ik heb Lizzy's rekwisieten in mijn tas zitten, en die leg ik aan de zijkant. Dan kijk ik naar het midden van het podium, waar Lizzy zou moeten staan. Maar ze is er niet. Als ik me omdraai, zie ik dat ze achter me staat, net naast het podium. Ze gebaart dat ik naar haar toe moet komen. Ik steek mijn wijsvinger op naar de jury – 'één minuut' – en loop snel naar Lizzy toe. 'Wat doe je?' sis ik. 'We moeten op!'

Lizzy schudt supersnel haar hoofd. 'Ik kan het niet,' zegt ze, haar hand op haar buik. 'Kramp.'

'Dat *meen* je toch zeker niet!' zeg ik. 'Hoe lang *duurt* dit gedoe eigenlijk?'

'Het spijt me,' zegt ze, 'ik weet echt niet wat ik moet doen.'

Het publiek wordt onrustig. Ik hoor geroezemoes. Ik buig me nog dichter naar haar toe. 'Maar je hebt hier zo hard op geoefend. Kun je je er niet gewoon doorheen slaan?'

Ze schudt weer haar hoofd. 'Ga jij maar in mijn plaats! Ik kan niet hoelahoepen, maar ik kan wel die dingen naar je gooien.'

'Wat? Echt niet!'

Het Broadway-jurylid komt het podium op. 'Is er een probleem?' Ik weet niet wat ik moet zeggen. Lizzy rukt haar grasrokje los en stopt het in mijn hand. 'Jeremy gaat voor mij in de plaats. Ik zal hem assisteren.'

Het jurylid trekt één wenkbrauw op, maar zegt dan: 'Goed, maar we moeten wel door. Tien seconden.'

'Wil je dit alsjeblieft voor me doen, Jeremy,' smeekt Lizzy. 'Ik zal het goedmaken. Je kent mijn hele act. En ik ben bij je.'

'Vijf seconden,' roept het jurylid.

Dit is een klassiek voorbeeld van waarom ik niet van verrassingen houd. Ik zoek verwilderd in het publiek naar mijn moeder en oma. Ze staan voor hun stoel en zien er bezorgd uit. Ik wijs naar Lizzy's buik. Mijn oma snapt het niet, maar mijn moeder fluistert iets in haar oor. Dan begint mijn oma te roepen: 'Je-re-my! Je-re-my!' Tot mijn afschuw begint het publiek mee te doen. Ik hoor minstens honderd mensen mijn naam roepen en met hun voeten stampen. Het lijkt wel een scène uit een slechte tienerfilm, waarin de sympathieke loser op het punt staat om een doelpunt te maken, of langzaam naar het populairste meisje van de school toe loopt. Ik hoor onze muziek door de luidsprekers. *Iemand* moet zo meteen rond gaan draaien, *like a record baby right round, round, round*, en blijkbaar ben ik die iemand. Ik trek het rokje aan over mijn korte broek. Het komt amper tot mijn knieën. Ik pak de hoepel uit Lizzy's hand en loop naar het midden van het podium. Ik heb ergens gelezen dat je, als je op het podium staat, het publiek niet kunt zien, vanwege de felle lampen die in je ogen schijnen. Dat zal dan wel niet gelden voor een tent op klaarlichte dag, want ik kan alle verwachtingsvolle gezichten overduidelijk zien. Tot mijn verrassing begint het publiek al te juichen voordat ik mijn heupen heb bewogen.

Ik haal diep adem, zet de hoepel aan mijn middel en laat hem in een strak ritme draaien. Ik knik naar Lizzy dat ik klaar ben voor de bal. Ik vang hem met gemak en gooi hem weer terug. Ik ben me maar half bewust van waar ik mee bezig ben, want het overgrote deel van mijn hersenen draait overuren over de vraag hoe Lizzy dit ooit goed kan maken. Ik doe net alsof ik alleen in de woonkamer van het pension sta, in plaats van op een podium voor honderd vreemde mensen, in een rokje van gras. Anders weet ik zeker dat ik een black-out krijg.

Even later gooit ze de banaan naar me toe. Ik begin hem te pellen en wil hem naar mijn mond brengen, maar dan bedenk ik me dat ik bananen haat! Ik dwing mezelf om een klein hapje te nemen, en slik het dan snel door met een vies gezicht. De rest van de banaan gooi ik over mijn schouder, tegen het gordijn. Het publiek brult van het lachen. Het was anders niet grappig bedoeld.

Na een eeuwigheid, althans, zo lijkt het, want het duurt niet langer dan één minuut en drieënvijftig seconden, komen we bij de finale, en ik maak een blikje open, drink een paar slokken en zet het dan op de grond, terwijl de hoepel gewoon blijft doordraaien. De hoepel cirkelt rond mijn knieën tot de muziek ophoudt. Dan hang ik hem om mijn nek en maak een buiging. Het duurt even voor het applaus goed tot me doordringt. Ik moet toegeven dat het best een leuk gevoel is. De laatste keer dat er voor me geapplaudisseerd is, was toen ik twee jaar terug de spellingwedstrijd won door het woord *neurotisch* foutloos te spellen.

Lizzy kruipt rond over het podium om alle rekwisieten op te rapen, en ik trek het rokje uit en ren het trapje af. Mijn moeder en oma komen op ons af om ons te begroeten.

Ik kijk mijn oma aan. 'Is dit nou het moment waarop ik u zou moeten bedanken?'

'Je was geweldig,' zegt ze. 'Als je *dit* kunt, dan kun je toch *alles*?'

Mijn moeder geeft een klopje op haar videocamera. 'En ik heb alles op film.' Dan zegt ze tegen Lizzy: 'Gaat het, lieverd?'

Lizzy knikt. 'Het spijt me vreselijk, Jeremy. Maar je was echt heel erg goed. Beter dan ik het zou hebben gedaan.'

Ik weet dat dat niet waar is, maar het volgende optreden gaat beginnen, dus we gaan zitten om ernaar te kijken. Er volgen nog tien acts. De meesten doen een zang- of dansnummer, of bespelen een instrument. Eentje doet er een stand-upcomedy act en er is een meisje dat bongodrums speelt met haar voeten. Terwijl de juryleden hun scores optellen, komen er allerlei mensen naar me toe om me de hand te schudden en te zeggen hoe dapper ze het van me vonden. In mijn herinnering is alles vaag en mistig. Het is dat ik de hoepel nog steeds rond mijn middel voel, want anders had het net zo goed een droom geweest kunnen zijn. Ik had in geen miljoen jaar kunnen denken dat ik met een grasrokje aan zou durven hoelahoepen tijdens een talentenjacht. Misschien kan ik nog wel meer dingen waarvan ik nooit had gedacht dat ik ze zou kunnen.

Ik probeer mijn moeder zover te krijgen dat ik even weg mag om nog een gefrituurde twinkie te gaan halen, want we gaan toch niet winnen. Maar ze wil dat ik blijf. Eindelijk melden de juryleden dat ze een winnaar hebben.

De derde plaats gaat naar de zusjes Su, die niet erg enthousiast kijken als ze naar het podium lopen om hun cheque van twintig dollar en een kleine bronzen trofee op te halen.

'Nu lachen ze niet meer,' fluistert Lizzy.

Tot mijn schrik hoor ik onze namen noemen voor de tweede plaats. 'Dat zijn wij!' schreeuwt Lizzy, en ze trekt me uit mijn stoel. Het jurylid overhandigt Lizzy de zilveren trofee en een cheque van vijfendertig dollar. Lizzy geeft ze meteen aan mij. 'Dat is wel het minste dat ik kan doen,' zegt ze. Ik spreek haar niet tegen.

De eerste plaats, de hoofdprijs van vijftig dollar, gaat naar het meisje dat bongo's speelde met haar voeten.

19 GEFELICITEERD

De zon schijnt. De hanen kraaien. Ik voel me ouder. Maar volgens de spiegel in de badkamer ben ik dat niet. Heel even dacht ik dat ik een borsthaar zag, maar dat bleek gewoon een losse hoofdhaar te zijn die daar was blijven hangen. Toen ik gisteravond in slaap probeerde te komen, bedacht ik me dat dit eigenlijk het *einde* van mijn dertiende levensjaar was, en niet het begin. Op je eerste verjaardag heb je er immers al twaalf maanden op zitten, dus dat ik nu dertien ben geworden, betekent eigenlijk dat ik al dertien jaar op deze planeet rondloop. Vandaag is dus de eerste dag van mijn veertiende levensjaar. Nogal logisch dat ik me ouder voel!

Er wordt op de deur geklopt en ik trek snel een T-shirt aan. Mijn moeder, oma en Lizzy komen zingend binnen. Mijn oma draagt een taart met kaarsjes in de vorm van het cijfer 13. Ze zet hem neer op het kleine bureau, vlak naast onze zilveren trofee. En wie gaat me nu officieel welkom heten in de wereld van het tienerdom? En waar blijft mijn geheime handdruk?

Ik blaas de kaarsjes uit en iedereen klapt.

'Heb je een wens gedaan?' vraagt mijn moeder.

Ik sla met mijn hand tegen mijn voorhoofd. Helemaal vergeten! 'Dan steken we ze gewoon weer aan,' zegt mijn oma, en ze haalt een aansteker uit de zak van haar schort.

'Moeten we dan nog een keer Lang zal hij leven zingen?' klaagt Lizzy.

'Alsjeblieft niet,' zeg ik.

Deze keer doe ik mijn ogen dicht en ik concentreer me. Allereerst wens ik dat mijn familie en vrienden weer een jaar veilig en gezond zullen zijn. Maar wat ik echt zou willen, is eigenlijk geen echte wens. Meer een soort hoop. Ik hoop dat mijn vader, waar hij ook is, toekijkt en begrijpt dat ik mijn uiterste best heb gedaan om zijn instructies op te volgen om vandaag het kistje te kunnen openen. Ik hoop dat hij weet hoeveel het voor me betekent dat hij het überhaupt aan me heeft gegeven. Misschien is het wel zo simpel! Misschien gaat het om het geschenk zelf en wat ik daarvan zou kunnen leren, en niet om de inhoud. Maar daar zal ik wel nooit achter komen.

'Oké,' zegt Lizzy, 'volgens mij is dit de langste wens ooit!'

Ik doe mijn ogen weer open. 'Oké, oké, ik ben klaar.' Ik haal diep adem en blaas alle kaarsjes in één keer uit.

Als mijn oma de taart aansnijdt, zegt mijn moeder: 'We hadden bedacht om te gaan picknicken bij Mosley Lake. Wat vind je daarvan?'

'Dat is toch waar ik altijd met pappa ging vissen?'

Mijn moeder knikt.

Lizzy kijkt vol afkeer. 'Gingen jullie vroeger *vissen?*'

Mijn moeder lacht. 'Maak je geen zorgen, schat. De vissen zijn geen moment in gevaar geweest toen de heren Fink het meer op gingen. Want ze gebruikten winegumwormen in plaats van levend aas.'

Ik grinnik als mijn oma me een papieren bordje met een stuk taart aanreikt. 'En mijn vader strooide dropvisjes in het water en deed alsof hij ze ging vangen. En hij moest nog snel zijn ook, want die dingen zonken als bakstenen!'

'En toen zei de strandwacht dat hij daarmee op moest houden,' vertelt mijn oma verder, 'omdat hij bang was dat de echte vissen het snoepaas zouden opeten en daar ziek van zouden worden.'

'Dus zette mijn vader zijn duikbril op en zwom net zo lang rond tot hij ze allemaal had teruggevonden!'

Lizzy lacht. 'Typisch je vader. Maar zou het niet grappig zijn geweest als iemand een echte vis had gevangen om op te eten, en bij het opensnijden een dropvis in zijn buik had ontdekt?'

'Met een laagje suiker erop!' roep ik, nadat ik een grote hap taart heb doorgeslikt.

'Met salmiakvulling!' roept ze.

'Als jullie jezelf nog even vermaken,' zegt mijn oma, terwijl ze de overgebleven taart weghaalt, 'dan gaan wij de lunch inpakken. We roepen jullie wel als we klaar zijn.'

Lizzy en ik eten onze taart op, en gniffelend verzinnen we nog meer soorten snoep die je in een vis zou kunnen aantreffen. Ik vind een pindarotsje de gekste – je kunt je toch niet voorstellen dat een vis pinda's zit te eten? Maar volgens Lizzy is een suikerspin nog vreemder, want dat zou betekenen dat iemand die vis ooit had gewonnen bij een van de attracties op de jaarmarkt, waarna de vis was ontsnapt. We gooien onze taartbordjes in de vuilnisbak en Lizzy loopt naar onze tussendeur. 'Ik moet jouw cadeautjes nog even verder inpakken. Ik neem ze mee naar het meer.'

Ze laat de deur op een kier staan en heel even kom ik in de verleiding om te gluren naar wat ze daar inpakt. Maar Lizzy en ik geven elkaar ieder jaar min of meer hetzelfde cadeau voor onze verjaardag, dus dat is niet het spioneren en betrapt worden waard. Ik krijg van haar elk jaar een verzameling snoep en stripboeken, en van mij krijgt ze altijd een dvd en een boek. Ik probeer altijd een boek uit te kiezen dat ze leuk zou kunnen vinden, als ze het tenminste zou proberen. Maar meestal eindigen de boeken op mijn eigen boekenplank. Ik weet al wat ik dit jaar voor haar ga kopen: een hele mooie uitgave van *Winnie-de-Poeh*. Dat vindt ze vast leuk, na wat we met Mabel Billingsly hebben meegemaakt.

Als we naar het meer rijden, verbaast het me dat het er niet drukker is: misschien tien mensen, alles bij elkaar. De oude roeiboten

zijn leeg en liggen vastgebonden aan de kant, en er is geen strandwacht. Het is een perfecte zomerdag. Je zou verwachten dat het
er zwart zou zien van de mensen. Als we uit mijn oma's stationcar stappen, besef ik dat we zo ongeveer het hele strand voor onszelf hebben. Ik was vergeten waarom we hier nooit meer naartoe
gingen…

'Wat *is* dit?' zegt Lizzy en ze knijpt haar neus dicht.

Mijn moeder en ik doen hetzelfde, maar mijn oma ademt diep in.
'Heerlijk toch? Ik moet meteen terugdenken aan toen ik hier met
mijn eigen grootouders ging vissen. Wij gebruikten trouwens wel
echte wormen.'

Lizzy staat mijn oma aan te gapen. 'Het ruikt alsof het Monster
van Loch Ness hier zijn laatste adem heeft uitgeblazen.'

Mijn moeder laat haar neus los en ademt nu ook diep in. 'Zo raak
je gewend aan een vieze geur,' legt ze uit. 'Zodra die in je neushol-
tes is doorgedrongen, ruik je de stank haast niet meer.' Aarzelend
probeer ik haar techniek. Die lijkt te werken. Ik ruik de moeras-
geur nu tenminste niet meer bij elke ademteug.

'Kunnen we niet in de auto gaan eten?' smeekt Lizzy.

Mijn moeder schudt haar hoofd. 'Kom op, het is een prachtige
dag. Dichter bij het water valt het wel mee.'

'Is het niet juist *erger* als we dichter bij het water zitten?' sputtert
Lizzy tegen. Mokkend loopt ze achter ons aan. Dat lijkt mij ook,
maar mijn moeder blijkt gelijk te hebben. We spreiden onze deken
uit tussen een jong stel dat ligt te zonnebaden en een jongen met
een vlieger in de vorm van een draak. Maar we zitten zo ver bij hen
vandaan dat iedereen voldoende privacy heeft.

Mijn oma pakt de koelbox uit. Ze haalt spullen tevoorschijn die
stuk voor stuk nog veel smeriger ruiken dan het meer. Tonijn op
volkorenbrood, eiersalade op roggebrood, olijven, augurken. Lizzy neemt eiersalade en ik wacht geduldig op mijn boterhammen
met pindakaas, want ik weet dat die nog komen. Mijn oma haalt

een thermoskan met limonade tevoorschijn, en servetten, papieren bekers en vorken. 'Tast toe, jongens.'

Ik trek de koelbox naar me toe. Hij is leeg. 'Uh, waar is mijn pindakaas?'

'Nou niet meteen boos worden,' zegt mijn moeder, terwijl ze me een broodje tonijn toeschuift. 'Oma en ik hadden bedacht dat het tijd is om eens iets anders te proberen, nu je dertien bent.'

Ik zet grote ogen op. 'Je maakt een geintje, zeker?' Hoe kunnen ze me dit aandoen op mijn verjaardag? Ik verga van de honger. Ik heb vandaag alleen nog maar taart als ontbijt gehad.

Mijn moeder glimlacht. 'Grapje!' Ze graaft in haar tas. 'Hier zijn je boterhammen.'

Oma grinnikt. Lizzy grijnst, en ik zie allemaal stukjes eiersalade tussen haar tanden zitten. Hoewel ik haar altijd moet beloven dat ik het meteen zeg als er iets tussen haar tanden zit, laat ik het deze keer achterwege, omdat ze me zit uit te lachen.

'Hah-hah, heel grappig,' zeg ik, en ik pak de boterhammen aan. 'Iemand pesten op zijn verjaardag. Kunnen jullie wel?'

'Om het goed te maken heb ik hier een verjaardagscadeau voor je.' Mijn moeder geeft me een blauwe envelop. Ik ben verbaasd, want ik krijg bijna nooit kaarten van haar. Ze is ervan overtuigd dat alle feestdagen door Hallmark zijn uitgevonden.

'Voordat je hem openmaakt,' zegt ze, 'moet ik er even bij zeggen dat het alleen een *foto* van het cadeau is, want ik wilde het niet helemaal hiernaartoe slepen.'

Spannend! Een cadeau dat zo groot is dat je het moet slepen. Ik scheur de envelop open en haal er een foto van een telescoop uit! Ik zie aan de achtergrond dat mijn moeder hem in de woonkamer van de Muldouns had verstopt.

'Wist jij hiervan?' vraag ik aan Lizzy.

Ze knikt. 'Ik kan al steeds beter geheimen bewaren.'

'Vind je hem mooi?' vraagt mijn moeder.

Ik omhels haar. 'Ik vind hem prachtig!'

'Ik heb hem getest op het dak. Het beeld is een beetje onscherp vanwege alle verlichting, maar hij deed het beter dan ik had verwacht. Jammer dat ik hem niet mee kon nemen. Want hier kun je de sterren veel helderder zien dan in de stad.'

'Dan neem je hem volgend jaar toch mee,' zegt mijn oma. 'Kijk eens op de achterkant van de foto.'

Ik draai de foto om. Op de achterkant zit een Post-it-velletje geplakt waar op staat: *Vereniging voor Sterrenkunde, lidmaatschap voor één jaar.*

'Dat is mijn bijdrage,' zegt mijn oma. 'Je kunt zo vaak je wilt naar hun verenigingsgebouw gaan, om onderzoek te doen, of om een praatje te maken met geestverwanten. Het is alleen wel in Midtown Manhattan, dus je zult er met de metro of de bus naartoe moeten.'

'Vind je dat een probleem?' vraagt mijn moeder. 'Anders regel ik wel dat ik je kan brengen, als je dat liever hebt.'

Ik denk heel even na en zeg dan: 'Nee hoor, het is prima. Ik kan het nu wel alleen. Het draait allemaal om de metrokaart.'

'Ben je nu klaar voor mijn cadeau?' vraagt Lizzy. Ze zit verwachtingsvol te wiebelen.

Ik knik en neem nog snel even een hap van mijn boterham. Lizzy haalt een cadeau uit haar tas, dat is verpakt in de stripbladzijde uit de krant van vorige week zondag. Ik scheur het open en zie dat er een kleiner bobbelig pakje in zit, plus vier van mijn favoriete stripboeken en het nieuwe dubbeldikke nummer van *Betty & Veronica*. Lizzy lacht. 'Die heb ik voor je gekocht om te bewijzen dat mensen hem ook kopen zonder de folder te hebben gezien.'

'Daarmee bevestig je mijn theorie alleen maar. Jij *hebt* die folder toch gezien!'

'Nou ja, klein detail. Maak de rest nou maar open.'

Ik maak het kleinere pakje open, waar het gebruikelijke assortiment aan snoep in zit: dropsleutels, skittles, diplolly's, colaflesjes, jellybeans, en twee mintchocolaatjes.

'Ga je die allemaal zelf opeten?' vraagt mijn oma. 'Dat wordt dan een enorme tandartsrekening!'

'Ik zal het uitsmeren,' beloof ik haar. 'Over de hele dag.'

Mijn moeder schudt haar hoofd. 'Ik probeer het echt, heus, ik probeer het.'

Ik zeg tegen Lizzy: 'Bedankt voor alles. Geweldig.' Het is echt heel geruststellend als je precies weet wat je kunt verwachten. Dat is me deze zomer nog niet zo vaak overkomen. Ik eet tevreden mijn boterham op. De jongen met de vlieger heeft mijn snoepberg in het oog gekregen, maar ik doe net alsof ik hem niet zie.

'Nu heb ik alleen nog iets kleins,' zegt Lizzy, en ze graaft in haar tas. Ze haalt er een klein rood doosje uit. Het is niet ingepakt, dus ik herken het meteen. Het is het doosje waarin de portemonnee voor haar vader heeft gezeten, die we samen voor hem hadden uitgezocht voor kerst. Geeft hij hem nu aan mij? Ik zou het op zich niet erg vinden. Het was een mooie portemonnee en ik zou hem best kunnen gebruiken. Ik maak het doosje open en verwacht een platte, bruine portemonnee te zien. Maar in plaats daarvan zie ik een wit lapje met daarop een zilveren sleutel. Ik haal hem uit het doosje. Ik snap het niet meteen. Is dit een symbool voor onze zoektocht van deze zomer?

Dan dringt het plotseling tot me door. Mijn ogen worden zo groot dat mijn oogleden er pijn van doen. Met een ruk kijk ik op. 'Is dit… is dit de… is…'

'Jep,' zegt ze, en ze begint weer te wiebelen. 'Het is de vierde sleutel.'

Mijn moeder en mijn oma kijken me stralend aan. Ik heb het gevoel dat ze hier al van wisten. Ik voel een mengeling van ongeloof, blijdschap, opluchting en woede door me heen gaan. 'Maar hoe heb je, waar heb je, hoe…'

'Hij zat in de koffer. Ik vond hem een uur nadat we de tweede sleutel hadden gevonden. Jij was naar het toilet, en toen heb ik hem snel in mijn zak gestopt.'

De gedachte dat Lizzy dit een week voor me verborgen heeft gehouden is bijna net zo onwerkelijk als de aanwezigheid van de sleutel zelf. 'Maar waarom zou je zoiets doen? Ik heb al die tijd lopen denken dat het hopeloos was. Maar jij wist het. Jij *wist* het gewoon!'

Ik zie een zweempje onzekerheid in haar gezicht. 'Hoe moeilijker je ergens aan kunt komen,' zegt ze ongemakkelijk, 'hoe bevredigender het is als je het uiteindelijk vindt. Klinkt dat bekend?'

Ik knik. 'Dat waren meneer Oswalds woorden. De laatste keer dat we hem hebben gezien.'

'En, had hij gelijk?' vraagt ze, terwijl ze zenuwachtig een slok van haar limonade neemt. 'Ik wilde je gewoon een onvergetelijk cadeau geven. Heb je nu voorgoed een hekel aan me?'

Ik kijk naar de sleutel. Hij glinstert in het zonlicht. Ik pak hem stevig vast. Hoe zou het zijn geweest als ik een week geleden al had geweten dat deze sleutel er was? 'Als je het maar nooit meer doet.'

Met haar vinger tekent ze een kruis over haar hart. 'Ik zal het nooit meer doen. Ik beloof het. Mijn steelneigingen zijn voorbij. Misschien moest het zo zijn, en waren al mijn diefstalletjes een voorbereiding op deze sleutel.'

'Mooi. Trouwens, er zit eiersalade tussen je tanden.'

Ze gaat onmiddellijk met haar tong langs haar tanden tot ik het sein 'alles veilig' geef.

Mijn moeder begint de rommel op te ruimen. 'Oma en ik willen even de benen strekken. Als jij en Lizzy nou eens zo'n roeiboot pakken en naar die grote rots toe varen?' Ze wijst naar het midden van het meer. Vanaf hier lijkt het één grote rots, maar als je dichterbij komt, zie je dat het een groepje rotsen is. Mijn vader heeft me er een keer mee naartoe genomen.

'Klinkt goed,' zeg ik. Ik eet het laatste restje van mijn boterham op en drink mijn bekertje leeg. De contouren van de sleutel staan nu

in mijn handpalm gegraveerd, zo stevig houd ik hem vastgeklemd.
Ik wou dat ik het kistje had meegebracht. Nu ik alle sleutels heb,
lijkt het net of het mij roept.
Lizzy checkt nog één keer haar tanden in de spiegeling van de meta-
len thermoskan en staat dan op. 'Zullen we deze ook meenemen?'
Uit haar tas haalt ze mijn kistje, gevolgd door de andere drie sleutels.
'Je had beloofd dat je geen verrassingen meer had!' zeg ik, en dol-
blij pak ik het kistje en houd het tegen mijn borst geklemd.
'Dit was echt de laatste, ik zweer het!'
Lizzy kiest de minst gammele van de twee roeiboten die aange-
meerd liggen, al zegt dat niet veel.
'Hoeveel procent kans dat we verdrinken?' vraagt ze.
'Hmmm, fifty-fifty, zou ik zeggen. Maar er ligt geen water op de
bodem van de boot, dus hij is tenminste niet lek.'
Ik houd hem in balans als Lizzy instapt, maak dan het touw los
van het paaltje en klim achter haar aan. Zij heeft het bankje met
de riemen voor me vrijgehouden. Met één riem duw ik de boot af
en hij glijdt soepel weg van de kust. We zeggen niets tot we dichter bij de rotsen komen. In mijn hoofd zie ik alleen het kistje. Heel
groot doemt het op.
'Uh, hoe moeten we dit ding aanleggen?' vraagt Lizzy.
'Ik geloof dat mijn vader het touw gewoon om een van die kleinere rotspunten legde, en dat de boot dan wel bleef liggen. Als jij
nou een beetje uit de boot gaat hangen en een van die rotsen probeert vast te pakken. Dan gooi ik het touw naar je toe.'
'Dat kan nog interessant worden,' sputtert Lizzy.
Ik roei zo dicht mogelijk naar de rots toe. De boot bonkt tegen de
zijkant van de rotsen. Lizzy grijpt de dichtstbijzijnde rots vast en
slaagt erin om hem vast te houden tot ik het touw heb gegooid.
'Nu moet je eruit klimmen en het touw vasthouden, zodat de boot
niet wegdrijft. Daarna stap ik uit en maak ik het vast.'
Lizzy mompelt iets over meegesleurd worden door de stroming

en tegen de rotsen worden geslagen, maar weet toch zonder kleerscheuren uit de boot te komen. Even later heb ik de boot vastgebonden en ga ik naast haar zitten op de grootste rots. Ik zet de tas op de handdoek tussen ons in, en haal mijn kistje eruit. Ik zet het kistje op mijn gestrekte benen. Ik had nooit gedacht dat dit moment echt zou aanbreken. Lizzy heeft haar ogen dicht en draait haar gezicht naar de zon.

Ik kijk uit over het water en denk terug aan alle gebeurtenissen die me uiteindelijk hiernaartoe hebben geleid. Wat een bizarre reis was het. Zonder dit kistje zou ik nooit met de metro of de bus zijn gegaan. We zouden niet zijn betrapt bij een inbraak in een kantoor, en hadden geen taakstraf hoeven uitvoeren bij meneer Oswald. Ik zou nooit in een limo zijn rondgereden, en ik had nooit mensen ontmoet als James en mevrouw Billingsly en meneer Rudolph en dr. Grady en meneer Oswald zelf. Ik zou een heel ander mens zijn geweest. Wat er ook in het kistje zit, ik ben mijn vader nu al dankbaar dat hij het me heeft nagelaten.

Ik schrik op als Lizzy in mijn oor begint te schreeuwen: 'Nou, waar wacht je op?'

Ik wrijf over mijn oor en zet het kistje op de handdoek. 'Nog heel even.'

Ze gromt en gaat zich dan maar insmeren met zonnebrandcrème. Ze moet van haar vader factor 40 gebruiken, omdat ze rood haar heeft.

Dan bekruipt mij een gedachte, en ik voel me al schuldig over de gedachte alleen. Maar ik kan er niets aan doen. Stel nou dat ik teleurgesteld ben over wat erin zit? 'Misschien moeten we het niet openmaken,' zeg ik tegen Lizzy. 'Misschien was het helemaal niet de bedoeling dat we de sleutels zouden vinden. Laten we het kistje gewoon in het water gooien.'

Ze kijkt me aan alsof ze elk moment een hartaanval kan krijgen. Haar wangen worden rood. 'Ben je GEK geworden?' schreeuwt ze.

'Nou ja zeg. We maken het gewoon open, hoor!'

Ze probeert me uit alle macht omver te duwen, maar ik had mezelf al schrap gezet en ik slaag erin om overeind te blijven.

Ik geef haar de twee sleutels van de sloten die aan haar kant van het kistje zitten, en ze laat ze erin glijden. Dan steek ik mijn twee sleutels in de resterende gaten. We maken geen van beiden aanstalten om ze om te draaien. Lizzy zit duidelijk op een teken van mij te wachten.

'Oké, draaien!'

We horen vier gelijktijdige klikken en binnen in het kistje schuift iets opzij. Ik haal diep adem en doe het deksel open. Het is verbazingwekkend hoe gemakkelijk het openzwaait, na al het geduw en getrek en gewrik met bot gereedschap.

Bovenop ligt een envelop waar mijn naam op staat. Wat er verder in het kistje zit, is verpakt in pakpapier.

'Hé, ik herken dat pakpapier!' zegt Lizzy. 'Dat is van je achtste verjaardag! Ik herken het, omdat ik er een stukje van heb meegepikt, nadat je je cadeautjes had uitgepakt. Het zit bij mijn verzameling gestolen spullen!'

Nu ik het pakpapier weer zie, besef ik hoe lang het al geleden is dat mijn vader dit heeft voorbereid. Hij heeft mijn negende verjaardag niet meer meegemaakt. Ik kan me niet eens herinneren dat ik negen ben geworden.

Ik draai de envelop om. Hij is open, dus ik hoef de brief er alleen maar uit te trekken. Na een paar pogingen, want mijn handen trillen heel erg, vouw ik de brief open. Mijn vaders handschrift is niet bepaald netjes. Hij maakte altijd grappen dat hij dokter had moeten worden, omdat die bekend staan om hun onleesbare handschrift. Ik zie dat hij erg zijn best heeft gedaan om het leesbaar te maken. Ik probeer de brief hardop voor te lezen, maar steeds als ik een paar zinnen heb gelezen, zit mijn keel dichtgeknepen, en moet ik even stoppen.

Lieve Jeremy,

Als ik dit schrijf, hebben we net je achtste verjaardag gevierd. We zijn met je naar de dierentuin in de Bronx geweest, en daar was een babybeertje dat zijn moeder had verloren toen het nog maar twee dagen oud was. Weet je dat nog? De dierenverzorgers hadden het beertje bij een tijgerin in het hok gelegd die een paar dagen daarvoor zelf jongen had gekregen. De tijgerin verwelkomde het beertje alsof het haar eigen kind was. Jij stond daar maar te kijken, eindeloos lang, hoe de tijgerin haar nieuwe baby voedde, en de tranen stroomden over je wangen. Ik vroeg wat er was. Je zei toen: 'Ik wist niet dat iets zo mooi kon zijn.' Je moeder en ik keken elkaar aan en we waren zo trots op je. Ik weet niet of jij je dit nu nog kunt herinneren, want vijf jaar is een lange tijd in een kinderleven (pardon, tienerleven). Maar door deze gebeurtenis wist ik dat je er op een dag klaar voor zou zijn om dit kistje te ontvangen. Ik hoop dat je niet teleurgesteld zult zijn.

Ik wil je een paar dingen vertellen die ik heb geleerd gedurende de vijfentwintig jaar die voorbij zijn gegaan sinds die waarzegster in Atlantic City die onheilspellende voorspelling deed. Ik hoop natuurlijk dat ik bij je ben op je dertiende verjaardag, zodat ik je dit allemaal zelf kan vertellen. Maar als ik er dan niet meer ben, hoop ik dat je voelt dat ik altijd bij je in de buurt ben. Sorry, dit klinkt misschien een beetje afgezaagd. Maar als je zelf kinderen hebt, zul je begrijpen wat ik bedoel.

Toen we op mijn dertiende verjaardag, na ons bezoek aan Atlantic City, weer thuis in Brooklyn waren, had jouw oma een speciale maaltijd voor Arthur en mij klaargemaakt. Arthur had net een wedstrijd verloren, dus we waren geen van beiden echt in een feeststemming. Ik vroeg aan mijn vader, jouw opa dus, of iemand echt de toekomst van iemand anders kon voorspellen. Hij zei dat de toekomst elke dag verandert. En hij zei dat wij zelf, en niemand anders, de macht over ons eigen leven hebben. Toen vertelde hij me een oud volksverhaal, dat hij op mijn verzoek naderhand heeft opgeschreven. Dat verhaal geef ik nu weer door aan jou.

Een oude man vertelde zijn kleinzoon over hoe het leven in het elkaar zit. 'Binnen in mij vindt een gevecht plaats,' zei hij tegen de jongen. 'Het is een vreselijk gevecht, tussen twee wolven. De ene wolf is slecht. Hij staat voor boosheid, jaloezie, verdriet, spijt, hebzucht, arrogantie, zelfmedelijden, schuld, wrok, minderwaardigheid, leugens, ijdelheid, superioriteit en zelfingenomenheid. De andere wolf is goed. Hij staat voor vreugde, vrede, liefde, hoop, waardigheid, nederigheid, vriendelijkheid, goedheid, inlevingsvermogen, grootmoedigheid, waarheid, medeleven en vertrouwen. Ditzelfde gevecht vindt ook plaats in jou, en in ieder ander.'

De kleinzoon dacht hier even over na en vroeg toen aan zijn grootvader: 'Welke wolf gaat er winnen?' en de oude man kwam met het eenvoudige antwoord: 'De wolf die je te eten geeft.'

Zelfs als we nog een kind zijn hebben we het vermogen om ons eigen leven te creëren. We kiezen zelf welke wolf we te eten geven, en dat bepaalt wie we worden, hoe we de wereld zien, en wat we doen met de korte tijd die ons is toebedeeld. Sinds mijn dertiende verjaardag heb ik geleefd met een deadline. Ik dacht: Stel nou dat die vrouw gelijk had? Als ik echt maar veertig jaar zou worden, hoe vaak zou ik dan nog chocoladecake eten? (heel vaak, is inmiddels gebleken.) Hoe vaak zou ik aan zee de zon nog zien opkomen? Vier of vijf keer? Hoe vaak zal ik nog naar jazzmuziek luisteren? Tien keer? Honderd keer? En hoe vaak zal ik mijn zoon nog een knuffel geven voor het slapengaan?

Ik zorgde ervoor dat ik bij alles wat ik deed, heel goed oplette. Zodat ik me van elk moment bewust was. Want dat is waar het in het leven om draait. Eigenlijk is het leven een ketting van momenten die je aan elkaar hebt geknoopt en altijd bij je draagt. Hopelijk zijn de meeste momenten mooi, maar dat zullen ze natuurlijk niet allemaal zijn. Het is de kunst om een belangrijk moment te herkennen als het zich voordoet. Ook als je het moment deelt met iemand anders, is het nog steeds jouw moment. Jouw ketting is uniek, geen ketting is hetzelfde. Het is iets wat niemand je kan afnemen. Jouw ketting beschermt en leidt je, want die ketting ben je zelf. Wat je hier in je handen hebt, in dit kistje, is mijn ketting.

Tot voor kort dacht ik altijd dat de dood het leven zin gaf. Dat het feit dat we een eindpunt hebben ons motiveert om het leven te omarmen. Maar ik had ongelijk. Het is niet de dood die het leven zin geeft. Het leven zelf geeft het leven zin. Het antwoord op de vraag naar de zin van het leven ligt besloten in de vraag zelf.

Waar het om gaat, is dat je vasthoudt aan je eigen ketting, dat je je door niemand laat vertellen dat je doelen niet hoog genoeg zijn, of dat je interesses niet deugen. Maar de stemmen van anderen zijn niet de enige die ons dwars kunnen zitten. We hebben vaak nog de meeste kritiek op onszelf. Ralph Waldo Emerson schreef ooit: 'De meeste schaduw in dit leven veroorzaken we door in ons eigen zonlicht te gaan staan.' Dit citaat vond ik op een snipper papier die op de achterkant van die oude staande klok was geplakt. (Ik ben trouwens benieuwd of je moeder dat ding eindelijk heeft weggedaan, zoals ze altijd dreigde!) Wijsheid vind je op de meest onverwachte plekken. Houd je ogen en oren dus altijd goed open. En blokkeer je eigen zonlicht niet. Blijf je altijd verbazen.

Ik weet dat het niet makkelijk voor je was om dit kistje open *te krijgen. (Vraag me niet hoe ik dit weet, maar ouders weten nu eenmaal alles.) Het leven draait om de reis zelf. Ik hoop dat dit een reis was om nooit te vergeten. Ik hou van je, Jeremy. En ik ben zo trots op je. Ik hoop dat Lizzy bij je is. Zij is ongetwijfeld een prachtige jonge vrouw aan het worden. En ik weet zeker dat ze nog net zo druk en opvliegend is als vroeger! Zeg maar tegen Lizzy dat er voor haar ook iets in het kistje zit. Pas goed op elkaar. Geef je moeder en oma een knuffel van me. En maak een feestje van het rijgen van je eigen ketting.*

Veel liefs,

Pappa

Als ik klaar ben met lezen, kan ik mijn ogen niet van het papier afhouden. Ik wrijf met mijn vinger over de inkt, zoals ik ook altijd zat te voelen aan de gegraveerde tekst op het kistje. Vreemd, hoe deze halen en krabbels samen letters en woorden vormen die je leven kunnen veranderen. Ik kijk naar Lizzy. De tranen stromen over haar wangen. Ik hoorde dat ze even haar adem inhield bij het gedeelte in de brief waarin haar naam werd genoemd. 'Gaat het?' vraag ik.

Ze knikt door haar tranen heen. 'En met… jou?'

Ik leg de brief op mijn schoot. 'Het gaat wel, geloof ik.'

Ze veegt haar ogen en neus af aan haar mouw. Tussen haar gesnotter door vraagt ze: 'Zullen we kijken wat er in het pakpapier zit?'

Ik leg mijn hand erop. Het voelt nogal log. 'Wat denk jij dat het is? Hoe kan mijn vaders ketting van momenten hier nou in zitten?'

'De wegen van je vader zijn ondoorgrondelijk,' zegt Lizzy.

Ik steek mijn hand in het kistje en voel de contouren van een wonderlijk gevormd pakket. Het is een beetje bobbelig. Ik til het uit het kistje en tot mijn verbazing is het heel zwaar. Ik had gedacht dat het kistje zelf het grootste aandeel in het gewicht zou hebben, maar het lege kistje weegt haast niets. Langzaam maak ik een klein gaatje in het papier, tot ik genoeg ruimte heb om het helemaal open te scheuren.

'Dat meen je niet!' zegt Lizzy, en ze gooit haar hoofd achterover en lacht.

In het pakpapier zit waarschijnlijk het laatste wat ik had verwacht. Het is geen oud boek, geen spaarbankboekje en ook geen schatkaart. Niets van dat al. Voor me ligt een berg stenen.

20 DE KETTING

Ja echt. Het is een berg stenen. Ik pak er een op, en dan nog een. Ze variëren in omvang van een mentos tot een choco prince. Er zitten witte bij en bruine, gladde en ruwe. Het zijn er ongeveer twintig. Tussen de stenen zit een stuk papier uit een schrijfblok. Ik vouw het open. Ik herken weer mijn vaders handschrift.

Steen nr. 1 Van de boulevard, Atlantic City, 13

Steen nr. 2 Uit de tuin van het meisje aan wie ik mijn eerste zoen heb gegeven, 13½

Steen nr. 3 Van de eerste vlooienmarkt waar mijn ouders me mee naartoe hebben genomen, in Queens, 14

Steen nr. 4 Buiten bij de Tweelingdansavond, waar ik je moeder heb ontmoet, 15

Steen nr. 5 Bij de voordeur van de stripwinkel, toen ik van mijn vader voor het eerst alleen op de winkel mocht passen, 16

Steen nr. 6 Van het schoolplein, bij mijn diploma-uitreiking van de middelbare school, 17

Steen nr. 7 Uit Oregon, toen ik voor de eerste keer de Stille Oceaan zag, 19

Steen nr. 8 Van het kerkhof, na mijn vaders begrafenis, 23

Ik lees snel verder tot ik mijn eigen naam zie. *Steen nr.* 10 *Bij het ziekenhuis waar Jeremy Fink is geboren*, 30. De overige stenen gaan grotendeels over mij: een steen uit het park waar ik mijn eerste stapjes heb gezet en eentje uit dit meer, toen hij me voor het eerst mee uit 'vissen' had genomen. De laatste steen komt uit de fontein van het hotel waar hij en mijn moeder voor de laatste keer hun trouwdag hebben gevierd.

Dit zijn *zijn* momenten. Dit is zijn ketting. Ik geef de lijst aan Lizzy.

Terwijl zij zit te lezen, onderzoek ik de stenen. Ik ben benieuwd of hij nog wist welke steen bij welke gebeurtenis hoorde. Voor zover ik kan zien heeft hij ze niet gemerkt. Dan zie ik iets blauws onder de stenen, en ik duw ze opzij om het te pakken. 'Uh, Lizzy, ik denk dat dit voor jou is.'

Ik duw de berg stenen haar kant op, en ze kijkt ernaar met een vragende blik. Dan steekt ze snel haar hand ertussen en haalt er heel voorzichtig een speelkaart tussenuit. Eerst zien we alleen het blauwe patroon op de achterkant van de kaart. Dan draait ze hem om en hapt naar adem. Het is de ruitenboer, een van de twee kaarten die nog ontbreken in haar verzameling. Ik bekijk hem van dichterbij. In het midden zie ik duidelijk het kriebelige handschrift van mijn vader. Er staat: *Verwacht het onverwachte.*

'Maar hoe… wist hij…' stamelt ze, terwijl ze haar blik op de kaart gericht houdt.

Ik ben net zo verbijsterd als zij. Toen mijn vader verongelukte, was Lizzy nog maar net begonnen met haar verzameling. Ik probeer mijn trillende stem onder controle te krijgen, en zeg: 'Je zei het net al, mijn vaders wegen zijn ondoorgrondelijk.' Ik kan me nu niet meer voorstellen dat ik ook maar een moment bang ben geweest dat de inhoud van het kistje zou tegenvallen. Het is precies goed. Het is perfect.

'Maar je was er zelf bij,' roept ze. 'Die hartenacht heb ik een paar weken geleden pas gevonden!'

'Ik weet het.'

'Dus hoe kon hij…'

'Ik weet het niet.'

'Maar..,.'

Ik leg de berg stenen weer terug in het kistje. 'Misschien moet je niet alles willen begrijpen. Misschien moet je sommige dingen gewoon accepteren.'

'Het lijkt wel magie,' zegt ze met glinsterende ogen. 'Niet het soort magie waarbij je een muntje uit het oor van een kind tevoorschijn tovert, maar *echte* magie.'

Ik knik, want ik kan ook geen andere verklaring bedenken. Zonder de kaart los te laten, helpt Lizzy me met het inpakken van onze spullen. Ik houd de boot vast zodat ze erin kan klimmen, en dan maak ik het touw los en stap ook in. Tijdens de hele terugtocht naar het strand blijft Lizzy maar herhalen dat ze het niet kan geloven van die kaart, en hoe aardig het was van mijn vader om ook aan haar te denken. Ze is zo blij dat ze lijkt te gloeien. Ik luister half naar Lizzy en laat tegelijkertijd mijn gedachten gaan over alles wat er gebeurd is. En dan valt alles ineens als een berg stenen op zijn plaats. Ik weet hoe die kaart daar is gekomen. Ik weet hoe mijn vader wist dat we het kistje niet zomaar open zouden krijgen. Ik ben zo geschokt door alle beelden die door mijn hoofd schieten, dat ik meteen uit de boot krabbel, zodra die het ondiepe water bij het strand heeft bereikt.

Alleen is de boot helemaal niet dicht bij het strand. Dat dringt langzaam tot me door als ik merk dat ik tot mijn schouders in het meer sta. Lizzy hangt over de rand van de boot en probeert als een bezetene mijn aandacht te trekken.

'Wat gebeurde er nou?' roept ze uit. 'Eerst zit je tegenover me, en twee tellen later word je zo wit als een lijk en kantel je overboord. Zoiets bizars heb ik nog nooit meegemaakt. Nou ja, na deze speelkaart dan. Alles goed met je?'

Ik knik, want dat is het enige wat ik op dit moment voor elkaar krijg. In mijn hoofd ben ik nog steeds druk bezig om de gebeurtenissen laag voor laag af te pellen, net als die Russische poppen die je open kunt maken en waar dan steeds weer een kleiner poppetje in zit.

Mijn moeder en oma zijn naar de waterkant gerend en zwaaien met hun armen. Ik hoor hun stemmen, maar ik kan niet verstaan wat ze zeggen. 'Zal ik je er weer in helpen?' vraagt Lizzy. 'Pak mijn hand maar.'

Ik schud mijn hoofd. 'Ik loop wel,' zeg ik. 'Het is niet zo ver. Red jij het verder met roeien?'

'Dat lukt me wel,' zegt ze, en ze gaat op het middelste bankje zitten. 'Weet je zeker dat alles oké is? Nog geen tien minuten geleden vertelt je vader ons dat we goed op elkaar moeten passen, en dan val je bij de eerstvolgende gelegenheid overboord. Wat moet hij daar wel niet van denken?'

Ik wil haar vertellen waar ik achter ben gekomen, maar ik kan het gewoon niet. Ik wil het mysterie van haar kaart nog even in stand houden. Ik begin naar de kant te lopen en Lizzy blijft langzaam naast me roeien. Om de zoveel stappen struikel ik, waardoor ik moet zwemmen. Niet te geloven dat ik overboord ben gevallen. Gelukkig staat mijn tas nog veilig in de boot. Als mijn vaders brief en zijn lijstje nat waren geworden, had ik het mezelf nooit vergeven.

'Een verklaring graag?' zegt mijn moeder als ik mezelf druipend en wel het strand op sleep.

'Heb ik niet.'

'Nou, je lijkt nog helemaal heel te zijn. Heb je het kistje opengemaakt?'

Ik knik. 'Ik moest je dit geven van pappa.' Ik loop naar haar toe en geef haar een hele dikke knuffel. En hoewel ik nat ben en ongetwijfeld doortrokken van de geur van het meer, blijft ze me vasthouden, totdat Lizzy haar keel schraapt en zegt: 'Ahum, zullen we nu allemaal even naar mijn speelkaart kijken?'

Nu is mijn oma aan de beurt voor een stevige omhelzing. Ik heb

aan den lijve ondervonden hoe moeilijk het is om een vader te verliezen, en weet hoe moeilijk het voor mijn moeder was om haar
man te verliezen, maar ik heb er eigenlijk nauwelijks bij stilgestaan
hoe het voor haar moet zijn geweest om een kind te verliezen. Ik
houd haar extra stevig vast. Ik wil graag aan ze laten zien wat er in
het kistje zit, maar nu nog niet. Eerst moet ik wat dingen op een
rijtje zetten. Een *heleboel* dingen.

Als onze trein op zaterdagochtend Penn Station binnenrijdt, zeg
ik tegen mijn moeder: 'Ik moet even iets doen, het duurt een paar
uur, is dat goed?'
'Nu meteen?' vraagt ze. 'Wil je niet eerst even bijkomen thuis? En
je vissen voeren?'
Ik schud mijn hoofd. 'Meneer Muldoun heeft ze vast niet dood
laten gaan. Of er eentje vervangen zonder er iets over te zeggen.'
Ze krijgt een kleur. Dit is een klassieke grap bij ons thuis. Op een
keer, toen ik op school zat, is Hamster doodgegaan, en mijn moeder had een nieuwe vis gekocht die op hem leek, en net gedaan of
het de echte was. Maar ze had zich vergist in mijn akelig scherpe
waarnemingsvermogen.
Een van de conducteurs helpt ons om onze koffers op het perron
te zetten. 'Hoe was je van plan daar te komen, waar je naartoe
moet?' vraagt mijn moeder.
Daar heb ik al over nagedacht. 'Met de bus. Ik heb gepast geld.'
'Helemaal alleen?' vraagt Lizzy, en ze kijkt me achterdochtig aan.
Ik knik.
'En je wilt ons niet vertellen waar je naartoe gaat?' vraagt mijn
moeder.
'Als je het niet erg vindt, liever niet, nee.'
Ze wil iets gaan zeggen, maar bedenkt zich dan. Met een vreemde

blik die ik niet helemaal kan duiden, zegt ze: 'Als je maar op tijd thuis bent voor het eten.'

'Ik help jullie eerst wel even om alle spullen naar de taxi te brengen,' zeg ik, en ik pak zowel mijn eigen koffer als die van mijn moeder. Tijdens de wandeling door het station zie ik dat Lizzy me de hele tijd van opzij aankijkt. Ik weet dat ze brandt van nieuwsgierigheid. Ik help de chauffeur bij het inladen van onze bagage, en houd alleen mijn rugzak bij me. Als ze vertrokken zijn, haal ik diep adem en loop naar de hoek van de straat. Met de bus die ik moet hebben, is het maar een paar haltes. Tijdens het wachten laat ik de munten in mijn zak rinkelen. Deze keer weet ik precies wat ik moet doen als de bus tot stilstand komt. Ik stop mijn munten in de gleuf en ga zitten op de eerste lege stoel die ik tegenkom. Ik kijk om me heen. Geen Knoflookman deze keer. Het is een heel ander publiek op zaterdag. Geen aktetassen.

Als de bus bijna bij mijn halte is, sta ik op om op de gele strip te drukken, maar iemand anders is me voor. Ik loop achter een paar mensen aan en stap uit. Ze moeten allemaal de andere kant op. Er komt een vrouw voorbij met een poedel in haar armen. Ze hebben allebei dezelfde zonnebril op. Dat had Lizzy moeten zien.

Er is maar één iemand die kon weten welke kaarten Lizzy nog nodig had. En er is maar één manier waarop die kaart in het kistje terecht kan zijn gekomen. Zonder te aarzelen loop ik naar de voordeur en druk op de bel.

Als de deur opengaat, vraag ik: 'Hoe lang hebt u de sleutels gehad?' Meneer Oswald glimlacht. 'Kom binnen, Jeremy. Ik had je al verwacht.'

Hij gaat me voor door het nu lege huis en loopt naar het terras. Hij haalt een envelop uit zijn zak en legt hem voor zich op tafel. Mijn naam staat erop getypt. Hij maakt geen aanstalten om hem mijn kant op te schuiven.

'Ik heb de sleutels in mijn bezit gehad sinds het overlijden van je vader,' zegt hij.

'Maar hoe kan dat dan? Mijn vader heeft ze nagelaten aan mijn moeder, die ze weer aan Harold Folgard heeft gegeven, en hij is degene die ze is kwijtgeraakt.'

Meneer Oswald schudt zijn hoofd. 'Harold Folgard bestaat niet. Je moeder heeft de sleutels en het kistje naar mij toe gestuurd.'

Dit had ik niet verwacht! 'Hoe bedoelt u, Harold Folgard bestaat niet? Natuurlijk bestaat hij! Lizzy en ik zijn toch in zijn kantoor geweest? Want zo zijn we bij u terechtgekomen!'

'Jij en Lizzy waren in een leeg kantoor met een naamplaatje op de deur.'

'Maar de bewaker dan… en de politieagent…'

'Het is verbazingwekkend hoe graag mensen het spelletje willen meespelen, als het voor een goed doel is. Zelfs jullie postbode had een rol, want hij moest zorgen dat het kistje werd bezorgd als je moeder niet thuis was, zodat jullie het zouden aannemen. En ook Larry de slotenmaker zat in het complot. Die goeie ouwe Larry. Hij had wel moeite met het feit dat hij moest wachten tot je dertien zou worden. Ik denk dat hij zijn pensioen heeft uitgesteld tot dat moment. Maar voor je moeder is dit het allermoeilijkst geweest, denk ik.'

Ik staar hem stomverbaasd aan. 'Ik begrijp het niet. Hebt u dit allemaal voor mij gedaan? Waarom zou u dat doen? U kent mij niet eens. Ik bedoel, tot voor kort kende u mij helemaal niet.'

'Ik heb het niet gedaan,' legt meneer Oswald uit. 'Je vader heeft dit gedaan. Hij heeft dit allemaal opgezet. Alleen de details heeft hij aan mij overgelaten. De klusjes die jullie voor me hebben gedaan – het terugbezorgen van die verpande voorwerpen – dat was allemaal echt natuurlijk.'

'Maar als ik nou niet in mijn notitieboekje had opgeschreven dat Lizzy die speelkaart had gevonden, en welke twee ze nog nodig had? Hoe had u daar dan achter moeten komen? Wat zou mijn vader dan voor Lizzy in het kistje hebben achtergelaten?'

'Als je het niet had opgeschreven, dan zou ik het gespreksonderwerp wel op jullie verzamelingen hebben gebracht. Je vader heeft alle tweeënvijftig kaarten van het kaartspel beschreven, in de hoop dat Lizzy's verzameling nog niet compleet zou zijn. En als dat wel zo was geweest, dan had ik erachter moeten zien te komen wat ze dan graag zou willen hebben, en dat erin moeten stoppen.'

'Wanneer hebt u hem erin gedaan?'

'Dat heeft James voor me gedaan, toen jullie bij dr. Grady in zijn laboratorium waren. Je had je rugzak zoals gewoonlijk in de auto gelaten. Ik had hem snel de kaart en mijn sleutels gegeven terwijl jullie de telescoop aan het inpakken waren.'

Ik weet dat dit op een kruisverhoor lijkt, maar ik kan er niets aan doen. 'Hoe lang hebt u mijn vader gekend? Waarom heeft hij het nooit over u gehad?'

'Ik heb je vader op dezelfde dag ontmoet als ik jou heb ontmoet. Zeven jaar geleden.'

'Maar ik heb u pas een paar weken geleden leren kennen!'

Hij schudt zijn hoofd. 'Ik zag er toen iets jonger uit, en had een strohoed op en een overall aan. Je was nog te jong om het je te kunnen herinneren. Je vader kwam naar me toe op de vlooienmarkt van 26th Street. Hij stond de kistjes te bewonderen die ik verkocht. Jij was er maar even bij. Hij vroeg aan je moeder of ze je even ergens anders mee naartoe wilde nemen, zodat hij een cadeautje voor je kon kopen.'

Dus *daarom* had ik toen dat wonderlijke gevoel dat hij eigenlijk een strohoed en een overall had moeten dragen, die eerste keer dat ik hem zag op het trapje naar zijn voordeur!

'Je vader en ik ontdekten dat we veel gemeen hadden. Vrij kort nadat hij het kistje had gekocht, begon hij zijn plan uit te werken.

Hij heeft je nooit iets over mij verteld, zodat je bij onze eerste ontmoeting niets zou vermoeden.'

Vol ongeloof schud ik mijn hoofd. 'Maar waarom zou mijn vader dit allemaal doen? Waarom heeft hij me niet gewoon de sleutels en het kistje nagelaten?'

'Weet je dat niet?' vraagt hij, en hij buigt zich naar me toe.

Ik schud mijn hoofd.

'Hij wilde je een avontuur laten beleven. En je laten kennismaken met mensen en ervaringen waar je anders nooit mee in aanraking zou zijn gekomen. En hij wilde dat je over het leven zou gaan nadenken voordat je zijn mening over het onderwerp zou horen. Hij vond dat je er een beetje moeite voor moest doen. Nou ja, een beetje veel moeite!'

Ik hoor wat meneer Oswald allemaal te vertellen heeft, maar er spoken allemaal 'maren' door mijn hoofd. 'Maar hoe wist hij nou dat wij naar de slotenwinkel van Larry zouden gaan en naar het kantoor van Harold Folgard?'

Hij glimlacht. 'Je vader heeft een aantal dingen moeten gokken, in het vertrouwen dat het zou lopen zoals hij toen inschatte. Hij hoopte dat jij en Lizzy nog steeds vrienden zouden zijn en dat haar vastberadenheid en jouw aangeboren nieuwsgierigheid jullie verder zouden helpen. Wij moesten aanpassingen doen als jullie handelingen daar aanleiding toe gaven. Als de belangrijkste gebeurtenissen anders waren gelopen, dan was jouw moeder degene die de dingen in een bepaalde richting moest duwen.'

Wie had kunnen ooit denken dan mijn moeder zo'n goede actrice was?

'Ik hoop dat je iedereen die hier een rol in heeft gespeeld, kunt vergeven.'

'Ik ben gewoon verbijsterd dat zoveel mensen zoveel voor me zouden doen. En ook voor Lizzy. Zij was hier net zo bij betrokken als ik.'

'Ik weet zeker dat iedereen die bij "Operatie Jeremy Fink en de sleutel tot het bestaan" betrokken is geweest, er iets aan heeft gehad.'

Ik moet lachen. 'Noemden jullie het zo?'

Hij lacht ook en knikt.

Maar dan bedenk ik nog iets anders, en ik houd op met lachen. 'Als mijn vader deze hele uitgebreide operatie van tevoren heeft gepland, dan heeft hij blijkbaar serieus gedacht dat hij er nu niet meer zou zijn.'

Meneer Oswald slaakt een diepe zucht. 'Ik denk dat dat inderdaad zo is. En hij wilde je een onvergetelijk dertiende verjaardag bezorgen.'

'Onvergetelijk was het zeker. Deze hele zomer was onvergetelijk.'

'Goed,' zegt meneer Oswald, en hij duwt zijn stoel naar achteren en staat op. 'Nu mijn taak erop zit, moet ik me haasten om het eerstvolgende vliegtuig naar Florida te halen.'

Ik spring op. 'Gaat u echt weg? Was dat geen onderdeel van het verhaal?'

Hij glimlacht. 'Ik vertrek echt. Je had geluk dat ik nog niet weg was.' Ik frons mijn wenkbrauwen. 'Maar als u nou al weg was geweest? Hoe was ik dan alles te weten gekomen?'

Hij pakt de envelop met mijn naam erop en geeft hem aan mij. 'Alles staat hierin. En ik heb er ook nog een klein afscheidscadeautje bij gedaan.'

Ik voel weer de bekende brok in mijn keel. 'Ik weet niet hoe ik u moet bedanken voor alles wat u hebt gedaan.'

Hij legt zijn hand op mijn schouder, en samen lopen we naar binnen, op weg naar de voordeur. 'Zul je me af en toe een kaartje sturen? En Lizzy ook? Mijn adres staat erin.'

'Natuurlijk.'

Ik stap de deur uit en verwacht dat hij achter me aan komt. Maar dat doet hij niet. Hij blijft binnen staan, met één hand aan de deur.

'En, Jeremy?'

'Ja?'

'Dank je wel.'

'U bedankt *mij*? Waarvoor?'

'Omdat ik de wereld een paar weken lang door jouw ogen heb mogen bekijken. Het leven heeft grote dingen voor je in petto.'

Ik weet dat ik hier nu te oud voor ben, maar ik stap weer naar binnen en omhels meneer Oswald. Dan draai ik me om en ren het trappetje af, voordat ik nog emotioneler word. Als ik meneer Oswald de deur dicht hoor doen, loop ik terug. Naast zijn portiek staan wat kleine struikjes met witte steentjes eromheen. Ik raap een steentje op en stop het diep in mijn zak. *Steen nr. 1 De dag waarop ik besefte dat liefde sterker is dan de dood, en dat mensen die je nauwelijks kent je kunnen verbazen, 13.*

Als ik naar de bushalte loop, herinner ik me mijn moeders woorden, vlak nadat het kistje was gearriveerd. Ze zei dat de dingen komen zoals ze komen. Dat leek toen zo'n open deur dat ik er verder geen aandacht aan heb besteed. Maar nu, na alle hobbels die ik heb moeten nemen sinds die dag waarop ik met Lizzy rondhing in de stripboekenwinkel, nu krijgen haar woorden plotseling betekenis. Er daalt een soort vrede op me neer die ik nog nooit eerder heb gevoeld. En een gevoel van controle over mijn leven. Elke keuze die Lizzy en ik hebben gemaakt, was gebaseerd op wie we waren en wat we wilden. En dat moet ik gewoon blijven doen, zonder me druk te maken over goede of foute keuzes, want er is eigenlijk geen goed of fout, er is alleen wat er IS. En als het resultaat me niet bevalt, dan maak ik gewoon een andere keuze.

Trouwens, waarom zou ik daar niet meteen mee beginnen? Met de metro ben ik veel sneller thuis dan met de bus. Op de volgende hoek is een metrostation, dat heb ik vanuit de bus gezien. Ik word een beetje zenuwachtig als ik dichterbij kom, maar ik blijf doorlopen. Even later sta ik op de metroplattegrond te kijken, net als die eerste keer. Ik moet halverwege overstappen, dus eigenlijk zijn dit *twee* metroritten. Ik gebruik de rest van mijn kleingeld om een metrokaart te kopen, en haal hem professioneel door de gleuf. Vandaag heb ik geen hulp nodig van bijgelovige Yankeesfans.

Als ik op de metro sta te wachten, bedenk ik hoe ik Lizzy het verhaal zal vertellen. Het gedeelte over hoe meneer Oswald haar kaart in het kistje heeft gekregen, laat ik weg. Dat stukje magie wil ik haar niet afnemen.

Als ik zit, en de metro weer in beweging komt, maak ik meneer Oswalds envelop open. Ik haal de brief eruit en zie al snel dat hij vol staat met alle informatie die hij me net heeft gegeven. Onder aan de brief zit een klein geel envelopje, vastgemaakt met een paperclip. In het envelopje zit een stukje dun karton. In het midden, bedekt met een plastic beschermlaagje, zit een postzegel. Mijn hart bonst in mijn oren. Het is mijn vaders postzegel! Die ene waarnaar hij zijn hele leven heeft gezocht! Ik draai het kartonnetje om. Er staat iets op.

Jeremy,

Hier ben ik het afgelopen jaar tegenaan gelopen. Ik heb er altijd naar uitgekeken, als eerbetoon aan je vader. Ik wil hem graag aan jou geven. Ik heb je moeder daar al toestemming voor gevraagd. Hiervan kun je je studie betalen, en als je het slim aanpakt, misschien ook nog wel een vervolgstudie. Gefeliciteerd! Nu ben je een filatelist!

Je vriend,

Meneer O

De tranen branden in mijn ogen. Zo'n dag als vandaag zal ik nooit meer meemaken.

Dan stopt de metro bij het station waar ik moet overstappen. Ik stop de kwetsbare postzegel terug in het envelopje en doe alles voorzichtig terug in mijn rugzak. Die postzegel, dat kleine stukje bedrukt papier, is mijn toekomst. Ongelofelijk!

Als ik op het perron sta, hoor ik ergens een radio. De stem klinkt bekend, maar het liedje heb ik geloof ik nooit eerder gehoord. Er stappen een paar mensen opzij, en dan realiseer ik me dat het geen radio is, maar de gitarist die eruitziet of hij eigenlijk rugbyspeler had moeten worden. Die komt ook overal!

Ik ga wat dichterbij staan zodat ik hem beter kan horen. Als het liedje is afgelopen, gooi ik een dollar in zijn openstaande gitaarkoffer.

'Bedankt, jongen,' zegt hij, en hij buigt zich over zijn gitaar om een snaar vast te zetten.

'Uh, mag ik u iets vragen?'

Hij kijkt op. 'Natuurlijk. Wat wil je weten?'

'Hoe komt het dat u hier staat te spelen, in een metrostation? Ik bedoel, u bent echt heel goed.'

Hij glimlacht. 'Hier is het geluid het beste, knul. De akoestiek hier is een beetje onwerkelijk. Het heeft allemaal met geluid te maken. Je weet wel, zoals die gast van de Grateful Dead zei, muziek klinkt als het leven zelf. Je kent dat wel, de hemelse symfonie en zo.'

Ik schud mijn hoofd. 'Ik begrijp niet helemaal wat u bedoelt.'

Er zijn wat mensen om ons heen komen staan om mee te luisteren.

Hij legt het uit. 'Het universum resoneert bepaalde muzikale trillingen. Alle sterren en planeten draaien rond in harmonie met deze trillingen. Snap je, als één grote kosmische dans. Als ik speel, maak ik daar deel van uit. En als jij luistert, maar jij er ook deel van uit.' De snaar zit vast en hij geeft een jengel om hem te testen. 'Verzoeken?'

Iemand roept: '*Free Bird*!' Een dame gilt: '*Bridge Over Troubled Water*!' Ik hoor niet meer welk nummer hij heeft uitgekozen, want mijn metro is er.

Mijn metro is er. Dat klinkt goed. Mijn metro is er, en die gaat me naar huis brengen. Ik voel me zo dapper, misschien ga ik mijn moeder vanavond wel verrassen door bloemkool te eten, of asperges of – kreun – *bietjes*.

Toch maar niet. Mijn vader zei het al: het leven is kort. Ik zal altijd eerst mijn toetje blijven opeten.

Ik voel in mijn rugzak en haal de diplolly tevoorschijn die ik van Lizzy voor mijn verjaardag heb gekregen. Als ik de lolly in het pakje met blauwe suiker doop, trekt een klein meisje dat naast me zit me aan mijn mouw. Ze zal ongeveer vijf jaar zijn en heeft een geel jurkje aan.

'Mag ik ook een beetje?'

Ik gluur opzij naar haar moeder, maar die heeft alleen maar aandacht voor de krijsende peuter op haar schoot. Ik houd het pakje suiker voor haar neus, en het meisje kijkt er even naar. Dan likt ze aan haar vinger, steekt die in de suiker en draait hem rond. Een paar weken geleden zou ik dit heel smerig hebben gevonden, zo'n meisje dat je niet kent en waarvan je geen idee hebt waar ze net allemaal met haar handen aan heeft gezeten. Maar nu ik weet dat we allemaal bij dezelfde grote kosmische familie horen, vind ik het niet zo erg.

Nee, nou lieg ik. Ik vind het nog steeds smerig. Ze steekt haar vinger helemaal in haar mond en slurpt de suiker eraf. Dan lacht ze met blauwe tanden. Zij en haar moeder staan op, want ze moeten er bij de volgende halte uit. Voor ze weggaat, stop ik het hele pakje in haar hand.

We hebben nog vier haltes te gaan, en ik haal de postzegel weer tevoorschijn. Ik hoop dat mijn vader me nu ziet. Als hij al een dansje maakte bij het vinden van een oude grammofoonplaat, of een stripboek, kun je nagaan wat hij had gedaan als hij deze postzegel had gevonden, zijn ultieme schat. Ik wed dat het in de buurt zou komen van de hemelse symfonie.

Nu zal ik het voor hem moeten doen. Maar deze keer niet in een rokje van gras.

De mensen die bij me in de metro zitten, zien het niet aan me, maar vanbinnen dans ik.

284